三国连个圈啊

涂鸿 著

增智慧！三国故事如此有趣

讲谋略！助你职场轻松圈粉

全新视角　立体解读　诙谐幽默　轻松阅读

魏

蜀

吴

百花洲文艺出版社

图书在版编目（CIP）数据

三国，这个圈啊 / 涂鸿著. -- 南昌：百花洲文艺
出版社，2023.1
ISBN 978-7-5500-4783-9

Ⅰ.①三… Ⅱ.①涂… Ⅲ.①随笔-作品集-中国-
当代 Ⅳ.①I267.1

中国版本图书馆 CIP 数据核字（2022）第 171610 号

三国，这个圈啊　　涂鸿　著
SANGUO，ZHE GE QUAN A

责任编辑　杨　旭
特约编辑　张立云
书名题写　徐向荣
装帧设计　云上雅集
出　版　者　百花洲文艺出版社
社　　　址　南昌市红谷滩新区世贸路 898 号博能中心一期 A 座 20 楼
电　　　话　0791-86895108(发行热线)0791-86894717(编辑热线)
邮　　　编　330038
经　　　销　全国新华书店
印　　　刷　长沙市精宏印务有限公司
开　　　本　889 毫米×1194 毫米　　1/16
印　　　张　15.5
版　　　次　2023 年 1 月第 1 版第 1 次印刷
字　　　数　200 千字
书　　　号　ISBN 978-7-5500-4783-9
定　　　价　68.00 元

赣版权登字　　05-2022-178

网　　　址　http://www.bhzwy.com
图书若有印装错误,影响阅读,可向承印厂联系调换

序：历史风烟处的人性

◎ 邓涛

随笔是一种具有机动性的文体，可以天马行空，肆意放达，也可以刨根究底，一丝不苟，很适合现代人的阅读状态。在华夏民族浩瀚的历史长河中，三国存续的时间其实很短暂，不过几十年而已，而且是一个分裂的乱世。可他却独具魅力，影响深远，最为世人所津津乐道。中国有众多的三国迷，那是一个英雄主义纯度很高的年代，弥漫着理想、阳刚和智谋，交错命运的秘数；也是中华文明不断融汇、重新生成与创造的激荡年代，有许多滚烫、触目惊心的人生际遇，有迷茫、活力和生命感。一直以来，三国历史都是文艺创作的丰富宝藏，市场每年都会涌现出大量以三国历史为背景的小说、影视剧、电子游戏、漫画及文学评论，甚至我们的邻国也对三国情有独钟，创作出了大量颇具异域风情的三国作品。

我常常在想，古往今来，已经有这么多的文艺工作者们在三国这个文化IP上挖掘素材、吸取养分，进行加工创作。这座宝藏会不会枯竭呢？后人再写三国，还能不能写出新意来？

涂鸿老弟的《三国，这个圈啊！》给了我肯定的回答。这本书不仅史料翔实、考据严谨，而且观点新颖、见解独到，文字也非常轻松幽默，捧起来便舍不得放下，是一本有趣的书。

人们对三国的了解，大多来自《三国演义》。小说确实写得好看，"温酒斩华雄""三英战吕布""长坂坡""借东风"这些故事，我至今难忘，那些画面浮现在脑海中栩栩如生。许多人甚至把这部小说当作历史来读，而读三国的正史故事，又是一番风味，更接近于现实，也更有借鉴意义。这个意义上，涂鸿以现代人的眼光在三国时代的地理版图上，这使他不拘泥对于三国人物的惯性表述，仿佛有了一些未知的历史区间，从边边角角中发现了新意，像一种补白，使三国故事更加完整、丰富。比如赵云，乱军中救出阿斗，是他一生的大功绩，但绝不可能是七进七出，一路斩将搴旗。一来他是血肉凡躯，而刀剑无眼；二来他的首要任务是保卫储君逃离险境，而不是逞能与敌军肉搏，这种情况就应该懂得低调，注意隐蔽。所以史书上记载这一段只用了寥寥数字，却浓墨重彩地记载了赵云劝谏刘备不要没收成都百姓土地、不要伐吴这两件事情，因为这才是决定全局的国之大者，充分彰显了赵云的高瞻远瞩、为民请命，非常有政治智慧，更难得的是，他敢于犯颜直谏，这样的人物在刘备集团中并不多见，是真正的无双国士。

三国前期的故事波澜壮阔、荡气回肠，曹操的奸雄本色、关羽的义薄云天、孔明的足智多谋、吕布的势利多变……一幅幅鲜活的面容各具特色。而三国的"后半篇"文章，大家相对就不是那么熟悉了，但也有其独特的价值。一代们处于创业时段，大都豪情满怀、气冲霄汉，等到二代们接班时，基本盘已经奠定，需要算计、制衡博弈，其实更加考验智慧。为什么魏吴两国后期内乱不断，而蜀汉波澜不惊？为什么曾经拥有卧龙凤雏、五虎上将，人才济济的蜀汉，后来青黄不接，出现蜀中无人的困境？为什么强大的曹魏建国才二三十年，就被外姓篡夺了江山？这里面有许多问题值得深思，即使到了今天，仍然非常有借鉴意义。

历史本身是很严肃的，有时甚至是残酷的。但讲述历史的语言可以灵动幽默，可以引人入胜。很多学生不喜欢上历史课，觉得历史就是背人物、背时间、背历史事件，干巴巴的没有一点嚼劲，乏味极了，甚至视历史如仇敌，望之而生畏，避之唯恐不及。这真是太可惜了。其实我们从来不缺有趣的故事，只缺优秀的说书人。

一个好的说书人，不会去创造历史，而是历史的搬运工，涂鸿在叙述一个现场，先把历史从泛黄的故纸堆里面请出来，为他洗濯掉时光的尘埃，给他换上新式的衣裳，再把他热情介绍给读者做朋友。让大家先是了解他，知道他身上发生的那些故事。继而理解他，在当时的情况下，他为什么会做出那样的选择，而不是其他；揭开那些秘密、策略和动机，并澄清一些事实。最后设身处地为他出谋划策，分析成败得失，思考有没有更好的选择，从中吸取经验教训，以史为鉴，指导实践。"正史三国"是一个非常值得探讨的选题，也是可以深入挖掘的研究领域。

涂鸿老弟新书付梓，嘱我作序，欣喜之余，挥写以贺。

(邓涛系中国作家协会会员、中国文艺评论家协会会员、南昌市文艺评论家协会主席。)

目 录
MU LU

一 安全形势恶化,军费开支剧增, 刘备的货币改革能否力挽狂澜?

建安十九年,刘备终于拿下益州,从此"幡然翱翔,不可复制"。然而他心中还有些隐忧,以至于竟无心享受胜利的喜悦。

中年刘备之烦恼,究竟是因为什么呢?

一个字:钱!

与刘璋争夺益州的这场战争旷日持久,前后长达三年。在这三年当中,刘备承受的压力是巨大的。因为战事焦灼,他不得不调诸葛亮、张飞、赵云等人率主力部队入蜀助战,只留关羽一人镇守荆州。如此一来,荆州的生存环境陡然恶化,北境要抵御强大的曹军;东边的孙权虽是盟友,其实早已貌合神离,时刻觊觎着荆楚这片膏腴之地。

战事多拖一日,荆州就多一日的危险。为了激励将士奋力攻城,尽快结束战争,刘备不得不祭出天价赏金,向将士们许下诺言:"只要拿下益州,城里的财富和粮食全部赏赐你们。"所谓:重赏之下,必有勇夫。将士们顿时群情激昂、舍生忘死,终于攻克雒城,进围成都,逼得刘璋出城投降。刘备也果真履行诺言,把府库中的钱粮全都分了。如此一来,刘备得了地盘,士兵们得了富贵,皆大欢喜。

然而天下尚未太平，接下来还有很多硬仗要打，现在府库被掏空了，山穷水尽，偌大的军费开支从哪里出呢？曹操、孙权他们虽然厉害，总还能应付得过来。可是腰包里一旦没了钱，手中一旦没了粮，那可真是一点办法都没有了，不用别人来打，自己的队伍先就散了。这才是刘皇叔此刻最大的忧虑。

远虑且不去说，单是眼下，便有两道关过不去。一是关羽打来一份申请报告，提出荆州需要扩军。刘备把荆州的主力部队都抽调走了，关羽麾下兵不满万，却要守御漫长的边境线，对抗曹、孙两大强敌，实属勉为其难。这是没办法的事，君臣困守荆州，能获一时安稳，但终难长久；全力争夺益州，虽然孤注一掷，却有一线生机。而荆州竟能在刘备入川的这三年金瓯无缺，实在是"天佑皇汉"！

但侥幸之事，可一不可再。荆州兵力空虚，扩军势在必行。扩军就需要增加军费预算，荆州几经战火，民生凋敝。加上刘备在益州征战三年，军费全部由荆州输送供给，财力已近枯竭。如今益州既已纳入版图，就该反哺荆州了。

二是益州本地也需要钱。首先是要裁军。刘璋这个人治军不严，他的旧部中有许多老弱病残，上阵杀敌没有多大能耐，消耗的国帑却不少，必须裁撤。当然，被裁撤的兵勇也要给出路，妥善安置，否则极有可能化兵为匪，祸害乡里。而处置这些人最妥善的办法莫过于给一笔"安家费"。这又是一笔巨款！其次是要北伐汉中。兵进成都以后，刘备便自领益州牧，其实并没有把整个益州都收入囊中，汉中就还在张鲁的控制之下。没有拿下汉中，就不是真正的益州之主，甚至连已经到手的地盘都有可能丢掉：汉中乃益州门户，是通往成都的咽喉要道。听说曹操亦有意要讨伐张鲁，倘若落在后面，让他先得了汉中，则益州危矣！刘备虽有征汉中的计划，但却未能迅速实施，其中的一个重要原因，就是军费。

我们也不必苛责刘备"竭尽府库，以赏将士"是杀鸡取卵。当时就那么个情形，不舍得下血本，就博不来这一片锦绣河山。世上绝少有十全十美的事情，兴一利，必有一弊。现在的问题是：如何利用这块新打下来的肥沃土地，尽快生出钱来。

正当刘备殷忧之际，幕僚之中有一位能人站了出来。

此人名叫刘巴，是一个奇人。他出生于荆州零陵郡，自幼才华横溢。刘表担任荆州牧时，曾经多次征辟，他都坚辞不受。刘表死后，曹操征讨荆州，当地士人大都选择追随刘备南渡，他却偏偏选择北上投奔曹操。

曹操很欣赏刘巴，任命他为掾属，派他去招降长江以南的长沙、零陵、桂阳。不想刘备抢先一步，夺了三郡。刘巴使命未成，北归的路又被堵死，进退狼狈。刘备也早就闻知刘巴之才，让诸葛亮给刘巴写信，想趁机将他拉入自己阵营。但是刘巴不为所动，既然北上的路不通，我就往南走，去交趾，再转进益州依附刘璋。反正就是不降刘备！

刘备伤自尊了，比不过曹操就算了，现在连刘璋都不如，这到底是为什么?！刘备的怨念太深了，刘巴走到哪，他就打到哪。这不，没几年他又把益州打下来。围攻成都时，刘备放出话来："谁敢谋害刘巴，老子灭他三族"。原来他心里还记着这档子事呢。刘巴这回逃无可逃，只能向刘备负荆请罪。刘备爱惜人才，非但没有责罚，反而提拔重用。可怜刘巴一路躲避刘备，最后还是不得不臣服，真是造化弄人。

刘巴还是有职业道德的，食君之禄，担君之忧。他向刘备建议推行由政府专断的大面值货币政策，原来市面上通行五铢钱，现在官府要用同样重量的铜铸造面值百铢的铜钱，又通过行政干预，让百姓把手中的五铢钱全部兑换成百铢钱。如此一来，政府的购买力瞬间呈几十倍的高速增长，岂不美哉？

刘备听了，抚掌称妙，为了尽快付诸实施，刘备下了一道命令，原来帷帐上的钩子都是铜制的，现在要把这些铜钩收集起来，铸钱！就这样，短短几个月，益州的府库就被堆得满满的。通过超发货币制造通货膨胀，悄无声息地把民间财富收入国库。这套把戏，刘备在一千多年前就会玩了。

搞经济就两种模式：一种是做蛋糕；一种是分蛋糕。能把蛋糕做大当然最好，但是这需要时间，短期内难以见成效；分蛋糕则效果立竿见影。刘备集团不敢向士兵们索回国库的银钱，而巨额的军费账单又必须要如数支付，那么唯一的办法就是到民间去"割韭菜"。而刘巴的办法毕竟十分巧妙，是温柔一刀，比起士兵公然进城抢夺百姓财产，官府加征各种苛捐杂税这类简单粗暴的方法，还是要人道得多！刘备是仁君，但是受时代的局限性，不可能放弃对百姓的剥削。为了兴复汉室的大业，只好苦一苦益州百姓，骂名我来担！

二 吴蜀缔结湘水之盟，荆楚地区实现和平，曹操恐成最大输家

"借荆州"这个典故，凡是听过三国故事的人，没有不熟悉的，然而关于它的本末，却未必人人都清楚。有必要再梳理一下：

荆州本是刘表的。刘表死时，正好赶上曹操南征，刘表的继承人刘琮便把荆州献给了曹操。赤壁一战，曹操铩羽而归，只留曹仁、乐进等人守荆州。这么一块大肥肉，激起了刘备和周瑜的觊觎之心，周瑜率大军围攻曹仁镇守的江陵城，刘备实力较弱，就把目光盯在了守御空虚、土地亦较贫瘠的江南四郡：武陵、长沙、桂阳和零陵。刘备奉刘表长子刘琦为荆州刺史，具有一定的政治合法性和号召力，又是避实就虚，在军事上占据优势，所以兵不血刃，便将四郡收入囊中。相比之下，周瑜攻打重兵设防的江陵，就艰巨波折多了，这期间还得到了刘备的助力，费了一年多的时间，自己还中了一箭，终于是把江陵城给拿下来了。城池的含金量往往是和攻拔它的难易程度成正比的，江陵虽然只是一个县，其战略价值却未必比刘备占据的江南四郡要低。

这时刘琦已经病故，群僚共推刘备为荆州牧。虽然只拥有荆州最穷最弱的江南四郡，但已经能够让孙权"稍畏之，进妹固好"了。这必须

要感谢诸葛亮，刘备收复四郡后，任命诸葛亮做了军师中郎将，掌管零陵、桂阳、长沙三郡，"调其赋税，以充军实"。这是诸葛亮自出山以来，第一次获得执掌地方的权力。

倒不是说刘备对他不信任，而是因为诸葛亮跟随刘备的时候，正是刘备混得最差的时候，以客将之身寄人篱下，手中没有寸土，又拿什么给诸葛亮呢？现在终于有了一点家底，虽然都是些贫瘠之地，但是诸葛亮却能够经营得有声有色，既能承受庞大的军费开支，还能够做到不伤民。可见诸葛公的政治策略有多么高明。

受《三国演义》的影响，很多"三国迷"都觉得，最厉害的是"锦囊妙计"。军师们支出一个高招，便能够以少胜多，扭转乾坤。其实筹饷更难于带兵，因为你首先要具备能够与对手一战的实力，然后才可以言战。而诸葛亮的厉害之处，就在于他能够对匮乏的资源进行有效整合，组织动员强大的力量。用现在的话说，他总是能把手中的一副烂牌打好。掌管三郡时，是如此；日后执掌蜀汉时，亦是如此。

刘备的声望越来越高，原来刘表手下的那些士人陆续来投。刘备便以土地狭隘，难以安置手下人众为由，请求孙权把江陵城借给他。亏他拉得下面子，也敢冒险，居然亲自跑到京口去拜谒孙权，好话说尽，终于是把江陵给借到手了。这便是所谓"借荆州"的由来。

从常理来说，江南四郡是刘备自己打下来的，只有江陵城是借来的，孙权要讨也只能讨回江陵，可现在却开口讨要整个荆州，这利息也未免太高了。但是孙权也有他的一套逻辑，当年你在当阳被曹操打得落荒而逃、抛妻弃子，眼看就要被灭了。是我施以援手，助你打赢了赤壁之战。不然你命都没有了，还谈什么荆州？这荆州早就应该是我的，只是我看你可怜，没有容身之地，才把荆州借给你。现在你益州到手了，该把荆州还我了吧！

而刘备这边呢，是不可能还的，这辈子都不可能还。但是又不好公然和孙权撕破脸，于是使出了一招缓兵之计，说是："我正在打凉州的主意，等我把凉州打下来了，再把荆州还给你。"

孙权一眼识破了刘备的伎俩，说他是想久借不还，拖延时间。于是自行任命长沙、零陵、桂阳三郡的地方官员，试图先收回三郡，给刘备来个分期还款。不料派出的官员却统统被关羽驱逐出境。

孙权彻底怒了，本想和平解决两家的纠纷，无奈对方敬酒不吃吃罚酒，那就只有付诸武力了。于是命吕蒙率两万大军，直取三郡。这场战争的结局可以说是在"意料之外，情理之中"。

说"意料之外"，是因为吕蒙大军根本没遇到什么抵抗便迅速拿下了三郡。吕蒙移书三郡长官，劝谕他们投降，其中长沙、桂阳两郡皆望风归服，零陵太守郝普本想固守待援，但是中了吕蒙之计，也投降了。这就很奇怪了，以刘备在荆州的人气之高，关羽领兵作战的能力之强，而攻城之事又非吴军所擅长（参见吴军历次围攻合肥未果的战例），三郡怎会如此轻易沦陷？

然而细思，此事亦在"情理之中"。原因无他，前文我们已经提到，当初为了拿下益州，刘备军团大部入川，只有关羽率领余众留守。而关羽军也主要布防在江陵一带，重点防御曹军的威胁，江南四郡其实是大后方，没有留下多少兵力。事实上，也根本匀不出兵力来防守。"巧妇难为无米之炊"，所以吕蒙大军一到，守城将领既然无力防御，便只好或逃或降了。蝼蚁尚且贪生，心腹手足如关羽者，尚且在下邳陷落时归顺曹操，又岂能苛求他人"以身殉城"呢。

我们以零陵郡太守郝普为例，便能很好地窥探出这些地方长官的心态。前文说过长沙、桂阳二郡都在接到吕蒙的劝谕后，望风归降，而郝普却选择了城守不降。郝普这么做的动机可以有以下三种解释：

一是郝普较为忠诚；

二是零陵城的城守较为坚固；

三是长沙、桂阳直接与吴境接壤，零陵在长沙、桂阳背后，有一个缓冲带，来得及做些准备。

前两项为主观臆测，第三项是客观事实。然则这些因素都不足以支撑郝普长期对抗吴军，刘备派来的援军才是他唯一的希望。只要坚守到援军抵达，便是功德圆满。而刘备也确实在第一时间派出了援兵，他亲率五万大军从蜀地出发赶赴公安，又命关羽率兵三万至益阳，摆出誓死夺回三郡的架势。

孙权当时正屯兵陆口，他一面命鲁肃率万余人屯益阳拒关羽，一面飞书召吕蒙从零陵撤围，回师增援鲁肃。吕蒙既不甘心到嘴的鸭子飞了，又怕关羽真的击破鲁肃。于是想出了一个损招，一面严密封锁零陵城，不让郝普知道刘备、关羽已经出兵的消息；一面找到郝普的好友邓玄之，让他入城劝诱郝普投降。玄之见到郝普后，诈称刘备在汉中被夏侯渊围困，关羽则在南郡被孙权击败，零陵城等不到救兵了。接着又搬出郝普的老母来，劝他以孝为先，留住有用之身奉养老母。

郝普把刘备的援军视为救世主，如果援军不来，凭自己手中的这点兵力如何能抵抗得了吕蒙，终于斗志全消，出城投降。郝普出城后，吕蒙热情地拉着他的手，并把孙权召自己回援鲁肃的书信给郝普看，郝普这才知道刘备、关羽的援军已经和自己近在咫尺，悔之晚矣，惭恨入地。

对郝普其实不必苛责，至少和其他两郡的太守相比，他的表现不是最差的。在有一线希望的情况下，他能抖擞精神，奋力一战；在失去希望的情况下，他选择忍辱偷生，放弃抵抗。对于一个普通人来说，是无可厚非的。毕竟，从容就义的英雄在任何时候都是绝对少数。郝普的故事还没有结束，我们后面会继续说道，现在则不妨暂把视角移回荆州战场。

却说吕蒙占了零陵，即日引兵赴益阳增援鲁肃。孙、刘两军在益阳形成了对峙之势，双方都知道曹操才是最大的敌人，不愿意彻底撕破脸，于是由鲁肃发起邀约，请关羽赴会商谈国事。这其中也有个道理，先让鲁肃和关羽去谈，孙权和刘备两个大佬暂不出面，好有个缓冲的余地。哪怕这两位谈不拢，将来还可以回旋。如果一开始就让两个老王对面，又谈不拢、搞僵了，那场面就会闹得很难看，将来的局势就扭转不回来了。

　　两边各带马步军百余人，与会的诸位将领都携单刀防身，这便是后人津津乐道的"单刀赴会"。鲁肃先开口责问关羽，他说："当年我家主公因为怜悯你们当阳兵败，孤苦无依，才把荆州之地相借。如今你们已得了益州，却丝毫没有归还荆州的意思，这是背信弃义。我们念在同盟的份上，已经做出让步，只要你们还三个郡却还是不肯答应，这也太过分了吧！"鲁肃话音未落，蜀汉这边就有一个将领插话道："天下土地，唯有德者居之，凭什么说荆州就是你家的？"鲁肃听言，厉声呵责。关羽操刀而起，对着那人斥道："国家大事，哪里轮得到你多嘴？"接着使了个眼色，示意那人退下。后面发生了什么故事，因为史料未记载，我们现在已经无从得知。总之，这场会议不欢而散。看来孙刘两家的一场大战是在所难免的了。

　　结果这个时候，曹操送出助攻。原来孙、刘两家对峙期间，曹操出兵汉中，降服了张鲁，严重地威胁了益州的安全。刘备惧怕曹操乘虚而入，直取成都。只好与孙权议和，两家割湘水为界，以土地换和平：把长沙、江夏、桂阳三郡划给孙权；保留南郡、零陵、武陵三郡。史称"湘水之盟"。

　　由于零陵重新划归刘备，所以孙权把郝普也送了回来。面对这个降将，刘备会怎么处置呢？要说刘备还真是一个宽厚之人，知道替人设身处地去想。当时那么一个情况，手中没有兵，拿什么去和吕蒙对抗呢？拿什么去守卫城池呢？人家跟着我，只是为了找一份工作，赚一碗饭吃，我凭什么要求人家为我"殉节"呢？所以他没有追究郝普投降之罪，反而继续让他做零陵太守。

　　刘备的待人宽厚是一以贯之的。比如说后来夷陵战败，蜀将黄权因为归路被吴军切断，归国不得，降吴又不心甘，带着部队投降了魏国。消息传到蜀汉，有人建议刘备将黄权的家人治罪，刘备却说："此朕负权，非权负朕"，善待了黄权的家人。黄权的儿子黄崇还在蜀汉仕官，官至尚书郎，说明蜀汉政权并没有因为黄权降魏，而对他的后人有歧视。黄崇后来随诸葛瞻迎战邓艾，激励将士、奋勇冲杀，死于乱军之中，以身殉国，报答了刘备当年的宽赦之恩。

当然，刘备能够包容郝普、黄权二人，是因为二人跟随自己的时间不长，情分也有限，不能对他们过分苛求。对于真正亲信之人，他也是万不能接受对方投敌的，比如当阳战败的时候，有人告诉刘备说，看见赵云单骑往北投曹操去了。刘备听言，立马失去理智，拿起手中的小戟就往那人身上敲打，怒骂道："子龙绝不会弃我而去的。"

刘备这一行为，可以有两种解释：一种是对赵云的高度信任；一种是自我暗示、自我安慰。或者是两者兼而有之，我个人认为后者所占的分量可能还更重些，如果真的对赵云那么确信不疑，又何至于要发这么大的火呢？赵云追随刘备多年，刘备也一直对赵云另眼相看，君臣二人情深义重，非寻常可比。正因如此，像赵云这样至亲至信的人，一旦背叛，对刘备将会是一个重大而致命的打击，他是绝对不可能像对待黄权和郝普那样宽容和理解的。

相同的情况，也发生在曹操身上。关羽水淹七军，曹操麾下"五子良将"之一的于禁战败力竭，无奈投降，这其实无可厚非。但他很不幸，有一个太过忠诚刚烈的搭档——庞德，庞德誓死不降关羽，最后壮烈牺牲。有这样一个鲜明的对比，曹操对于禁的看法，自然好不到哪里去。得知于禁投降的消息后，曹操长叹了一口气，说："吾知禁三十年，何意临危处难，反不如庞德邪！"。那意思是说，我和于禁相知相遇三十年，情分不浅，没有想到他在临危处难的关键时刻，反而不如一个新近才投降我的庞德啊！

由此看来，国法无外乎人情。凡事用情理去分析，大致是不会错的。

三 职场黑幕！文武双全、战功赫赫的赵子龙竟然落选五虎上将

在《三国演义》中，赵云是一员武艺超群的名将，与关羽、张飞、马超、黄忠并列"五虎上将"，可谓是家喻户晓。然而历史的真实却是：刘备称汉中王时只封了四员大将：前将军关羽、右将军张飞、左将军马超、后将军黄忠。赵云的名字并不在其中，他在蜀汉集团的政治地位一直都不如前面四位。那么究竟是什么原因，导致赵云未能进入"五虎上将"之列呢？我们需要重新回顾一下这位将军的军旅生涯。

赵云的第一任老板是公孙瓒。在公孙瓒手下，赵云因为武艺高强、作战勇敢而被提拔为一名基层骑兵军官。这时，刘备也带着手下的游击队来加盟。大家同在公孙瓒手下讨生活，因此，赵云和刘备最早是同事关系。刘备这个天下枭雄，还是很有些眼光的。见赵云长得"身高八尺、姿颜雄伟"，又会打仗，认准了这是位不可多得的人才，暗下决心要挖他到自己手下。于是刘备大搞跨部门交流，没事就找赵云谈工作、聊生活，建立了深厚的友谊。

以后刘备每次替公孙瓒外出作战，都以人手不足为由，请求把赵云借调过来，带在自己身边。一来二去，借的次数多了，借调就变成长借

不还了。公孙瓒也没注意，他手下的干部太多，恐怕也未必记得有赵云这一号人物。于是刘备在领衔主演"借荆州"这部大戏之前，先演了一场"借赵云"的彩排。而赵云则完成了自己人生中唯一的一次"跳槽"，从"公孙总的集团公司"跳到了"刘总的小微企业"。

在刘备手下，赵云担任的职务是警卫队长，负责刘备及其亲属的安全保卫工作。这当然是美差，警卫队长跟在领导身边，与领导感情深厚，领导有什么好事，自然不会忘记身边人。因此，这是一份有前途的工作。但是这个岗位又有其局限性，因为在后方工作，远离前线，就失去了立战功的机会。虽然赵云在岗位上兢兢业业，有过长坂坡救阿斗、截江夺阿斗等突出表现。但是这样的成绩，是远不能与关羽、张飞在外带兵打仗、攻城略地所获得的功勋相比的。

将赵云这样能征善战的大将，放在身边充当警卫员，委实大材小用。但刘备也有他的考虑。首先，刘备前期一直是小本经营，人手不多，关羽领一队，张飞领一队，手下就没人了，匀不出人手给赵云指挥。其次，刘备的生存环境恶劣，总打败仗，老是被敌军追杀，人身安全经常得不到保障。因此选择一个猛将在身边当保镖，非常有必要。再次，就是赵云本人的素质。前面我们已经反复提到过赵云武艺高强，这是充当保镖的必备条件。现在要讲他的另一个优点，就是严谨持重。赵云是一个细心、谨慎、低调的人，这是关羽、张飞们所不具备的。关羽曾带着两位嫂嫂一起投降曹操，张飞更是丢下徐州和刘备家眷弃城而逃，只有赵云最靠谱，刘备把老婆孩子交给他后，再也没有出过任何纰漏，非常放心。

综上所述，在当时的条件下，刘备阵营中只有赵云才能做好这个工作，所以也就只好委屈他担任警卫队长了。

赤壁之战后，刘备的势力日益壮大，赵云也终于获得了崭露头角的机会，他得到了军事指挥权，可以率领一支部队独当一面。平定荆州，他奋力打下了桂阳郡；攻占益州，他与诸葛亮兵分两路，率军从外水直上江阳，在成都城下完成了会师，围城迫使刘璋投降；争夺汉中，他先是突破重围，救出被困的黄忠，接着又偃旗息鼓，用疑兵计大败曹操，被刘备誉为"一身是胆"。在战场上，赵云尽情地发挥自己超凡的军事才华，证明了自己与关羽、张飞一样，是那个时代最杰出的将领。

那么究竟是什么原因导致这样一位文武双全、战功赫赫的将领未能得到提拔，进入"四大名将"之列呢？我们或许可以在一场庆功会上寻找到答案。

建安一十九年，刘备经过三年的艰苦奋战，终于拿下了益州。文臣武将都沉浸在享受胜利果实的喜悦之中。在庆功会上，刘备提出分赏方案，将成都城所有的房屋和农庄田地都拿出来，分赏给有功的将领们。将领们闻讯，欢天喜地，山呼万岁。就在这时，一个理性的声音发了出来，破坏了满屋子的喜悦气氛。正是赵云，他向刘备进言道："当年霍去病因为匈奴未灭，尚且无心置办家业。而现在，我们大汉王朝的死敌，可远不止匈奴一家，北边有曹操，东边有孙权，强敌环伺。在这样危急的时刻，我们更应该艰苦奋斗、励精图治。怎么能够躲在这里，求田问舍，玩物丧志呢？何况益州百姓饱受战乱之苦，哀鸿遍野，百废待兴。我们应该将田地房屋都发还百姓，让他们安居乐业，从事生产。等地方经济搞上去了，再向他们收取税赋，充实府库，用来成就大事。"一席话说得是高瞻远瞩深明大义。刘备听完，当即照准。

从这件事上，我们可以看出赵云确实具备很多武将身上所缺乏的政治头脑；更可以看出他身上那份匡扶汉室、为国为民的士人情怀。

然而也正是因为这件事情，引起了蜀汉集团很多人的不满。首先，得罪了同事。我们都知道，刘备前期的发展是很不顺的，老打败仗，大半生颠沛流离。员工们跟着刘备干了十几年，过着苦哈哈的日子，好不容易苦尽甘来，占了益州这块肥沃富饶的地盘，该好好享受一下劳动成果了吧。好比一家惨淡经营了十几年的公司，好不容易今年扭亏为盈，股东们都眼巴巴地等着年终分红哩。这时候你却出来告诉大家，这钱不能分，要留存下来，用于企业的扩大再生产。断了人家的钱财，那些小股东能不记恨你吗？其次，得罪了领导。刘备对于赵云也是不满的，原因就在于赵云说的话，那么的正义凛然，任谁也无法驳倒。然而正是赵云的大公无私，显出了刘备的小家子气；赵云的高瞻远瞩，显出刘备的目光短浅。领导们可是从来都不希望下属比自己更高明、更高尚的。

后来，刘备打下汉中，自立为汉中王。为了表彰有功的将军们，他决定在军中评选出前、后、左、右四大将军，以示褒奖。其中：关羽、张飞是刘备的拜把兄弟，资历又老、功劳又大，早已内定前两名了；马超曾是西凉的一方诸侯，地位尊贵，又有过叫板曹操的英雄事迹，声望很大，基本上也敲定了；黄忠在汉中战役中立下了汗马功劳，斩杀了名将夏侯渊，凭借如此战绩，是一个有力的竞争者；而年轻一代将领中，魏延深得刘备的赏识和信任，是军界一颗冉冉上升的新星，也极有可能冲击这一位置。当然赵云也因其有勇有谋，战功赫赫而被看好。

一时之间，人们对于这份名单津津乐道，茶余饭后都在猜测讨论"四大名将"的殊荣究竟花落谁家。最后名单公布，关、张、马、黄赫然在列，魏延也获得了汉中太守的职位作为后备干部，而赵云同志却因领导打分和群众民主测评均不理想，最终名落孙山。

四 政坛世袭制正在搞垮蜀汉！根正苗红的汉二代为何如此拉胯？

蜀汉景耀六年，魏国大举进兵伐蜀，魏将邓艾率领偏师三万人从阴平险道偷渡，进入益州腹地。兵行险招，确乎达到了"出其不意，攻其不备"的效果。江油守将马邈见邓艾大军犹如神兵天降，惊慌失措、不战而降。邓艾占领江油，获得了大量粮草军械，接着南下作战，兵锋直指成都。后主刘禅接到战报以后，连忙召集成都附近的各路人马前去抵御。这支部队的统帅非常特殊：他的父亲，叫诸葛亮；他，叫诸葛瞻。

诸葛瞻率领部队到达涪县组织抵御，由于前锋部队被邓艾击破，又退守绵竹。邓艾派使者入城招降诸葛瞻，信中写道：诸葛瞻如果投降，可以封他为琅琊王。诸葛瞻看完信后大怒，斩杀使者，领兵出城与邓艾决一死战。邓艾布置儿子邓忠率领一支部队攻击诸葛瞻的右翼，司马师纂率领一支部队攻击他的左翼。邓艾军初战不利，邓忠和师纂两支部队被诸葛瞻击退，向邓艾报告："贼未可击"。邓艾大怒，说："存亡之分，在此一举，何不可之有？"并扬言要将他们军法处置。邓忠和师纂只得抖擞精神，回头再战，终于大破诸葛瞻。诸葛瞻、诸葛尚父子二人俱亡于阵前，以身殉国。

绵竹战败,把守卫成都的最后一点力量都消耗殆尽了。在投靠东吴和退守南方两条建议都被朝中投降派否决之后,后主刘禅无计可施,只得舆梓自缚,开城投降。蜀汉遂亡。

可以说绵竹之败是后主刘禅不战而降的直接原因。那么绵竹之战又为什么会失败呢?首先是双方部队的战斗力有差距。邓艾率领的都是长年驻守边地,与羌、狄等少数民族和蜀国精锐多次交战的精兵悍将,是在战火洗礼中存活下来的虎狼之师。而诸葛瞻率领的是由养尊处优的御林军和驻守成都外围的一些部队临时拼凑而成的乌合之众(此时蜀汉的主力部队都跟随姜维在剑阁拼死抵挡钟会呢),双方军队的作战素养不在一个水平线上。其次是敌军统帅太厉害。魏将邓艾是后三国时期数一数二的名将,身经百战,军事才华绝伦,作战经验丰富,就连姜维都打不过他。而诸葛瞻是初次出征,实战经验太少。他打邓艾,纯属"菜鸟"遇上了"老司机"。再有就是敌军士气高昂。邓艾军深入死地,只有打胜仗一条路,败则必死。兵法,置之死地而后生。所以邓艾军求胜的欲望更强。这也就解释了魏军为什么会在出战不利的情况下,因邓艾的大怒而回头再战并最终击破蜀军。

然而作战双方实力的悬殊,并不成为掩饰诸葛瞻才能平庸的理由。抛开以上这些客观原因,诸葛瞻本身的无能也是绵竹之败的重要原因。据《三国志·黄权传》的记载,诸葛瞻率军抵达涪县的时候,一直盘桓不前。有个叫黄崇的大臣曾经劝说诸葛瞻应当迅速前行守住险要之地,阻挡敌军进入平川。这本是一条极好的建议。但诸葛瞻却犹豫不决,没有采纳黄崇的建议。最终让邓艾长驱直入,连仅有的一点战机都没有抓住。可见这位诸葛少帅的军事才能着实平庸,远不及乃父。

诸葛瞻在政治上的作为也乏善可陈。《三国志》的作者陈寿写道:"自瞻、厥、建统事,姜维常征伐在外,宦人黄皓窃弄机柄,咸共将护,无能匡矫。"认为诸葛瞻要为蜀汉的灭亡承担重要责任。这个观点虽然在历史学界存在争议。但是诸葛瞻的才能平平则应当是真的。俗话虽然说："虎父无犬子"。可是在诸葛瞻的身上，已经完全褪去了他父亲的智慧光环。

当然我们不能否认，诸葛瞻父子二人最后为国捐躯，大义凛然，其人品和忠诚是值得后人尊敬赞叹的。蜀汉功勋元老的后人在这方面表现得都很让人动容，在绵竹之战中为国捐躯的还有张飞的孙子张遵、李恢的侄子李球。赵云的儿子赵广跟随姜维在沓中之战中阵亡，关羽的后代在蜀国灭亡后被庞德的儿子庞会屠戮殆尽。还有刘备的孙子北地王刘谌，在刘禅投降的那天，"伤国之亡，先杀妻子，次以自杀"，用全家的生命为蜀汉殉葬。这些子弟们如同他们英雄的父辈一样，为蜀汉政权流尽了最后一滴血。我想这也是为什么很多人赞蜀汉的原因，在那个动荡的乱世，确实存在着一种高贵的精神，叫作义。关云长"千里走单骑"，赵子龙"单骑救主"，诸葛孔明"鞠躬尽瘁，死而后已"，现在他们的子孙又为保卫这个父辈用鲜血建立起来的王朝而舍身殒命。读史读到这里，不禁涕泗横流，不仅仅是为这些后人的忠烈和骨气而感动，更缅怀追思他们的先人，那些驰骋沙场、建功立业的英雄们。"滚滚长江东逝水，浪花淘尽英雄"，如今英雄已逝，徒留后人用鲜血和生命为这个王朝弹奏一曲无尽的挽歌。

当然，读史也不能一味大谈情怀，还需理性分析。这些蜀汉的官二代们，骨气是不缺的，忠烈是感人的，绝非一般的纨绔子弟，可是能力却大多平平，远远不及他们的父辈。《三国志》里并没有记载这些二代们在文治武功方面有何作为，可见其乏善可陈。要知道蜀汉王朝灭亡最重要的原因正是后继无人，缺乏能臣谋将。那么这些品质不坏的勋贵子弟为什么就不能继承父业，独当一面，为蜀汉政权分忧解难呢？下面试以诸葛瞻为例进行分析，或能管窥一斑。

首先是诸葛亮去世时，诸葛瞻年龄尚幼，只有八岁。加之诸葛亮政务繁忙，长年在外领兵征战。根本没有多少时间教育他。不能像司马懿那样，本人既高寿，两子成年又早，可以带在身边耳濡目染。所以诸葛瞻最多只能继承父亲优秀的遗传基因，后天的家庭教育严重缺乏，父亲的人生经验和政治智慧根本就来不及传授给他。加上他年纪轻轻就继承了父亲的爵位，高官厚禄、锦衣玉食，过早地失去了奋发向上的目标。史书记载他钻研并且擅长书法绘画，可见只是一个才子型的贵公子，而非治国安邦的栋梁材。

再有就是诸葛瞻缺乏历练，经验不足。军事经验都是经过无数次的浴血奋战才慢慢积累来的。像蜀汉的那些杰出将领如关羽、张飞、赵云以及后期的姜维等人都是身经百战，在刀口上舔血、从死人堆里摸爬滚打出来的硬汉，天赋能力姑且不说，临场经验是十分丰富的。而诸葛瞻作为诸葛亮的独子，又是后主刘禅的驸马，从小就是在蜜罐里长大的，怎么舍得让他上去阵冲杀。既然不上沙场，又何来的战阵经验？而军事才能和其他领域一样，都是需要理论结合实践的。不仅要军事理论学得好，还需要长期实战经验的积累。有人会说诸葛亮出山时才28岁，也没有什么作战经验，为何一出山就能包打天下？这其实是对历史的误读，诸葛亮加盟刘备阵营的早期，要么是出谋划策，要么是留守后方，"调其赋税，以充军实"，并没有独立统率一军去作战。领兵在外征战的是刘备、关羽、张飞、赵云这些宿将。直到刘备去世，诸葛亮领兵征讨南蛮叛乱，才是他第一次领军出征。这时距离他出山之时，已经过去快有二十年了。在这段漫长的时间里，他逐渐熟悉军旅之事，结合自己的理论学习，逐渐提升军事能力。有了这二十年的历练，他率领十万大军北伐之时在军事上已经非常成熟了。而诸葛瞻此前一直做的是文官，事起仓促，才临时派遣他为将。初次出征，面对的就是邓艾这样的顶级将领，自然凶多吉少。

最后是诸葛瞻基础不牢，提拔过快。我们来看一看他的履历，十七岁就娶了公主，担任骑都尉。第二年提拔为羽林中郎将，后来又是平步青云，一路提拔为射声校尉、侍中、尚书仆射，加军师将军。用现在的话说，叫"迎娶白富美，出任CEO，走上人生巅峰。"这是一条典型的

"官二代"升迁之路，如果是在和平年代，自然可以混一混资历，随着年岁增长，逐渐熟悉业务，或许也能历练成为一名合格的高级领导。但是诸葛瞻处在一个战火频仍、强敌环伺的乱世，他那点才能完全不足以支撑这样一个复杂棘手的政局。以他的才华，如果担任地方官的话，说不定会是一个合格的郡守。但是现在让他担任中央大员，说句实话，他不够资格。

既然诸葛瞻的才能不堪重任，为何刘禅还要让他领兵出征呢？原因也很简单，忠诚。诸葛瞻的忠诚是没有任何问题的。在那样一个时局下，蜀汉随时会土崩瓦解，派遣其他任何大臣都有率部投降魏军的可能性。唯有诸葛瞻是后主刘禅可以完全信赖的人。或许刘禅的心中，也还保留着一丝幻想：这个人，他毕竟是诸葛亮的儿子，然而奇迹没有发生。

诸葛瞻其实是历史巨轮下的一个悲剧人物，他的才能不及诸葛亮，并没有什么可耻的，整个三国也就只有这么一个诸葛亮。他没有父亲的才能，却在特定的时局下，被形势推了上去，不得不去承担他父亲当年承担的责任，面对连继承了他父亲衣钵的名将姜维都战胜不了的强敌，这不能不说是一个莫大悲哀。

五 三国最强骑兵
——白马义从的盛衰史

提起白马将军，人们多会想到赵云；或者曹植的《白马篇》："白马饰金羁，连翩西北驰"。其实三国真正的白马将军是公孙瓒。

公孙瓒生在燕地，是真正的慷慨悲歌之士。

他很勇敢，打起仗来不怕死。有一回他带着数十骑在边塞巡逻，突然遭遇数百鲜卑骑兵。他对手下说："不突围，都得死。拼了！"于是手持长矛，一马当先冲入敌阵，仗打得相当惨烈，杀伤敌军数十人，自己也损失过半，结果真就冲出来了。

还有一回，他中了埋伏，被困管子城。胡兵将孤城围得严严实实，铁桶似的。但他死挺着，粮食吃完了吃马；马吃完了，把弓弩盾牌都砍碎了扔锅里，煮木屑汤喝，就这么坚持了两百多天，耗得城外敌军饥困不堪，最后突围而出。

他讲义气。做郡吏时，恰逢太守犯事被押往京城审问。他假扮侍卒一路随行，悉心照顾太守起居。后又执意跟随太守一起发配日南。日南偏远贫瘠，瘴气弥漫。幸好半道上，接到了朝廷赦令。

公孙瓒对老同学刘备也很仗义。刘备被黄巾军打得无处安身，跑来投靠他。他不忘旧情，给兵给粮，全力扶持。刘备后来脱离公孙瓒，归附陶谦，固然是为了获得更好的发展空间，无可厚非。但我总觉得有点辜负故人。

公孙瓒志向宏远，立志为国戍边，扫清外患。据《三国志》记载，他"每闻有警，辄厉色愤怒，如赴仇敌，望尘奔逐，或继之以夜战。"打胡人就像打仇人一样，特别积极踊跃，"白+黑""5+2"，无时无刻不在战斗。

他从军中挑选出神箭手，让他们统一骑乘白马，分列左右两翼，号为"白马义从"。"白马义从"最初只有数十人，后来不断扩充，规模达到数千，试想数千白马骑兵在沙场上驰骋纵横，那场景真个"气吞万里如虎"！

至于为何对白马情有独钟？有两种说法：一是公孙瓒喜欢骑白马，他骁勇善战，经常打得胡人丢盔卸甲，以至于胡人互相告诫：看见白马，请绕行。于是把军中白马都集中起来，专门组成一支骑兵，震慑胡人。还有一种说法是胡人中的勇士多乘白马，白马是英雄的代名词，而公孙瓒的骑兵雄武健壮，又恰好多乘白马，因此给这支骑兵队取名为"白马义从"，相当于"英雄团"。

"白马义从"确实厉害，他们驰骋疆场，耀武扬威，让乌桓骑兵闻风丧胆，远窜塞外。乌桓人恨公孙瓒恨得咬牙切齿，偏又奈何不了，只能把他的画像做成箭靶子，每天练习打靶射击，聊以泄愤。他们惧怕公孙瓒和他的"白马义从"，不敢正面与之交锋，只好采取游击战术，不断派出小股骑兵，在青、徐、幽、冀等州抄掠。

公孙瓒想集中优势兵力，直捣乌桓巢穴，彻底清除边患。但朝廷却认为劳师远征，得不偿失，不如招抚乌桓。于是命刘虞为幽州牧，全权负责乌桓事宜，公孙瓒也归他一并节制。

刘虞到任没多久，就发现自己和公孙瓒合不来，两人互相看不顺眼。公孙瓒认为刘虞招抚戎狄的那一套根本没用，"非我族类，其心必异"，正好趁着他们闹事,师出有名,一网打尽。赏赐安抚,只会让他们更加轻视汉朝。这么做是求一时之名,根本不考虑将来。

而在刘虞眼里,公孙瓒更糟糕。刘虞为政仁慈,爱民如子,最看不惯公孙瓒一味招兵买马又约束不严,纵容部曲侵扰百姓。

公孙瓒公然反对刘虞的招安政策。每次刘虞遣使犒赏胡人,公孙瓒都要派兵劫掠。把刘虞气得不行,多次要找公孙瓒当面理论,公孙瓒都称病不来,压根没把顶头上司放在眼里。

公孙瓒还嗜杀。初平二年(公元191年),青、徐两州三十万黄巾军进入渤海,公孙瓒先是正面迎击,大败敌军。败军仓皇渡河逃窜,公孙瓒又待其半渡而击之,斩首数万,其中有不少是老弱妇孺,血水染红了长河。此役,公孙瓒俘获男女七万余口,车甲财物不可胜算,威名大震。但刘虞却对他的杀戮成性很不满。

两人还发生了许多冲突,但究其根本还是政见分歧,性格不合。

刘虞奉儒道,主张"仁者爱人""修文德以来远";公孙瓒崇霸道,对夷狄要斩尽杀绝,对百姓也视若草芥。

刘虞是名士,讲究春风化雨,以德服人;公孙瓒是豪侠,追求生杀予夺,快意恩仇。

两人注定走不到一起。

事实证明仁义确实有用。公孙瓒花费几年时间,也未能平定的叛乱,被刘虞轻松搞定。刘虞不但善于处理民族问题,内政也是把好手,《后汉书》上说他"务存宽政,劝督农植,开上谷胡市之利,通渔阳盐铁之饶,民悦年登,谷石三十。"地方经济搞得有声有色,百姓幸福指数节节攀高。

当时关东诸侯正群起讨伐董卓,韩馥、袁绍等人认为刘虞是汉室宗亲,名声又好,想拥立他做天子。刘虞不为所动,严词拒绝,再次赢得了世人的敬重。这实在是一位仁义长者。

但他死也就死在了仁义上。

初平四年冬,刘虞终于忍无可忍,亲率边军十余万进攻公孙瓒。公孙瓒军大多分散在外，一时仓皇失措，跑到东城门要挖地道潜逃。这本是天赐良机，但刘虞实在太仁义，下令不许焚烧民屋，结果就影响了攻城的进度，给了公孙瓒喘息之机。

此时风向突转，公孙瓒当机立断，顺风放火，再借着火势率领骑兵冲杀出去。刘虞军虽然人数占优，但是缺乏训练，战斗素质极差，登时溃败。公孙瓒穷追不舍，生擒刘虞。后又诬告刘虞图谋皇位，逼迫汉使下令将刘虞处死。借朝廷之手，除却心腹大患。

刘虞之死引发了巨大的政治地震。刘虞亲信鲜于辅等人收拢州兵，又联合乌桓、鲜卑，聚合了数万人马讨伐公孙瓒。袁绍此时正与公孙瓒争雄，闻讯后大喜过望，派兵护送刘虞之子刘和北上与义军会师。

一时之间，反公孙瓒势力都聚拢到了袁绍麾下。袁绍后来在给公孙瓒的信中曾这么说道："又乌丸、濊貊，皆足下同州，仆与之殊俗，各奋迅激怒，争为锋锐；又东西鲜卑，举踵来附。此非孤德所能招，乃足下驱而致之也。"意思是说：为什么这些人都来投奔我，不是因为我统战工作做得好，全要感谢你把他们送过来呀！

这话有点嘲讽的意味。其实袁绍在招抚戎狄上狠下了一番功夫，他不仅与乌丸部诸王和亲，还遣使诏拜乌丸三王为单于，极尽笼络之能事。在对待夷狄问题上，袁绍与刘虞是一脉相承的。他们都是士族，都信奉儒家，主张仁义。所不同的是，袁绍用仁义为本，抚士民、服豪杰；权谋为用，济机务、成功业，比之刘虞纯粹的仁义要高明厉害得多。

在那个乱世，纯粹的仁是很难生存下去的。刘虞是纯粹的士人。公孙瓒则是纯粹的豪侠，打仗，他可以；玩政治，他不行。

在外交上，他手段太过铁腕强硬，树敌过多，把本来可以争取的中间力量，全都推向了劲敌袁绍；在内政上，他治国无方，扰民有术，搞得境内民不聊生。在用人上，他自有一套理论："提拔士族子弟做官，他们会认为这是理所当然，没人会感激我的恩德。"于是拼命打压士族，大力提拔底层草根，其中：算命先生刘纬台、布贩子李移子、商人乐何当，最得他倚重信任，四人结为了异姓兄弟。

这本来是没有错的，三国大佬们都打压过士族，曹操颁布"唯才是举令"，就是要打破士族对仕途的垄断；刘备的好兄弟关羽、张飞也都出身寒微。错就错在公孙瓒看人的眼光实在太差，提拔的那些人成事不足败事有余。而刘关张还有赵云这样一等一的人才，一个也没留住。

但是算军事账的话，公孙瓒起初是占据优势的。彼时袁绍刚刚夺取冀州，立足未稳，羽翼不丰；而公孙瓒在边塞征战多年，属下多良将精卒，更何况他还拥有一支令人闻风丧胆的"白马义从"。战事起初非常顺利，公孙瓒大举进军，冀州诸城多望风归顺，但形势在界桥之战发生了转折：

"（袁）绍自往征（公孙）瓒，合战于界桥南二十里，（公孙）瓒步兵三万余人为方阵，骑为两翼，左右各五千余匹，白马义从为中坚，亦分作两校，左射右，右射左，旌旗铠甲，光照天地。（袁）绍令麹义以八百兵为先登，强弩千张夹承之，（袁）绍自以步兵数万结陈于后。（麹）义久在凉州，晓习羌斗，兵皆骁锐。（公孙）瓒见其兵少，便放骑欲陵蹈之。（麹）义兵皆伏楯下不动，未至数十步，乃同时俱起，扬尘大叫，直前冲突，强弩雷发，所中必倒，临阵斩（公孙）瓒所署冀州刺史严纲甲首千余级。（公孙）瓒军败绩，步骑奔走，不复还营。义追至界桥；（公孙）瓒殿兵还战桥上，（麹）义复破之，遂到（公孙）瓒营，拔其牙门，营中余众皆复散走。"

显然，敌人针对"白马义从"的特点，设计了专门的战术：用坚楯做掩体，以强弩对轻骑。骑兵没有想到强弩会突然出现在大楯之后，更没想到强弩之后还有对手的反冲锋。麹义成了公孙瓒的克星，界桥成了"白马义从"的滑铁卢。

界桥一战，"白马义从"遭受重创，公孙瓒实力大损，失去了战争的主动权。虽然此后他依托城防，先守后攻，打过几次胜仗，但已经不具备主动进攻的实力了。

对此，公孙瓒是有自知之明的，他固守易京，"为围堑十重，于堑里筑京，皆高五六丈，为楼其上；中堑为京，特高十丈，自居焉，积谷三百万斛"，把个易京城修得固若金汤，又开置屯田，积蓄粮食，准备长期固守，以待时变。

但是"树欲静而风不止"，袁绍不会放过他。建安四年（公元 199 年），袁绍倾巢而出，讨伐幽州。外围据点的守军被围，向公孙瓒求援，公孙瓒却说："今天救了这个，以后大家都指望援军来救，不肯力战；不如不救，大家都背水一战，置之死地而后生。"他大概以为人人都是他这样的拼命三郎，置生死于度外。结果事实证明，怕死的人还是多，将士们等不来救兵，纷纷开门投降。袁军很快打到了易京城下。

公孙瓒遣子公孙续向黑山贼求援，又打算亲率骑兵突围而出，断袁绍的粮道。这个方案本来是可行的，但是长史关靖反对，他说，士兵们的心态其实早就崩溃了，之所以还能够固守，是因为全家老小还在城里，又有将军您做主心骨。您要是在城内坚守，或许还能耗到袁军退兵；您一旦走了，易京城立马失守。公孙瓒于是取消了计划。

唇亡齿寒，兔死狐悲，眼见公孙瓒要撑不住了，黑山贼帅张燕亲率十万大军来救。公孙瓒遣使密告张燕、公孙续，约定以起火为号，内外夹击。但是信使被袁军截获。袁绍下令如期举火，设好埋伏。公孙瓒一见火起，立刻出城接应。结果没有看到日夜盼望的援军，却遇见了杀气腾腾的敌人，又是一场大败。

公孙瓒败退回城，袁军穷追不舍，日夜围攻。攻城战打得异常激烈，公孙瓒的信中曾这样描绘道："袁氏之攻，状若鬼神，梯冲舞吾楼上，鼓角鸣于地中。"我们总觉袁绍的军队弱，其实这是莫大的误解。袁绍后来败给曹操，很大原因是因为家大业大、派系林立，内耗得厉害。此时的袁绍还是旭日东升之势，谋臣齐心协力，将士同仇敌忾，战斗力怎能不强？

袁军攻城不仅打得勇猛，还很有技术含量："袁绍分部攻者掘地为道，穿穴其楼下，稍稍施木柱之，度足大半，便烧所施之柱，楼辄倾倒。"

随着一座座高楼坍塌，易京的城防全面崩溃，袁军士兵蜂拥而入，四处烧杀掳掠。

高台之上，公孙瓒望着这一切。他苦笑数声，丢掉手中火把。带着他的姊妹妻子，他的"白马义从"，他的王图霸业，与这座易京楼一起化作焦土。

六 武德充沛的吕布
与攻无不克的陷阵营

吕布实在是个很有意思的人，我忍不住要写些他的故事。

玩三国题材类游戏，我最喜欢选择吕布势力。原因无他，只因读《三国演义》时，看到吕布"头戴三叉束发紫金冠，体挂西川红棉百花袍，身披兽面吞头连环铠，腰系勒甲玲珑狮蛮带；弓箭随身，手持画戟，坐下嘶风赤兔马"的炫酷造型，一下子就被吸引了。

由于罗贯中老先生的生花妙笔，吕布的形象早已深入人心，其生平事迹毋庸我再赘述，这里只讲些《三国演义》中没有的故事。

首先，吕布的武艺究竟如何呢？

大家会说，这还用讨论？有"三英战吕布"这样的战绩摆着，吕布可以吹一辈子。哪个不晓得他武艺高强，有万夫不当之勇，是"三国第一猛将"。

但是正史却偏偏记载了吕布几次落荒而逃的事迹：

一次是他投奔袁绍麾下时。两个人闹掰了，袁绍怕吕布对己不利，决定先下手为强，派出三十名甲士，计划以欢送吕布为名，趁着夜黑风高，把他做掉。不料被吕布事先察觉，他没有像大侠一样跳起来，把这些刺客砍瓜切菜般剁翻了事。而是叫了个人到他的营帐里鼓筝。甲士们听着悦耳的筝声躺在地上小憩，等到半夜，才翻身提刀冲进吕布营帐，对着他的床帐就是一顿乱砍。却不知吕布早已趁他们放松警惕时溜出了营帐。

还有一次是吕布在徐州的时候。部将郝萌突然造反，带着士兵突袭吕布府邸，一顿猛攻。亏得吕布家楼阁修得坚固，叛军一时攻不进来。那时正是半夜，吕布刚从梦中惊起，完全没有还手之力，衣服都来不及穿，拉着老婆的手就跑。两人从厕所翻墙而出，狼狈不堪地逃到高顺营中，这才幸免于难。

人说吕布这是"好汉不吃眼前亏"，说明他脑子转得快，有些鬼点子，不是有勇无谋的莽汉，而且逃命还不忘带着老婆，实在是一个顾家的好男人，比刘备强多了。话这么说没错，但总觉得比起《三国演义》中的"战神形象"来要差那么点味道。

《三国志》对吕布的武艺确实也有描述，说他"便弓马，膂力过人，号为飞将"。根据这条史料来看，他应该是个"小李广"，因为李广也擅长弓箭，还有个绰号叫"飞将军"。吕布的箭术高超毋庸置疑，后来的"辕门射戟"即是明证。

吕布所用的兵器也不是"方天画戟"，远距离攻击用弓箭，近距离攻击用长矛。《英雄记》有这么一条记载：有一次，郭汜引兵来犯，吕布提议叫士兵退开，单挑决胜负。郭汜应战，结果被吕布一矛刺中。可见吕布所用的长兵器是矛，而并非拉风炫酷的方天画戟。

按史书记载，吕布的武艺很好，但毕竟也是肉体凡躯，你要他以一敌十，估计不太现实。《三国演义》为了烘托个人英雄主义，常有夸张修饰。比如赵云，确实在乱军之中救了阿斗，但极有可能是个躲闪型英雄，避实就虚，专往敌人力量薄弱的地方钻，绝不是什么"七进七出"，哪儿人多往哪冲。

事实上评价一员名将，看得绝不是武艺。俗话说"双拳难敌四手"，一个人武艺再高，也架不住群殴，关键还得看统兵之才。

而吕布的强项就在于统率，尤其擅长带骑兵。

他在下邳城被曹操擒住时，还谈笑风生："明公将步，令布将骑，则天下不足定也"。做了阶下之囚，还敢在对手面前自吹自擂，可见他对自己统率骑兵的能力是多么自信。而曹老板也很以为然，一度动心，想留下这个军事天才。

吕布指挥骑兵确实有一套，早在他和袁绍联手打黑山贼张燕时就表现得淋漓尽致。当时张燕有"精兵万余，骑数千"。骑兵在冷兵器时代是块宝，不仅杀伤力巨大，而且价格昂贵。拥有数千骑兵，说明张燕的资本确实很雄厚。

但偏不巧，吕布也是玩骑兵的高手。他跨着赤兔宝马，挽着紫檀弯弓，带着成廉、魏越等骁将冲锋陷阵，骑兵对骑兵，弯刀对弯刀，杀得敌军愁云惨淡、血肉横飞。张燕军虽然数量占优势，但从未遇见过这么凶狠狡诈、作风强悍的对手，越打心越慌，终于支撑不住，全面崩盘。

吕布不光自己能打，手下的将领也不赖。

比如说张辽，他后来归顺曹操，成为曹魏的"五子良将"，辉煌战绩太多了，像"阵斩单于蹋顿""八百破十万""威震逍遥津"等等，不一而足。

相比之下，另一位将领的名声则小得多，尽管他的能力未必比张辽弱，那就是高顺。前文我们说到，吕布被郝萌逼得赤身裸体翻厕所，最后投到了高顺营中。高顺问吕布："将军可知叛军是谁？"吕布很糊涂，说："不晓得，只听到是河内口音。"

高顺很精明，当即判断出是郝萌作乱，二话不说，带兵杀回吕布府邸。士兵们手持弓弩朝郝萌军一顿乱射，后者登时溃乱，纷纷逃窜。撤军途中，郝萌手下曹性突然反戈一击，率兵攻击郝萌。两家一阵混战，郝萌刺伤了曹性，曹性则砍掉了郝萌一只胳膊。这时高顺率军赶到，乘势取下郝萌首级，平定了叛乱。

高顺统领的这支部队叫作陷阵营，七百余人，号称千人，数量虽然不多，但都是百战精锐，铠甲斗具皆精良齐整，每所攻击无不破，是吕布手中的王牌。高顺指挥这支部队，击破过刘备，又接着打败了来救援刘备的夏侯惇，连挫强敌，战绩十分华丽。

高顺不仅打仗厉害，品行节操也让人佩服。史书上说他为人"清白有威仪，不饮酒，不受馈遗物"，是个不喝酒，不收礼的清官。更难能可贵的是他还很忠诚。自从郝萌反叛，吕布就害了疑心病，对部属很不放心。他觉得高顺是外人，靠不住。而魏续是亲戚，靠得住！于是夺了高顺的兵权，将陷阵营交给魏续掌管。

但魏续的军事水平实在太菜，陷阵营在他手里，就像一只羊率领的一群狮子。吕布只好灵活变通，打仗的时候，暂交高顺指挥；仗打完了，再交还魏续保管。

来回折腾也不嫌麻烦，把高顺当贼似的防，好在高顺也不闹情绪，下回打仗时，依然卖命替吕布干。真是个厚道人！

高顺还多次直言不讳，劝谏吕布："凡破家亡国，非无忠臣明智者也，但患不见用耳。将军举动，不肯详思，辄喜言误，误不可数也"。我这样的忠臣你都不能用，你还能用谁？

吕布看人确实不准。他所怀疑的高顺，最后陪他一块赴死；他所信赖的魏续，则绑了他去求富贵。白门楼上，高顺与吕布、陈宫一起被枭首传送许都。不知高顺一个中层干部，凭啥能和吕布、陈宫两位大佬享受同等战犯待遇，莫非是因为当年打曹操打得太狠了？

相比之下，张辽就识时务得多，与高顺力尽被俘不同，他是带着部队投降曹操的。态度诚恳，带资加盟，曹操自然善待；再加上他确实才干过人，又有曹魏强大的国力做支撑，自然战功不断，名利双收。想想高顺因为忠诚而身首异处，名声不显；张辽却飞黄腾达，名垂青史。真不知该说什么好？

吕布手下还有一名将领名叫秦宜禄，此人在战场上无甚功绩，却颇能制造花边新闻。给充斥着阴谋和杀戮的三国历史，增添了一抹绯红绚烂的玫瑰色。

说是下邳城被围，吕布派秦宜禄出使袁术求援。这小子能说会道、巧言令色，很得袁术欢心，一高兴就嫁了个汉室宗女给他。秦宜禄之前已娶妻室，发妻杜氏此时还留在下邳。但秦宜禄喜新厌旧，每天沉溺在温柔乡里，不思归期。

大家千万不要以为杜氏是位人老珠黄的怨妇，人家可是个绝色美女。秦宜禄不知妻美，有人却对杜氏垂涎三尺，而且还都是见过世面的大人物。

第一个看上她的是关羽。此时刘关张正帮着曹操一起围困下邳城，关羽早听闻了杜氏的美貌，心痒难耐，于是向曹操提了个小小请求：曹公，城破之后，能不能把秦宜禄的老婆赐给我？

曹操本来就很欣赏关羽，此时又想激励他卖命攻城，很爽快地答应了。但是关羽患得患失，总觉心里不踏实，等到下邳快要沦陷的时候，又几次三番跑去曹操那里，曹公，你可千万记得兑现承诺哟。

这不是诱导别人违约嘛！曹操也是个老色鬼，一看关羽这么在乎，心想这个杜氏到底有多漂亮，能把关羽迷得这么神魂颠倒？于是城破的时候，先派了个使者把杜氏接来，自己把把关，一看果然国色天香、人间尤物，于是顾不得对关羽的承诺，据为己有了。

这件事情搞得关羽很是郁闷。曹操早就是个老流氓，一张大白脸不在乎再被多泼几盆脏水。关羽可是忠义千秋的武圣人，怎么能和曹操臭味相投呢？但是我们考虑到关羽毕竟是一个体格强壮，血气方刚的正常男人，推己及人，对他多一些理解吧！

关羽觉得委屈，秦宜禄更委屈。出了趟差，转身老婆就被别人抢了，结结实实的一顶绿帽子戴在了头上，倒霉到了家。更不好玩的是，他的老板吕布死了，为了继续混口饭吃，他还得在曹操手下讨生活。

秦宜禄投降曹操以后，做了个芝麻绿豆官，心里很是不爽。这时候刘备和曹操闹掰了，跑回徐州起事。张飞路过秦宜禄的驻地，一顿怂恿，拖他下水，说："人家把你老婆抢了，你却在人家手下打工，算什么男人？有种就跟我走，一起打曹操！"

估计秦宜禄当时心情正抑郁，被张飞这么一激，血气上涌，一拍脑门：同去！但是激情一褪去，越想越不是事，你刘备才几斤几两，拿什么跟曹操干？我跟了你，不是送死吗？于是怂了，走了几里路又想跑回去，结果被张飞一矛刺死。

秦宜禄这辈子很苦：关羽觊觎他的妻子，曹操给他戴了顶帽子，张飞最后砍断了他的脖子。和名人扯上关系，有时候并不是什么好事。

杜氏的下落也值得交代一下，她被曹操纳进了后宫，成了杜夫人，后来还给曹操生了个儿子叫曹林，被封为沛王。她原先和秦宜禄生的儿子秦朗，也被带进宫中，而且还很得曹操宠爱。每次举行宫廷宴会时，曹操都要指着他对宾客说："世有人爱假子如孤者乎？"溺爱之深让曹丕这个亲儿子都嫉妒得不行。

秦朗后来在曹魏仕官，一直做到了"骁骑将军、给事中"。他是当朝红人，深得魏明帝曹叡恩宠。曾率军大败鲜卑轲比能、步度根部，稳定了帝国的北疆，威名显赫。

得子如此，不知九泉之下的秦宜禄，会不会稍感欣慰呢？

言归正传，我们继续说吕布。吕布死了，他在当时和后世名声都不很好。人们都说他反复无常，是个无耻小人。唯独有一个人，一直以来对吕布都抱有相当的好感。他就是汉献帝刘协。吕布杀死董卓后，汉献帝封他"奋武将军，假节，仪比三司，进封温侯，共秉朝政"，作为他诛灭元凶的酬劳。

温侯是县侯，侯爵里的最高级。要知道它的分量，需要对比一下其他人，曹操逢迎汉献帝到许都，封了一个县侯；刘备驾崩，诸葛亮总揽蜀国军政大权，封了一个县侯。对比这两位大神，你可见汉献帝有多瞧得起吕布。

毕竟诛杀董卓是一件莫大的功劳。汉献帝那时候还年幼,他永远也忘不掉,在最危难的时刻,是一个身材高大、威风凛凛的汉子挺身而出,手刃了那个嗜血恶魔,拯救了摇摇欲坠的大汉王朝。

对吕布的这份感激,献帝一直保存了很多年。他后来历经九死一生从李傕郭汜手中逃出时,第一个想到要去投奔的人就是吕布。他亲自手写诏书,召吕布来勤王护驾。他对吕布始终是信任的,觉得吕布是他的守护神。

可惜吕布当时自身难保,实在无力逢迎天子。再后来,吕布的首级作为曹操平叛的战功,被送到许都,呈递献帝御座之前。献帝从此断了念想。

也许献帝在后来的岁月里,在他被曹操玩弄于股掌之中时,在他被曹丕逼迫禅让帝位时,还常常会想起吕布。他多希望那时候朝堂上还能站出来个像吕布那样的雄壮汉子,一矛刺下去,赏曹操、曹丕这对父子个透心凉。

七 提供免费公租房，实现菜篮子自由，张鲁在汉中建立了一个乌托邦！

东汉末年，群雄逐鹿，各路豪杰，粉墨登场，好不热闹！其中有这么一股割据势力，他的实力并不强大，在《三国演义》中的戏份少得可怜，但却独具个性，是三国群雄中十分特殊的存在，这就是张鲁建立的汉中割据政权。

谈到张鲁，就不得不提起他的社会身份。群雄们的身份主要可以分为以下几类：皇族，比如刘表、刘备、刘璋；官N代，比如袁绍和袁术两兄弟，还有曹操（咳咳，宦官也是官啊）；中下层官吏，比如董卓、公孙瓒、孙坚、吕布。而张鲁的身份最为特殊：宗教领袖。

张鲁宗教领袖的地位是家传的。他爷爷张陵是开山祖师，一手创建了五斗米道。为什么叫五斗米道呢？原来加入这个教派是要收会员费的，一人五斗米。五斗米道因此而得名。当时也有很多人不吃张陵这一套，认为他装神弄鬼，管他叫"米贼"。张陵死后，教主之位传给了他的儿子张衡。

这时候正是东汉最昏庸无道的君主——汉灵帝在位时期，百姓饱受压迫苦难，只好向宗教寻求安慰和解脱。一时间，宗教盛行，有三位宗

教领袖的影响力最大:

第一位叫骆曜,教老百姓隐身术,史书关于他的记载很少。

第二位就是大名鼎鼎的张角,他开创了太平道,建立了黄巾军,可以说他就是开启了三国乱世的那个男人。太平道刚开始主要是为百姓治病,法师手持九节杖为患者祈福,患者跪地磕头反省,法师祈祷完将符烧成灰烬,让患者和水吞下。有的患者病情不是很严重,没过几天自己就好了,这时候法师就会站出来说,我的符咒显灵了,这个人信奉太平道,所以他痊愈了。有的患者病情严重,喝了那玩意根本没用,这时法师就会一本正经的胡说八道,不是我的法术不行,而是这人不虔诚,不是真心信奉太平道。靠着这个套路,太平道像滚雪球一样,吸引了越来越多的信徒。

第三位就是五斗米道的教主张衡,五斗米道的套路和太平道差不多,但在太平道的基础上又加了一些新举措;比如五斗米道和太平道一样,都要求病患忏悔自己的过错,但太平道对场地没什么讲究,在哪都可以磕头认错。而五斗米道则修筑了静室,让病患在安静幽闭的环境中反思罪过,效果更加显著。五斗米道还非常重视文化教育,钦定老子的《道德经》为标准教材,要求中层管理人员认真学习、反复研读。五斗米道的祈祷方式也更具仪式感,法师们会在符上写下病患的姓名和他所犯的过错,一式三份,一份放在山上,说是献祭给上天的;一份埋在地下;一份沉入水中,他们将之称为"三官手书",搞得神乎其神,让很多百姓都顶礼膜拜。就这样,五斗米道不断发展壮大。

张衡死后,张鲁继承了教主之位,继续把五斗米道发扬光大。讲到这里,五斗米道还仅仅只是宗教组织,它又是怎么演变为一个割据政权的呢?

原来五斗米道主要是在蜀地传教,广有信徒,在当地影响很大。到后来,连益州牧刘焉都开始重视起来。他想拉拢这股势力,为我所用。这时,张鲁的母亲发挥了桥梁纽带作用。她不仅精通道法,而且驻颜有术，长得妩媚动人。刘焉经常邀请她到府中做客，讨论宗教问题。两人很快发展为情人关系，刘焉的地方政权也与张鲁的宗教势力结为同盟。

那么刘焉急于拉拢五斗米道，是出于什么目的呢？原来刘焉见天下大乱，想要浑水摸鱼，割据益州当土皇帝。但是朝廷的使者在蜀地往来不绝，还是能够对益州的地方官吏进行有效控制。为了斩断益州与中原的联系，刘焉任命张鲁为督义司马，与别部司马张修一道领兵进占汉中，断绝入蜀通道，接着又残忍杀害汉使。益州自此成为独立王国。

大家可能会问：这些事情，刘焉自己派兵就能办到，为啥非要借助五斗米道呢？

因为刘焉毕竟在名义上还是大汉王朝的臣子，平时以敦厚长者的面目示人。如果公然杀汉使、闹独立，造成的影响该有多么恶劣啊？所以他选择躲在幕后，买凶杀人。事后，刘焉向朝廷打了一份报告，说是"米贼"起兵造反，杀害使者，切断了入蜀通道。摆出一副既无辜又无能为力的态度，叫大汉王朝无可奈何。

但是张鲁也不甘心于做刘焉的棋子，他有自己的小算盘。占领汉中后不久，张鲁突然对搭档张修发动偷袭，杀死张修，收编了他的部队，然后盘踞在汉中，成为割据军阀。幸亏刘焉留了一手，出兵前把张鲁的母亲和弟弟扣在成都做人质。所以张鲁在名义上还是要听命于刘焉，处于半独立状态。两家各让一步，还是能够相安无事。

但这种局势，在刘焉死后发生了变化。接班的刘璋为人懦弱无能，张鲁很看不起他，对待刘璋远不像对待刘焉那么恭顺。时间久了，刘璋也看出来了，肚子里窝火，冲动之下，他做出了一件非常不冷静的事情，把张鲁的老妈和弟弟全给"咔嚓"了。这是一个十分错误的决定，本来这些人质是自己手中的一张牌，关键的时候打出去，可以换一点好价码。现在你撕票了，对方再无顾忌，真正成为死敌。

果然，张鲁彻底和刘璋翻脸，从此不再听命于成都。张鲁在汉中真正开始当家做主，他实施了一系列带有浓厚宗教色彩，与其他地方风格迥异的政策，使汉中成为东汉末年的一朵"奇葩"。

首先，他对五斗米道的组织架构进行了修改完善，规定新加入五斗米道的信徒叫"鬼卒"，"鬼卒"熬到一定资历后，可以晋升为"祭酒"，属于中层管理人员。"祭酒"们手下各有部众，部众多的又被称为"治头大祭酒"，属于高层管理人员。最高领导当然是他自己了，张鲁自称"师君"，"师"是宗教导师，"君"是世俗社会的君王。张鲁要把汉中建立成一个政教合一的割据政权。

接着，他又宣布废除汉朝的官僚制度，原来的政府公务员一律下岗，委派祭酒来治理地方。东汉政治腐败，贪官污吏们鱼肉百姓，早已为人民所唾弃。现在张鲁把这些腐败官员全部撤职，换上一批虔诚纯粹的宗教徒来治理，实现了政治清明，百姓纷纷表示欢迎。

此时，中央朝廷根本无力征讨张鲁，只好做个顺水人情，任命张鲁为镇民中郎将，兼汉宁太守，默认了张鲁对汉中的实际控制，只是要求他每年向朝廷进献贡品，维持帝国的最后一点体面。张鲁得到了中央的委任，地位更加稳固，割据汉中长达三十余年。

五斗米道通过缴纳会费的方式积累了大量粮食，现在又掌握了地方财政，可谓财大气粗。张鲁可以尽情勾勒宏伟蓝图，将汉中建设成为王道乐土。他下令，在汉中各地建立义舍，用现在的话说就是免费公租房，供过往行人居住。唐代诗人杜甫曾经感慨："安得广厦千万间，大庇天下寒士俱欢颜"。殊不知，他的这一愿望，早在东汉时期，就被张鲁实现了。

张鲁还下令在义舍中放置粮食和肉，供行人食用。大家可能会想：要是有人贪小便宜，多吃多拿怎么办？张鲁就是再有钱，也会被吃穷啊！对此，张鲁早就想好了对策，他宣称：义舍里的食物，仅限于给大家充饥果腹，如果吃得太饱了是会得病的哟。百姓们信了他的话，不敢多吃，每餐只吃到七分饱。所以汉中人民身材都特别好，没有肥胖症，没有高血压！

张鲁还对司法进行改革，犯法者，可以获得三次赦免的机会，如果第四次再犯，才用刑。同时，他还鼓励犯人自首，犯了小罪的人，如果主动向官府自首，可以以工抵罪，只要修筑一百步长的道路，就可以免除罪责。估计汉中的国道应该修得不错。

实事求是地说，太平道、五斗米道的初衷都是为了解救人民群众。张鲁在取得汉中，蜕变为地方军阀后，仍然没有忘记为民的初心，实行了大量的惠民政策，为当地带来了繁荣和稳定。汉中百姓安居乐业，比起那些在中原之地饱受战乱之苦的人来，不要太幸福。许多难民听说张鲁在汉中施行仁政，扶老携幼都来投奔他。特别是关西地区，刚刚经历韩遂、马超之乱，生灵涂炭，十几万百姓穿过子午谷，涌入汉中避难。

在农业社会，人口是非常重要的资源。来汉中避难的难民越来越多，张鲁的实力也随之大增。恰好又出了祥瑞，有个农民在地里挖到了一枚玉印。于是张鲁手下这些人纷纷劝进，要拥戴张鲁为汉宁王。张鲁也有点飘飘然，半推半就准备要把王冠戴上了。这时一个叫阎圃的人站出来反对，他说咱们汉中这个地方，户口十万，土地肥沃，而且四面险固，易守难攻，可以凭此成就一番事业。主公您如果有那个雄心壮志的话，可以学习齐桓公、晋文公，尊王攘夷，成就霸业；如果您没有那么大志向，那就在这里关起门来过日子，哪天中原要是统一了，您再把汉中之地献给真命天子，也能够获得丰厚的赏赐。咱们现在名义上效忠朝廷，实际上高度自治，您在这里跟皇帝基本没啥区别。维持这样的现状挺好，您何必要冒天下之大不韪去称王呢？一旦称王，势必激起公愤，到时候各路军阀都把枪口对准我们，何苦来哉？张鲁听从了他的劝告，打消了称王的念头，继续猥琐发育。

张鲁把汉中经营得有声有色，有一个人不高兴了。谁呢？当然是刘璋啊。刘璋心想汉中这块地本来是我家的，张鲁手中的军队也是我家的，绝不能便宜了你！于是刘璋多次派兵攻击张鲁。但他的军事水平实在是不敢恭维，明明是以多打少，可每次都铩羽而归。刘璋不服这口气，我打不过你，我找兄弟来打你。后来的历史证明，这是刘璋一生之中做出的最错误的决定。

刘备抵达葭萌关后不久，就调转枪头开始打刘璋，最终夺了他的益州。这时曹操也荡平了关中之地的各大反叛势力。局势风云突变，张鲁被两大强人夹在了中间，处境十分尴尬。如果是和平年代，汉中可以作为两大势力的缓冲区。但这是战争年代，曹、刘之间终有一战，双方都想着抢先拿下这块战略要地作为进攻的桥头堡。

终于还是曹操先动了手。建安二十年三月，曹操率领大军征讨张鲁。双方力量对比悬殊，张鲁本能地想到了投降。但是他的弟弟张卫坚决主战。张鲁拧不过弟弟，只好让张卫率领数万部队据守阳平关，抵御曹军。阳平关地势险要，曹军强攻了几次，都没有成功，伤亡很大。曹操觉得汉中不好打，下令撤兵，并派夏侯惇、许褚去追回已经出发的前军。这时正好是晚上，前军摸黑行军，误打误撞进入了张鲁军队的营寨。张鲁军以为是曹军偷袭，一时惊慌失措，斗志全无，四处奔散。这时夏侯惇他们赶了上来，派人传达曹操的命令，要前军撤退。前军将领说我们正在痛击敌军，目前正是大好时机，怎么能撤兵呢？夏侯惇听了，简直不敢相信，打马去前线观战，才确认确实是这么个状况。夏侯惇当机立断，前军不要撤退了，宜将剩勇追穷寇。他本人则快马跑去向曹操汇报。曹操下令全军出击！张鲁军全线溃败，阳平关失陷，汉中门户洞开。

张鲁紧急召集群臣商议如何是好。大家的意见主要分为两派：一派是投降派，另一派也是投降派。当然这两个投降派还是有区别的，一派以张鲁为代表，想直接投降；另一派以我们前面提到的阎圃为代表，主张先战后降，他说我们刚打了个大败仗，因为形势紧迫而投降，对方肯定不把我们当回事，给出的条件不会很高；不如率军转移到险要之地固守，让曹军吃点苦头，再派人去和他谈判，争取更为优厚的条件。没条件，谁投降啊？

张鲁又一次做出了正确的选择，他采纳了阎圃的建议，率军撤出汉中治所南郑，向巴中地区转移。撤离之际，有人劝张鲁，府库里还有很多财宝和物资，咱们现在没有能力运走，可也不能留下来便宜曹操啊，干脆一把火烧了吧！张鲁说：我本来就是想归顺国家的，如今撤离南郑，不过是想暂避曹军锋芒，再从长计议，并不是想和曹军决一死战。这些财宝和物资本来就是属于国家的，就留在这里吧！于是下令把仓库全部封藏好，才率军撤离。

曹操进入南郑后，见这些仓库全部保存良好，一问知道这是张鲁的意思，觉得张鲁这人还不错，决定给他一条生路，派人去劝降，开出的条件十分优厚。

那么张鲁会不会投降呢？他已经撤退到了巴中地区，这里地势险要，利于防守，他手中也还有数万兵力，抵抗一段时间不成问题。况且，刘备的援军也快到了。

刘备的反应显然比曹操慢了半拍，曹操进攻张鲁的时候，他还远在荆州准备和孙权大打出手，要夺回失去的三郡。得知曹操击败张鲁的消息后，刘备大惊失色，汉中若失，成都不保。他仓促与孙权签订湘水之盟，随后立即回师去援助张鲁。刘备一面勒令蜀军日夜兼程，赶赴巴中；一面派使者告诉张鲁，请再坚持一下，我们马上赶到。

曹、刘两家的使者都到了，双方都在积极争取张鲁，下属们也都在焦急地等待着张鲁的决定。这一次，张鲁没有犹豫，他说出了一句很坚定也很伤人的话：宁为曹公做奴，不为刘备上客。于是率领全军投降曹操。

张鲁咋就这么看不上刘备呢？其实啊，这里面不涉及个人恩怨，纯粹是利益算计。从阳平关失陷，就注定了张鲁要失去汉中。面对曹、刘两家的拉拢，张鲁所能做的选择，无非是把汉中卖给谁而已。既然都是卖，当然要卖一个好价钱。曹操、刘备，卖给谁更划算呢？显然是曹操。论实力，曹操比刘备强多了，将来曹灭刘是大概率事件，当然要抱一条更粗的大腿。论身份，曹操是大汉丞相，代表的是中央朝廷，而刘备只是一个地方军阀，投降他，把自己的档次也拉低了。所以权衡之下，张鲁选择了曹操。至于为啥要说出那句伤及刘备自尊的话呢，还不是为了纳投名状，从此彻底与刘备划清界限，加入曹魏这个温暖的大家庭。

果然，曹操对张鲁的态度非常满意，封他为镇南将军，阆中侯，食邑万户。张鲁的几个儿子也全部封侯，荣华富贵、享之不尽。在汉末群雄中，下场算是相当好了。

八 雄踞辽东：公孙家族的三代奋斗史

在魏蜀吴三国鼎立之外，天下的第四大政治势力当属辽东公孙家族。公孙氏历经三代，割据辽东五十载，是东北亚地区的霸主。

（一）杀出个黎明来

公孙家族的奠基者叫公孙度，他是辽东郡襄平县人，后随父亲移居玄菟郡，作吏出身。古时候的官和吏区别很大，官员体制尊贵，升迁较易；吏员身份卑贱，上升空间也有限。用现在的话说，公孙度输在了起跑线上。

正所谓：马无夜草不肥，人无横财不富。如果沿着郡吏的常规轨迹发展下去，公孙度很可能成为一名律令纯熟、刀笔犀利的老吏，每日勤勤恳恳、埋首案头，支取一份微薄的薪俸，养活老婆孩子；能不能混上一任地方官要看造化，更遑论封侯拜相了。他日后能挣下恁大一份家业，要感激两位贵人的提携之恩。

一位是他做吏时的上司——玄菟郡太守公孙琙。公孙度是他后来改的名字，原先的名字叫公孙豹。而公孙琙的儿子恰好也叫公孙豹，二人不仅同名，而且同年。公孙琙的儿子命不好，十八岁时一病死了。公孙琙于是把对亡子的思念都寄托到了这个与他同名的小伙子身上，决定要拉公孙度一把，不但为他娶了一房妻室，还资助他拜师求学。

东汉官场讲究"学而优则仕"，拜到名师门下，所得不止于一纸文凭，还能获取做官的晋身之阶；仕官后，亦能沐浴恩师的余荫和同门的援引。例如刘备在创业之初，就曾得到同门师兄公孙瓒的大力资助。公孙度在名师门下镀过一层金后，果然身价倍涨，被察举推荐为尚书郎，实现了从吏到官的飞跃。后来资历和政绩不断积累，又升任冀州刺史，成为地方大员。

孰料半生辛苦修来的正果，却在一夜之间被打回原形。受一桩谣言案的牵连，公孙度被撤职罢官。宦海沉浮，本是世间常态。但在公孙度，却不免心灰意冷。他出身低微、根基浅薄，经此一番打击，很可能一蹶不振，沉沦下僚。然而此后不久，命运又峰回路转，他很快遇到了生命中的第二位贵人。

此人名叫徐荣，在董卓麾下任中郎将。史书关于他的记载很少，只写了这么两件事：一件是他在荥阳汴水大败魏武帝曹操。据《三国志》记载，此役曹军士卒死伤甚多，曹操本人被箭射中，所乘战马亦受重创，最后是靠曹洪让马才得以宵遁；再一件就是举荐公孙度，原来徐荣亦是辽东郡人，与公孙度同乡，交情匪浅。而此时董卓凭拥立献帝之功，独秉朝政。徐荣于是向董卓进言荐贤，替公孙度轻松谋取了一个辽东太守之缺。

这个职务比原先的还要好，之前在冀州为官，人地两生，阻碍甚多。现在回到本乡本土，可谓得心应手，大有一番作为。

当年的刀笔小吏，如今回乡担任郡守，当然是一种荣耀。然而蛇虽能变化为龙，却改不掉身上的花纹；太守的高贵荣崇，亦无法抹去他卑微的身世。尤其是那些世代公卿的豪门大族，压根就瞧不起郡吏出身的公孙度。此时的东汉朝廷已经丧失对地方的有效控制，任命公孙度辽东太守的那纸诏令，能给他的不过一个名分，要想真正统治辽东，还得靠自己！

公孙度这时才展露出他的权术和手腕，"一朝权在手，便把令来行"，对那些桀骜不驯的世家大族使出了霹雳手段。

三国的几位大佬们，几乎都和士族不对付，比如曹操杀边让，杀崔琰，还以不孝的罪名杀孔融；孙权有样学样，说"曹孟德连孔融都杀了，孤杀个虞翻算啥？"；号称行事"每与操反"的刘备，杀起名士张裕来也是毫不眨眼，还恶狠狠地说"兰芝当道，不得不除"。

他们杀戮名士，并不完全是因为个人好恶，更多的是利害相争。因为门阀大族的力量太大了，他们累世公卿，门生、故吏遍于天下；他们垄断学术，掌握了话语权；他们掌握了大量的土地庄园财富和人口，甚至还拥有私人部曲。总之，门阀大族在本州、本郡的势力具有垄断性，实际上统治了这些州郡。

军阀们要想在地方上站住脚跟，就必须从门阀大族手中去抢夺资源，矛盾冲突在所难免。而军阀们大多草根出身，论资历不如门阀；军阀们不学无术，坐而论道也不是门阀的对手。唯一的优势就是手中有枪杆子，于是只好杀杀杀，杀出个黎明！

第一个要收拾的人叫公孙昭，起因是他任职襄平县令期间，曾任公孙度的儿子公孙康为伍长。伍长是一个低级职位，正犯了公孙度的忌讳，"我的儿子才当个伍长？瞧不起人是吧？今天叫你认得我！"于是下令将公孙昭乱棍打死。这一通乱棍不但了结了公孙昭的性命，也打出了新任太守的威风。

接着是郡内的名豪大族，公孙度从中挑出那些素日对他不好，不肯与他合作的人，网织罪名，构陷入狱。他屡兴大案，大开杀戒，诛灭的家族竟达百余数。原河内郡太守李敏，因素来反感公孙度的暴行，担心祸及其身，携带家人逃亡海外。公孙度得知后，勃然大怒，下令掘开李敏父亲的坟墓，剖棺焚尸，诛灭宗族。恐怖高压政策，终于迫使傲慢的世家大族俯首屈服，公孙度成为名副其实的辽东之主。

掌握实权的公孙度开始大显身手。军事上，他锐意开疆拓土，东伐高句丽，西征乌丸，南取辽东半岛，军威横行塞北；又命水师横渡渤海收取东莱诸县，设置营州刺史。政治上，他从辽东郡中析分出辽西和中辽两郡，分设太守之职，强化了对辽东地区的控制；他还大力招抚百姓，当时中原动荡，中原人士多避难于辽东，大规模的人口迁徙给公孙度带来了巨大的红利，百姓的依附，使他的人口赋税大幅度增长；士人的加入，则提高了他的声望，充实了人才库，如管宁、邴原、王烈、太史慈等名人都曾在辽东避乱。东汉王朝已经穷途末路，天下即将大乱，公孙度却在塞北外御夷狄，内抚黎庶，把孤悬海外的辽东治理成了王道乐土。

公孙度羽翼丰满，渐露狼子野心，他一面在境内炮制各种谶语祥瑞，营造社会舆论；一面与亲信柳毅、阳仪等人密谋。一待时机成熟，公孙度悍然自立为"辽东侯、平州牧"，在辽东的一切礼仪体制均比照大汉天子，俨然成了辽东的"土皇帝"。

此时曹操已经奉迎天子到许都。高举"奉天子以讨不臣"旗号的他，试图将辽东的公孙家族重新纳进朝廷的统治秩序当中，以皇帝的名义下旨拜公孙度为"武威将军，永宁乡侯"。谁料公孙度接到圣旨后根本不屑一顾，"老子在辽东称王称霸，谁稀罕做什么永宁乡侯？"将朝廷的印章绶带丢进武库。当时曹操正强敌环伺，奈何不得远隔千里的公孙度，只好任他胡作非为。

"辽东王"公孙度于建安九年去世，他生逢乱世，能够正视自己才具、实力的不足，审时度势，避开曹操、袁绍、公孙瓒等实力派；另辟蹊径，在塞外打出一片天下，不只是靠运气，也得益于他的眼光和手段。但是割据政权在乱世之中，或能偏安一隅；一旦中原一统，则难逃被吞灭的宿命。因此公孙度身后，留给儿孙的不但是一笔庞大的遗产，也是一副沉重的负担。

（二）继承者的困局

辽东的继承者叫作公孙康。从史书的记载上看，这是个颇为骁勇剽悍的狠角色。当时曹操已经打完官渡之战，正奋力追讨袁氏家族的残余力量。公孙康得知曹操远征，邺城空虚的消息后，召集麾下诸将，谋划亲率步兵三万、骑兵一万，偷袭邺城。这条计策与当年孙策图谋许都有异曲同工之妙，从中可以看出此人的果勇以及对辽东军战斗力的自信。

但是辽东毕竟地狭人稀，国力不足以与曹操一决雌雄，偷袭邺城即使成功，也不过掳掠一些财货，骚扰一下后方，不但不能置敌于死地，反而会激怒曹操率大军讨伐，那时岂不是引火上身。但坐观成败又如何呢？曹军势大，袁氏无力回天，一旦袁家兄弟被曹操斩尽杀绝，唇亡齿寒，公孙家族的消亡也是计日而待之事了。放手一搏，置之死地而后生；抑或消极保守，坐失良机？这是每一个弱者都必须要面临的选择。

公孙康这么一犹豫，局势很快就发生了变化。建安十二年，曹操从徐无山出卢龙塞，挖山填谷开出一条五百余里的小道，奇袭柳城，大破二郡乌丸，阵斩单于蹋顿。袁尚、袁熙仓皇逃往辽东，袁氏在河北的势力被清除殆尽。

结束了！曹操战胜了袁绍父子，统一了河北。公孙康现在所要考虑的已经不是要不要偷袭曹操，拉袁氏兄弟一把，而是该如何自保了。是与袁氏兄弟联合抗曹，还是取下他们的项上人头向曹操委质输诚呢？

公孙康还在思考，曹操这边却又有惊人之举，他拿下柳城后，便勒兵不前，并在当年九月班师回朝。如此举动，仿佛是在向公孙康表态，自己无意侵吞辽东领土。公孙康再无疑虑，设计杀死袁尚、袁熙兄弟，派出使者向曹操献首称臣。他不敢再像父亲那样自封"辽东侯、平州牧"，而是跪受曹操授予的新官爵"襄平侯、左将军"。爵位虽然降了，但是命保住了。辽东公孙家从此俯首听命于曹氏。

曹操之所以放弃进攻公孙康，是因为辽东之地隔山阻海，气候寒冷，进军讨伐则战线过长，后勤补给困难。更何况当时天下未定，尚有马腾、刘表、孙权等敌对势力存在，他们对曹操的威胁远较公孙康为甚。因此，曹操选择采用羁縻政策，承认公孙家族对辽东地区的实际控制，"海北土地，隔以付君，世世子孙，实得有之"。公孙康则对曹操控制的朝廷降身委质、纳贡称臣。

于是乎，曹操的大后方消除了威胁，公孙家族在辽东的利益得到了保障，两家达成默契，各取所需，这是一个"双赢"的结果。然而明眼人都能看出和平只是暂时的。一旦曹氏家族扫平外患，矛头就会对准辽东，一个和平统一的中央集权帝国，绝不会容许公孙家族这种地方割据武装长久存在。

虽然眼下曹操的敌人还很多，也未见得都能消灭掉。但是"人无远虑，必有近忧"，公孙家族不想坐以待毙，就必须发奋自强，不断扩充实力，叫曹操啃不动、嚼不烂、咽不下，方能长期共存。

当时中原之地已尽数姓曹，公孙康的发展空间在塞北。他的头号打击目标是高句丽，史载高句丽国在辽东之东千里，境内多高山深谷，无平原湖泊，山地贫瘠，再怎样辛勤耕作，也填不饱肚子。高句丽人于是沿山作屋，饮用涧水，他们对粮食非常珍惜，同时又喜好修建宫室来祭祀鬼神、星辰、土神和谷神，以祈求好年成。

高句丽人有自己的国王，下设相加、对庐、沛者等职。在高句丽国，贵族上户是不用从事耕作的，坐享其成者多达万人，全靠下户贱民从老远挑来米粮鱼盐，供养这些"寄生虫"。

人说高句丽的劳苦大众被压迫得这么厉害，他们的阶级矛盾应该很深才对！然而事实并非如此，人家其实很和谐。高句丽人还特别爱干净，又能歌善舞，擅长酿酒。一到晚上，村子里的男男女女就会出来聚集在一起，觥筹交错，歌舞嬉戏，其乐融融；遇到大型聚会，更是要盛装出行，身披精美鲜艳的锦绣绸缎，头戴闪耀发光的金银首饰，招摇过市。

高句丽人婚丧嫁娶的风俗也很奇特。男女定亲之后，女方家要在自家的大屋后修建一座小屋子，名曰婿屋。女婿夜晚时来到门外，要跪拜行礼，向岳父岳母请求与妻子同宿。跪求再三之后，女方父母才会同意。然后夫妻二人开始积蓄钱财，一直要到孩子长大成人后，才能带着妻子离开娘家。他们盛行厚葬，置办葬礼特别奢侈。男女成婚后，即开始置办寿衣，死时要带着生前所有的金银珠宝一起下葬。

贫瘠的土地，滋养出高句丽人凶猛急躁的性格，他们身强力壮，习于战斗，特别喜欢抄掠财物。他们凭借武力征服了沃沮、东濊等部族，成为东北亚的小霸主，又不断侵袭汉朝边境，骚扰辽东，掳掠边民。

为了维护境内安定，建安十四年，公孙康率军主动进攻高句丽，大军一路高歌猛进，很快攻陷了高句丽都城，并焚烧其邑落。正所谓"屋漏偏逢连夜雨"，战败的高句丽又起内讧，国王的哥哥拔奇因为自己身为长子不能继承王位而心生怨恨，和涓奴加部各带属下三万余人投降公孙康。连遭打击的高句丽实力大损，从此不能再为害边境了。

接着公孙康又开始打击韩濊。韩濊在汉朝时原本归属乐浪郡，每年四季都要上郡来朝拜太守。韩人分为三个族类：马韩，辰韩、弁韩，因此又被称为三韩。他们在国内实行分封制，不大的国土面积竟然设有五十多个诸侯国，大国一万多家，小国几千家，总计十余万户。到了汉末之时，韩濊逐渐强盛，乐浪郡已不能控制他们。相反，有大量汉族百姓流亡去了韩濊。农耕时代，人口就是财富，人口就是力量。为了扭转人口流失的不利局面。公孙康将屯有县以南的荒地划分出来设立带方郡，以便更好地管理控制汉韩边境的百姓，并派遣公孙模、张敞等人驻扎带方郡，招抚各地流民。站稳脚跟后便开始出兵讨伐，迫使韩人臣服，从此归附于带方郡。

在公孙康的努力之下，公孙家的实力大增，治内百姓数十万，麾下控弦十余万，力挫高句丽、韩濊，成为东北亚的新霸主，他是一个优秀的继承者。然而死神阻碍了他前进的脚步，让他无法再建立更大的功业。他主政辽东的时间并不长，死时非常年轻，两个孩子都还很幼小。部属们一致推举他的弟弟公孙恭继任辽东太守。

公孙恭的能力远不及父兄。他小时候生过一场大病，导致丧失了男性功能，反映到统治风格上，则懦弱不能治国，对曹氏一味讨好。公孙家族扩张的势头就此戛然而止，在史书中消隐了好几年，一直到公元220年才被重新提及。这一年，曹丕接受汉献帝的禅让，建立了曹魏王朝。虽然已经建国，但因蜀汉、孙吴等外患的存在，曹丕选择继承父亲的羁縻政策，遣使拜公孙恭为"车骑将军、假节，平郭侯"。公孙恭也由汉臣转身变成了魏臣。

诸侯混战时期，中原人口急剧下降；而辽东远离战火，又有大量流民迁入，人口发展较快；及至三足鼎立，国家稍定之后，以曹魏的人口基数之大，土地疆域之广，财富资源之多，其人口会呈几何倍数的增长。拼发展的话，除非曹魏自己瞎折腾，否则辽东永远都撵不上，差距只会越来越悬殊。这是所有弱国的死局，辽东自然不例外，更何况他们的领导者还是公孙恭这样一个平庸之辈。

（三）无赖遇上了流氓

公孙恭的懦弱无能，激起了很多人的不满，其中就有他的侄儿公孙渊。公孙康死后，按礼应当由公孙渊继任，只因他当时年幼，才让叔叔接了班。如今时光荏苒，当年的幼童已经长大，对大权旁落的不甘心，以及保护祖业的责任感，驱使他做出了非常之举，终于在魏明帝太和二年（公元228年）发动政变，将公孙恭取而代之，然后再遣使向魏廷报告。

公孙渊先斩后奏、废叔自立的行为，不是公孙家族内部的"闹家务"、分遗产这么简单，他破坏了曹魏对辽东的管理秩序。因为公孙恭是魏明帝曹叡亲封的辽东地区代理人，推翻他就是挑战曹魏帝国的权威。当时要求讨伐公孙渊的请战声此起彼伏，比如公孙渊的弟弟公孙晃，当时正在洛阳为质。他就多次上表请求魏明帝出兵。还有素来以"老辣稳狠"著称的老牌谋士刘晔也主动献策，说："这小子现在刚刚上位，国内的反对派很多。我们现在派大军去征讨，打他一个立足未稳，再施展金钱攻势去诱降他的将士，可以兵不血刃，轻松解决战斗。"

平心而论，此时出兵辽东的确是一个绝好时机。但曹魏帝国此时正烽火相望，边患不断。东线战场，大司马曹休在石亭新败于陆逊；西线战场，蜀汉丞相诸葛亮接连北伐，陇右震荡。曹叡自觉无法集中力量，一举消灭公孙渊，只能放弃刘晔的建议，继续采取怀柔政策，任命公孙渊为"扬烈将军、辽东太守"。这个职务比当年封公孙恭的"车骑将军、假节，平郭侯"要低不少，算是略施薄惩，警告一下公孙渊："小子，你这么做，曹总是不高兴的！"

而公孙渊虽然得到了曹魏政权的承认，但是心不自安，担心对方早晚会翻脸。为求自保，他遣使贿赂孙权，欲结之为外援。事实上双方民间早有往来，东海之上时常能看见规模庞大的孙吴船队扬帆碧海，满载着葛布等货物驶向辽东岸线，与那里的边民交易貂皮、骏马。现在官方亦派出了使者往来、互相馈赠礼物。

魏明帝得知公孙渊暗通孙权的消息后，立令幽州刺史王雄由陆路，汝南太守督率青州军由海道进讨公孙渊。但这毕竟只是小规模的军事打击，力量有限，不足以毁灭公孙渊，反而驱使他更加倒向孙权。太和七年（233），公孙渊派遣宿舒、孙综等人向孙权贡献貂、马，上表对孙权大唱赞歌，卑辞承命，甘愿为臣。

孙权接到公孙渊的上表后，欣喜若狂，自信心急剧膨胀，觉得自己主宰中原的日子已经不远了，连例行的冬日祭祀也不举行了，说什么"郊祀当于土中，今非其所，于何施此"，俨然以君临天下的真命天子自居。接着他又不顾丞相顾雍、辅吴将军张昭等文武重臣的劝谏，下诏册封公孙渊为"燕王，持节督幽州，并兼任青州牧、辽东太守"。

是年三月，孙权派太常张弥、执金吾许宴、将军贺达等人领万余士兵，乘船去辽东册封公孙渊。这支船队不但携带着大量金银珠宝和九锡备物，还承载着孙权一统天下的远大理想。顺帆扬海的船队一路北上，从视线里渐渐消失。大错就此铸成！

曹魏很快查知公孙渊通吴的消息，立即采取措施紧急应对。之前命偏师伐辽，还只是起个警告。这次是动真格的了，魏明帝一面在山东半岛东端海陆要害布下重兵，严阵以待；一面加紧对公孙渊和辽东吏民威逼利诱，《魏略》中完整地保留了魏明帝晓瑜辽东军民的诏书，文中主要包括三点内容，一是把孙权痛骂一顿，说他"狼子野心，告令难移，卒归反覆，背恩叛主，滔天逆神，乃敢僭号"；二是斥责公孙渊背义，说他此举是"厌安乐之居，求危亡之祸，贱忠贞之节，重背叛之名"；三是赦免所有"反邪就正"者，说"其诸与贼使交通，皆赦除之，与之更始"。

面对天子之怒，公孙渊害怕了。他也没有想到孙权居然如此看重自己，本来只想暗通款曲，结个外援，搞点对外贸易。哪知孙权竟然不按常理出牌，兴师动众，唯恐曹魏不知道他俩的关系。他认为孙权的吴国被大海阻隔，远水救不了近火，于是决定叛吴归魏。至于如何处置那一万名士兵和堆积如山的金银珠宝，公孙渊不厚道地笑了。

孙权派出的万人舰队抵达辽东后，由使者张弥、许宴领着四百吏兵，携带文书服饰器物，进入郡城；其余人众则由将军贺达、虞咨率领在沓津留守。公孙渊设计袭杀张弥、许宴等人，其余士卒群龙无首，只能面缚乞降，被公孙渊发配到边地充军。紧接着公孙渊又派遣韩起率领三军，直趋沓津，以交易战马为名，引诱贺达等将领下船进入集市。然后伏兵四起，大开杀戒，斩首三百余级，落水溺死者两百余人，其余逃窜山谷而饥寒致死者不计其数。一万士兵，被杀得干干净净；船上承载的金银珠宝、兵器货物，尽归公孙渊所有。

当然这支吴国使团也并非完全乏善可陈。有一支队伍的表现可圈可点，替孙权挽回了点颜面。原来公孙渊当时为了图谋张弥、许宴，有意分散他们的人众，将之分置于辽东诸县。其中宦官秦旦、张群、杜德、黄疆四人带领的六十余士兵被安置在玄菟郡，借住在当地百姓家中。玄菟郡是个小郡，郡内一共也就两百多户人家，守军也不过三四百人。秦旦等人识破了公孙渊的阴谋，不甘心坐以待毙，又见玄菟郡城防空虚，于是决定乘夜发动偷袭，烧毁城郭，杀尽城中官员，以报国家。

这个计划很大胆，也有一定的成功率，但是却因内奸张松告密而破产。玄菟郡太守王赞得知密谋后，赶紧召集士兵，封锁城门，准备来个瓮中捉鳖。不料还是慢了一步，让秦旦、张群、杜德、黄疆等人翻墙逃跑了。

玄菟守军在后穷追不舍，情势万分危急。偏不凑巧，张群这时膝盖生了毒疮，走路一瘸一拐，全靠杜德搀扶才能在崎岖的山道上艰难地挪动。就这样走了六七百里地，毒疮发作得越发厉害，再也走不动了，他疲惫地倒在草地上，大口喘着粗气。同伴们守在旁边悲泣不已，不忍心丢下他。张群不想连累大家，厉声催促他们上路。这时又是杜德挺身而出，他让同伴们继续前行，自己留下来照顾伤员。他带着张群躲进深山老林中，采食野果充饥。

秦旦、黄疆与张、杜二人洒泪而别，率领余众继续前行，逃亡数日，终于抵达高句丽境内，脱离了公孙渊的控制范围。高句丽与公孙家是不共戴天的死敌，秦旦等人觉得可以利用这一矛盾好好做点文章，于是假传孙权圣旨册封高句丽王，并伪称这次携带了大量礼物来赏赐高句丽王，却被公孙渊尽数夺去。

高句丽王秉着"敌人的敌人就是朋友"的原则，欣然接受了册封，随即派人跟着秦旦一起回去营救张群和杜德，两人躲在山里当了好几天的野猴子，此时才重见天日。高句丽王盛情款待了秦旦等人，并于当年派遣士兵护送他们回国，向孙权奉表称臣，进贡貂皮千余件，鹖鸡皮十具。从此吴国和高句丽国建立了外交关系。

但是高句丽的称臣完全抵消不了辽东兵败带来的损失。使者逃回吴国后，孙权气得捶胸顿足、丧心病狂。要知道赤壁之战，他能拨给周瑜的兵力也就三万，现在莫名其妙地被公孙渊吃掉了一万，能不痛心吗？虽说孙权自己当年联合刘备却偷袭荆州杀关羽，投降曹丕又转身翻脸不认人，继承孙策的江山却不追尊兄长为帝，像这类缺德的事情没少干过，但那是自己辜负别人，都是可以理解的；别人一旦辜负自己，他会觉得比谁都委屈。

孙权真的急眼了，他不顾安危，执意要御驾亲征，说是非要把公孙渊的狗头拧下来丢海里去不可。但是皇帝亲自跨海远征，实在太过凶险，上大将军陆逊、尚书仆射薛综、选曹尚书陆瑁等人纷纷上书劝谏，好说歹说，终于把孙权这个疯狂的念头给打消了。毕竟辽东距离吴国太远了，又有大海相隔，想打它实在太难了，孙权这次只能吃哑巴亏咯。看来对付无赖，就该用流氓的法子！

（四）不要自作聪明，比你聪明的人其实很多

公孙渊一边忙着打扫战场，清算战利品，一边上书为自己洗刷罪名，他巧舌如簧，向魏明帝辩解说与孙权的往来是诱敌之计，还大言不惭说自己"虽有非常之过，亦有非常之功"。

公孙渊的这套说辞牵强附会，实属掩耳盗铃，根本欺瞒不了世人。但魏明帝此时也无意对辽东用兵，于是顺水推舟，加封公孙渊为"大司马，封乐浪公，持节、领郡如故"。

这是一招缓兵之计。实际上，经此一役，曹魏与公孙氏之间生发了严重的信任危机，只要有一星小火苗，就会引发大爆炸。一决生死的时刻很快就会到来。

事情是这样的。魏国使者傅容、聂夔抵达辽东后不久，公孙渊也收到了来自洛阳的内线情报，说侦查得知这批使者都是精挑细选出来的勇

士，提醒公孙渊要好生提防。公孙渊大吃一惊，他本来就因与孙吴暗中勾结而惴惴不安，唯恐曹魏兴师问罪，如今更是惧怕被这支使团实施"斩首行动"。于是决心暗中安排，先下手为强。

他派出步兵骑兵数千人，团团包围住安置大使的学馆，然后一身戎装入内拜受圣旨。这是极不礼貌的行为，傅容、聂夔二人狼狈逃回洛阳，添油加醋在魏明帝面前汇报了一番。

魏明帝怒了，他对公孙渊已忍无可忍，于是下令命幽州刺史毌丘俭带着军队去征召公孙渊入朝。公孙渊当然不会就犯，他集结境内的部队，屯驻在入辽的咽喉要道——辽隧。

辽东有条大河叫作辽水，辽水的东面有一条支流，叫小辽水。辽水与小辽水汇合之处，就是辽隧。毌丘俭的大军来到这里，正赶上十几天连下大雨，辽水泛滥。地形不熟，再加上突发情况，初战很不顺利，只好退兵。

公孙渊则乘战胜之势，自立为燕王，年号绍汉，以汉王朝的继承者自居，下置文武百官，并颁发诏书封鲜卑王为单于，积极联合周边的少数民族一起来骚扰曹魏的北境。

而魏明帝要端掉公孙渊的决心也十分坚定。这时候蜀汉丞相诸葛亮已经去世数年，继任者蒋琬是一个稳健保守的鸽派。从此西线无战事，压力顿减。魏明帝可以腾出手来处理辽东问题了。他从全国抽调出四万步骑精锐，又从雍凉前线调来老将司马懿，准备一劳永逸将公孙家族从地图上抹去。除了拨给司马懿的四万精兵之外，他还下令驻扎幽州的毌丘俭部也划归司马懿全权指挥，再加上魏军水师和高句丽、乌丸等国派出的援兵，总兵力预计超过十万。曹魏几乎动员了所有能够调动的资源来打这场灭国战争。

面对司马懿这样的百战名将，公孙渊不敢懈怠。他做了三手准备：一是派人到洛阳向魏明帝称臣，表示不敢有二心，愿意继续为曹魏镇守边陲，此为缓兵之计；二是操练士卒，修整武备，加紧备战；三是派人渡海到吴国，腆着脸向孙权称臣请援。

公孙渊聪明不假，但是太喜欢卖弄聪明，把别人都当成了傻子。事实上这个世上比他聪明的大有人在。

公孙渊求援的消息传到吴国以后，吴国人记恨前仇，恨不得把使者千刀万剐了，孙权也抱着幸灾乐祸的态度，静观公孙渊的死状。这时有个叫羊衜的人站出来劝阻："皇上，你对公孙渊见死不救，是逞匹夫之怒而非霸王之计！不如答应他们的求援，派出一支海军在辽东海域观望，如果魏军战败，就乘势上岸帮忙，可以得到公孙渊的感激；如果公孙渊战败，就趁火打劫，上岸掳掠他几个郡，然后满载而归，以报当年的一箭之仇。"

孙权一听，脑子马上转过弯来，决定"不计前嫌"，派出大军火速救援，并对公孙渊的使者说："请放心，我一定与你们同仇敌忾，存亡与共，就算因此而命丧中原，我也在所不辞"，又假惺惺地说："司马懿所向无前，我很为公孙老弟担忧啊！"

孙权说话向来矫揉造作，虚伪得让人好笑。在他"深情款款"的言语背后掩藏的全是贪婪和算计。

魏明帝收到公孙渊的信，自然置之不理，但是得知孙权出兵海上援助公孙渊的军情却深为不安，害怕司马懿的兵力不足以应付。但是老臣蒋济却早已看透了孙权的肚肠，他分析吴军深入辽东打陆战，则力不能及；在岸边耀武扬威，又不能构成实际威胁。此时就算困在辽东的是孙权的亲儿子，他也绝不会倾力相救，何况还是个曾经戏耍过他的公孙渊。他发兵海上，不过是遥为声援，坐收渔利罢了。魏明帝点头称是，从此不再担忧吴国捣乱。

辽东战场上，司马懿用兵果然神出鬼没、名不虚传，他一面用小股部队佯攻公孙渊全力布防的辽隧，一面率主力部队从辽水北部偷偷渡河，避实就虚，军锋直逼襄平城。辽隧守将卑衍、杨祚为救老营，只能从辽隧的壕堑中跳出来，尾追司马懿。孰料司马懿攻打襄平是虚，"围城打援"是实，其目的就是要将辽隧守军从深沟壁垒中引出来决战。

打野战，辽东军不是司马懿的对手。魏军调转枪头，迎头痛击把他们打得大败，接着又穷追不舍，三战三捷，歼敌数万，然后再回师围攻襄平。这时正好天降大雨，一连下了三十多天，辽水暴涨，魏军的运输船一路行驶无阻，从辽口出发直达辽隧城下。本来征讨辽东，最大的难题就是道路险阻，后勤补给跟不上。这下陆运改海运，物流效率还提高了。真是天亡公孙！

大雨一停，司马懿立即在襄平城周围堆土山、修箭橹，抛石机、弩弓齐齐发射。襄平城上，一时矢石如雨，哀声遍地。公孙渊坐困愁城，一筹莫展。接着城中断粮，士兵们开始吃人肉充饥，死尸相枕于道。曾经的王道乐土，如今竟沦为了修罗场。杨祚等将领见大势已去，纷纷出城投降。接下来，天上划过的一颗流星，成为压垮公孙渊的最后一根稻草。

这颗流星长达十余丈，从首山的东北呼啸而来，直坠襄平城的东南面。这是不祥之兆，襄平城内守军的士气降到了最低点。公孙渊见大势已去，忙带着儿子公孙修率数百骑兵向东南突围而逃。司马懿大军在后面穷追不舍，就在流星坠落的地方结果了他们父子的性命。襄平城被一举攻破，相国以下的数千名官吏被斩首，公孙渊的首级被送到洛阳示众，辽东、带方、乐浪、玄菟等地也相继平定。公孙家族灭亡了！

收复辽东，对于曹魏的意义巨大。帝国东北的边患既已清除，他们可以将驻守北境的边军大量抽调至吴、蜀前线，充实那里的军事力量；同时他们还收获了六十余万人口，要知道蜀汉灭亡时，人口也不过九十万；东吴灭亡时，人口两百三十万，六十万绝不是一个小数字。从此，曹魏的实力更加雄厚了。

而海的另一边，孙权的水师趁乱洗劫了几座小城，正携带着掳掠而来的男女财货，得意扬扬，满载而归。

九 长期实施家暴，绑架王储未遂，豪门公主孙尚香该判几年？

有一款街机游戏叫《三国战纪》，第一关的剧本是"截江救阿斗"，Boss是孙尚香。我当时觉得创作者脑子瓦特了，孙尚香明明是正派角色啊！直到读了《三国志》后，才知道绑架阿斗的主谋，不是别人，正是孙尚香！站在蜀汉的立场上看，孙尚香可不就是 Boss 嘛！只能说这款游戏的作者，比彼时的我更懂三国史。

按照正史记载，刘备与孙尚香的结合，那就是一场彻头彻尾的政治婚姻，没有丝毫感情可言。刘备夺取益州后，诸葛亮曾经忆苦思甜：当年我们主公在荆州的时候多惨啊，外有曹操孙权两大对手抢占市场份额，内有孙夫人这个不稳定因素。

原来这孙尚香不爱红装爱武装，不仅自己喜欢舞刀弄枪，身边还带了一群女特种兵。刘备娶了这么个女汉子，每天是心惊肉跳，为了保命，只好让又勇猛又忠诚又细心的赵云负责安全保卫工作。夫妻关系处到这个份上，也是没谁了。

有人称赞孙尚香是女中豪杰，一介女流，远嫁他国，竟能让枭雄刘备坐立不安，后面又一手策划了挟持阿斗的行动，算得上个人物。这话没毛病，但我总觉得孙尚香还可以做得更好。

首先，挟持人质，本身就是下作手段。当年，项羽在粮草将尽、万不得已的时候，升火架锅，威胁说要烹了刘邦老爹，这成了他平生的一大污点。鸿门宴放过刘邦，我们理解他仁义大度；乌江兵败自刎，后人同情他英雄末路；唯独拿人老爹来逼迫对手就范，几近无赖，这个没得洗。而孙吴当时的情形，可远没有到这个份上。

何况，行动还失败了，做贼的让主人逮了个正着，丢不丢人。相比之下，刘备集团的表现要大度得多。因为孙尚香在荆州，实际上也可以说是人质。但是她既然要走，赵云也就放了，来去自由、悉听尊便。挟持人质的勾当，我家主公不屑于为之，也算是为孙刘联盟留些颜面吧！

其次，孙尚香如果真正有政治智慧，应该积极发挥纽带桥梁作用，不断巩固孙刘联盟。我们常说秦晋之好，晋国嫁到秦国的公主，就发挥了好作用，她让已经做了秦国国君的儿子，释放被俘的三位晋国将领，缓和了两国矛盾。

当时北方尚有曹操这个强敌存在，孙刘两家就算精诚合作，尚且很难战胜，何况还窝里斗。有识之士其实都看得很清楚，孙刘联盟是势所必然，即使后来结下了夺荆州、杀关羽、火烧连营这样的深仇大恨，两家最终还是选择结为联盟。

而彼时，孙刘两家并未结恨，尚处于联盟的蜜月期，可孙尚香嫁给刘备后的系列行为，不但没有发挥任何积极作用，还不断添乱，本应该是个缓冲带，却偏偏当了导火索。

最后，站在孙尚香本人立场来分析利害，她既然嫁给刘备，就是刘家的人，帮着娘家夺了婆家的家业于她有什么好。就算孙权将来另给她安排婚事，男方也不过孙家的臣子，家业再大，还能大过刘备他们家？

最好的结果是孙刘两家一直和平无事，共同发展。娘家兴旺，婆家昌盛，这才是圆满。当然统一是天下大势，不是汉灭了吴，就是吴灭了汉，就算有这么一天，有她的存在，总还可以为亡国的一方多多少少争取一点优待条件吧！再说她也基本上看不到那一天，死后便是洪水滔天，管不了那么远。如果她为巩固孙刘联盟尽心尽力、刘备、关张和诸葛亮们未必轻视她。她甚至可以以刘禅嫡母的身份，辅助庸碌的幼帝治理国家，成为"女中尧舜"。

可惜，孙尚香计不出此，上演了一场"截江夺阿斗"的闹剧后，便从此退出了历史舞台，再无音讯。她算个女英雄，却远不是第一流的人物。

相比之下，孙尚香在民间的形象要可爱得多。这得益于文学作品的改编。《三国演义》给了她一副恋爱脑，嫁给刘备以后，立刻变身为护夫狂魔。老公要回荆州，她毫不犹豫地追随。哥哥派人来追杀，她挡在前面，谁敢杀我老公，先问问我的剑。至于为什么要回东吴？那是因为孙权诓骗她老娘病重，想见她最后一面，这才迫不及待赶回去孝敬老娘；为什么要带阿斗一起，是因为娃年纪太小，离不开我这个当妈的，我要带在身边照料，带他去见一见外婆，这是个多么善良的后妈啊！刘备猇亭兵败，吴国这边传闻刘备战死，孙尚香听说后，悲痛欲绝，跳江殉夫，好一个贞洁烈女。

小说给孙尚香加的这些人设，难免夹带了一些封建伦理色彩，但一个爱护老公，疼爱继子的贤妻良母，总比成天惦记着要把老公家业搬到娘家，阴谋绑架继子的女豪杰要可爱得多。

读完《三国演义》以后，再读《三国志》，总觉得这也是假的，那也是编的，哪有什么真爱，哪有什么忠义，都是利害，都是算计。可是后面又逐渐想明白，没有人情的政治走不远，历史人物的选择未必就对，智慧也许在民间。老百姓常说家和万事兴，国家又何尝不是这样？孙尚香果然如演义中描写的那样，真心敬爱刘备，尽力调处两家的关系，也许三国的故事真就会不一样。

十 交州往事：
权力的马太效应

交州是士燮他们家的私产，已经有很长时间了。

士燮是苍梧郡广信人，官二代，老爹士赐做过日南郡太守。苍梧和日南都归交州管，那时还是经济欠发达地区，教育资源匮乏。为了不耽误学业，士燮从小就被送到首都洛阳深造，拜在名师刘子奇门下，专攻《左传》，和关羽学的一个专业。

学成毕业后，士燮幸运地留在了首都，做了个小京官。后因犯错被免。但是太守的儿子不愁找不到工作，首都官多，老爹的话也许不够力度，在交州的人脉资源还是很丰富的。士燮很快就东山再起，担任了巫县县令，不久又被提拔为交趾郡太守。

天下已经乱成了一锅粥，那厢关东群雄嚷着要打董卓，这边岭南的蛮夷也不甘示弱，闹腾起来把交州刺史朱符给杀了。偌大个交州突然没了领导，一时"州郡纷扰"，出现了权力真空。

本来刺史死了，中央重新任命一个不就得了，不是什么难事。但现在的东汉朝廷正被西北军阀裹挟着四处流亡，自顾尚且不暇，哪里还有空管十万八千里外的交州。

士燮一看机会来了，老板不管我们，干脆我们自治。于是上表推荐他的大弟士壹担任合浦太守，二弟士䵋担任九真太守，三弟士武担任南海太守。"打虎亲兄弟，上阵父子兵"，交州一共七个郡，他家占了四个，真是"举贤不避亲"啊！

话说士燮上给朝廷的表奏朝廷能看到吗？这个不重要，士燮不是那么迂腐的老夫子，表奏一送出，也不等朝廷的批复，他就已经命令弟弟们走马上任去了。

士燮家族在交州的势力根深蒂固，几乎没有遇到什么阻碍，就把交州拿下了。趁着中原内乱，士燮躲在岭南过了一把"皇帝瘾"：

"燮兄弟并为列郡，雄长一州，偏在万里，威尊无上。出入鸣钟磬，备具威仪，笳箫鼓吹，车骑满道，胡人夹毂焚香者常有数十。妻妾乘辎軿，子弟从兵骑，当时贵重，震服百蛮，尉佗不足逾也。"

派头十足，非常有范，但他的追求也就到此为止。他自忖能力平庸，交州又狭远贫瘠，无心也无力参与群雄逐鹿，更没有济世安民的远大理想，只想窝在老家舒服过日子。

时逢王朝末世，持这样心态的人其实不少，他们趁着大厦将倾之际，肆意侵吞公产，甚至占山为王、割据一方。等到中原重归一统了，他们又审时度势，纳地称臣，以归顺之功，换得子孙世代的荣华富贵。

好在士燮性格仁慈，能善待百姓，史书说他"体器宽厚，谦虚下士，中国士人往依避者以百数"。他还是一个学者型的官员，公事之余，就泡在书房里研读《春秋》，并为之做注解，其学术水平得到了当时名儒的认可。

但交州毕竟不是世外桃源，士燮可以躲在里面不思进取，却不能阻止旁人来打主意。建安元年（公元196年）曹操把汉献帝迎接到了许都，东汉朝廷稍稍稳定，终于想到该管管交州了。估计曹操对士燮兄弟自立很不满，他不承认士燮对交州的实际控制，而是任命了南阳人张津为交州刺史。

哪知道张津这个外来人在交州根本就镇不住场子，上任不多久被部将区景杀死。估计交州民风比较彪悍，没有当地有势力的豪强大族配合根本就玩不转。而士燮兄弟对张津的态度，大家都懂。

这时刘表的势力也开始渗入交州，张津一死，他马上就派零陵人赖恭去接任交州刺史。正好这时苍梧郡的太守史璜也死了，刘表又派吴巨做了苍梧太守，动作很大，摆明了要来争夺交州这块蛋糕。

曹操得知张津被杀，赖恭继任的消息后，迅速调整对交州的外交政策。原来曹操控制的版图与交州不接壤，无法派兵征讨，而刘表却紧邻交州，近水楼台。为了抵御刘表的势力扩张，曹操决定与士燮合作，以朝廷的名义赐予玺书：

"交州绝域，南带江海，上恩不宣，下义壅隔，知逆贼刘表又遣赖恭窥看南土，今以燮为绥南中郎将，董督七郡，领交趾太守如故。"

意思是把交州七郡全都托付给士燮，要他替朝廷好好看住南疆，跟刘表死磕。

曹操是当时天下最粗的一条大腿，士燮毫不犹疑地选择抱了上去，立刻派遣使者向朝廷进贡称臣。当时因为天下丧乱，道路断绝，压根就没几个地方向朝廷进贡，而曹操"迎奉天子"，恰恰又最希望得到诸侯们的承认。士燮此举无异于雪中送炭，给了曹操好大一个面子。

花花轿子人抬人，曹操也不会亏待他，转手封了一个"安远将军、龙度亭侯"。

就这样十几年过去，交州一直是归顺朝廷的直属州。直到建安十五年，孙权派步骘出任交州刺史，也开始打交州的主意了。两年前，曹操赤壁兵败，军势自此不达南方，士燮失去了这么一座大靠山，只能选择向孙权臣服。

而刘表系的苍梧太守吴巨则不愿归附，他表面上顺从，背地里搞小动作。结果被步骘识破，设计诱杀了。

这个吴巨不是一般人，他是刘备的朋友，交情还很深厚。刘备当年在长坂坡被揍得满地找牙时，第一个想到要去投奔的人就是吴巨。现在好友惨死，刘备会有什么表现吗？

没啥表现，他新娶了孙权的妹妹，得管人叫一声"大舅哥"；他刚冒着生命危险，死皮赖脸从孙权那里借来了江陵；更重要的是他现在事业刚刚起步，需要联合孙权一起抵御曹操。

不必过多苛责"故人心易变"，因为形势比人强！后来好兄弟关羽被孙权杀害，诸葛亮、赵云等重臣不是照样劝刘备息事宁人吗？生而为人，本来就有很多无奈。

步骘将吴巨斩首示众，起到了杀鸡儆猴的效果。士燮从此死心塌地。他遣子为质，每年都向孙权供奉明珠、琉璃、翡翠、玳瑁、犀角、象牙等大量珍品，还有香蕉、椰子、龙眼等奇香异果，和吴国最稀缺的马。他还主动建功，替孙权诱劝益州豪族雍闿叛蜀投吴。

士燮如此恭顺，无非是想取悦孙权，让士氏政权在交州继续存在下去。他们太弱了，而对方的势力又那么强大，连抵抗之力都没有，只能摇尾乞怜。

孙权对于士燮的表现，似乎也很满意。他厚待士燮兄弟，加封士燮"卫将军、龙编侯"，封士燮的弟弟士壹为"偏将军、都乡侯"，士燮送去做人质的儿子士廞被他拜为武昌太守，其他的子侄也都被授予中郎将之职。

士氏家族坐享荣华富贵，士燮本人更是福寿双全，管治交州达四十余年，享年九十，于黄武五年（226），寿终正寝。

然而士燮没想到，孙权对士氏家族的宽容，只是因为他还健在。其实孙权的内心，无时无刻不想把交州据为己有。他绝不允许士氏家族这样的特权阶级在吴国的版图中存在，尽管后者是那样的恭顺服帖。

只是士燮在交州享有很高的声望，当地很多人都支持他们家族。如果武力强行吞并，势必会引起很多不必要的抵抗。孙权认为这不划算，不妨再等一等。

等的就是士燮的大限。士燮一死，他立刻任命陈时接任士燮的交趾太守，却把士燮的儿子士徽派到了九真郡。交趾是士氏家族发迹的地方，孙权如此人事安排，用意非常明显，就是要动摇士氏在交趾的根基。

紧接着，孙权又将交州一分为二。以苍梧、南海、郁林、合浦四郡为广州，任命吕岱为刺史；以交趾、九真、日南三郡为交州，任命戴良为刺史，进一步肢解士氏家族在交州的势力。

面对孙权的咄咄逼人，士燮之子士徽终于奋起反抗。他自立为交趾太守，发动家族私兵起来抵制戴良赴任。但这时的反抗没有任何意义，两家实力悬殊，士徽又没有乃父的威望，此事凶多吉少。

这时有位士燮的故吏叫桓邻，感念旧恩，叩头苦求士徽放弃抵抗，迎接戴良入郡为刺史。结果被恼羞成怒的士徽乱棍打死。这下把桓邻家的人给惹毛了，组织起私兵攻击士徽。士徽躲在城里坚守，两家混战了好几个月才讲和罢兵。

这个士徽的水平真够臭的，自己手下人都摆不平，还敢扯旗造反。结果这几个月没能够用来招兵买马、加固城防，光用来内耗了。脑子冲动犯下的错，可是要用血来偿还的啊！

经过几个月的时间，吴国做好了充足的战前准备，吕岱自广州领兵昼夜兼程，直逼交趾城下。这时士燮的一个侄子士匡正好在吕岱军中任职，吕岱和他亦师亦友，关系很好，于是让士匡进城搞统战工作，劝说士徽投降，开出条件的是："虽失郡守，保无他忧。"

士徽这时候脑子也清醒了，说什么保卫家园，守护祖业，那些都是远大的理想，现实是他连桓邻家的私兵都打不过，有信心能扛得住吴国的正规军？既然得了"缴枪不杀"的保证，就该就坡下驴，不要搞得将来不好收场。

于是士徽兄弟六人决定投降。他们的父亲，当年曾想通过让渡部分利益，继续保有家族在交州的权力；现在他们兄弟，则希望通过交出权力，来换取身家性命。

然而，他们不知道"凡有的，还要加倍给他叫他多余；没有的，连他所有的也要夺过来。"

事情的结局是:

"(吕岱)明旦早施帐幔,请徽兄弟以次入,宾客满座。岱起,拥节读诏书,数徽罪过,左右因反缚以出,即皆伏诛,传首诣武昌。"

为什么世上都知道仁义好,但还是要耍阴谋,就因为阴谋有时比仁义更高效。士氏子弟的鲜血染红了交州,从此这片土地尽归孙吴。

十一 刘备在什么时候最有希望兴复汉室？

要想兴复汉室，也就是一统天下，首先要保证自己在中原立住脚跟。东吴、荆楚、巴蜀这些地方看着挺大，其实都是欠发达地区，只能偏安一隅苟延残喘，最后被强大的中原王朝兼并。

等到曹操灭了袁绍，统一北方后，这个游戏就基本上大结局了。后面就算给刘备配了卧龙凤雏、五虎上将还有法正、魏延等一干优秀人才，也不好使了。英雄无用武之地嘛！

所以我认为刘备最有希望的时候，应该是在官渡之战前，确切地说，是在他从陶谦手里接过徐州之时。徐州地广人稠、资源丰富，可以成就一番霸业。当时的外部环境也非常好，曹操、袁绍这些人还没成气候呢，大家可以比较公平的竞争。

不过刘备的根基还不太稳固，陶谦虽然指定他为接班人，但是有一部分官吏和地方豪强却不服他。刘备还没来得及把这些异己都清理掉，换上自己的人，就被吕布偷了塔，丢了徐州，也从此失去了逐鹿中原的可能。

吕布其实是一把双刃剑，用得好，他能帮你冲锋陷阵、攻城拔寨，无往而不利，毕竟他是武力天下第一嘛；用得不好呢，容易被反噬，搞不好就身首异处。三国三大高危职业，其一就是吕布义父。

刘备也看中了吕布的价值，所以在吕布危难之际将其收留，想把他养成一员客将，供自己驱使；特别是吕布和曹操有宿怨，想养着他来对付曹操呢。可惜没把握住。

这说明在统战吕布这方面，还存在很大的进步空间。如果刘备能够运用好政治手腕，驾驭住吕布的话，届时他将拥有一套实力强劲且搭配合理的阵容，武将方面有吕布、关羽、张飞、赵云、张辽、高顺等顶级战将；谋士方面有陈宫、陈登"双陈"组合，也具备相当的实力。

以往刘备老是败给曹操，那是因为实力悬殊，每次都被降维打击。你真要给刘备与曹操差不多的资源，未见得会输给曹操。

人说刘备就是驾驭不住吕布，或者吕布就是养不熟的白眼狼。那也简单，干脆把吕布做掉。有两种方式，一种是趁吕布兵败来投之际，趁机派兵把他灭了。我刘玄德一生仁义，最看不惯你这三姓家奴。师出有名，不需要背负任何道德包袱。还有一种是设下鸿门宴，掷杯为号，关张二人各率一百刀斧手从两厢杀出，把吕布推出辕门斩首。

然后再去招降吕布的部众，相信以刘备的人格魅力应该不是难事。陈宫、高顺有可能不会投降，张辽肯定会投降的，陷阵营的那些士兵也肯定会投降。如此，不但可以除去吕布这个心腹之患，还扩充了不少实力。

这么一来，刘备的力量可能不足以战胜曹操、袁绍，但是足以自保，而且可以在这两大阵营之间作为一股第三方力量存在，谁占下风，我就下场帮谁，维持一种动态均衡的局势，谁也吃不掉谁，就这么耗下去。

等到徐州的统治稳固了之后，还可以派关羽率领一支偏师，如孙策一样去收取东吴，甚至再进取荆襄、巴蜀，这些地方的诸侯都很菜，完全不禁打，就是送人头、刷经验的。彼时刘备阵营实力大增，人才济济、兵强马壮，一举荡平中原群雄，不在话下！诚如是，则霸业可成，汉室可兴矣！

十二 刘备的成长三部曲

刘备这辈子，曾经与三个地方结下了不解之缘：让徐州、借荆州、夺益州。这三个地方，分别反映了刘备在不同时间阶段的心理历程。

让徐州的时候，刘备还是个小年轻，也是个小人物，没什么名气。你不要受了《三国演义》的影响，刘备开场就长了一张主角脸，其他人都是众星拱月；一开局就拥有关羽、张飞两员虎将，是天选之子。

其实根本没用！群雄逐鹿，拼的是综合国力，是土地、人口、经济、军事实力各方面。一两个猛将的作用实在是微乎其微。关羽再能打，手下没兵了，不还得败走麦城嘛！

何况关羽和张飞的名气，那都是后面打出来的。这时候，关羽就是个马弓手；张飞呢，是个步弓手，他俩都在那默默无闻呢。

所以这时候的刘备，还是个刚出道的好青年，非常渴望得到老前辈们的关注。比如，孔融派人向刘备求救时，刘备就受宠若惊："孔北海居然知道世间有刘备啊？"是真性情，也是真没有名气。所以，他即使得到了地盘，也要温良恭俭让，装样子要把徐州让出去。

借荆州的时候，刘备已经人到中年，四十好几的人了，再不干出点成绩来，眼看就要喝茶等退休了。他不甘心啊，他做梦都想把荆州收入囊中。

可惜偏偏本钱不够雄厚，打不下江陵城，最后只好捏住鼻子，忍着恶心，跑去找孙权，在一个比自己小二十多岁的年轻人面前，放低姿态，半求半骗，借到了一点地盘。

刘备不是从来就这么怂的，刚出道那会儿可是个狠角色。他当县令的时候，有一回去拜见督邮，吃了闭门羹。小伙子一怒之下，冲进去把督邮拽出来，绑在树下拿鞭子往死里抽，然后挂冠而去，十分潇洒。

但那时候年轻啊，未来还有无限的可能，可以去疯去放纵。可是十几年下来，遭受了不少挫折，到现在还一事无成呢。他在蹉跎中习得一身生存技能，深刻理解了能屈能伸的道理，早已修炼成油浸泥鳅——滑不留手。所以他能够放下身段，忍辱负重，甚至是耍了一些小花招，最后终于借到了荆州。

夺益州的时候，已经是老奸巨猾，贼心贼胆贼力都有了，开始明目张胆从别人手里抢地盘了。刘备打刘璋，在道义上一点都站不住脚。因为刘璋是客客气气把你请进家来，好酒好肉招待你。人家可从来没有得罪过你啊，你有什么道理夺人家的地盘。

但是站在刘备的立场来看，他只有半个荆州，还是借的，形势十分严峻。要想夺取天下，就必须要把益州拿到手，这就是道理。刘璋的菜，是他的原罪，刘备打不过曹操，灭不了孙权，只能先杀你这个小怪，长长经验。

刘备曾经说，曹操是他的一生之敌，所以他的为人行事，必须要和曹操反着来。曹操凶残，他就要仁义；曹操阴险狡诈，他就要光明磊落。可是光靠仁义，是战胜不了曹操的。批判的武器不能代替武器的批判。要想战胜曹操，就必须要有实力，必须要拿下益州。哪怕你这么做，并不是那么的仁义。

恭喜你刘备，终于活成了自己最讨厌的样子！

十三 大搞行为艺术,低俗表演流出, 魏国皇室再爆丑闻!

三国一共产生了 11 位皇帝:曹魏是曹丕、曹叡、曹芳、曹髦、曹奂;蜀汉是刘备、刘禅;孙吴是孙权、孙亮、孙休、孙皓,如果要在这些皇帝中评选出最不靠谱的一位,那绝对非曹芳莫属。

魏明帝曹叡没有儿子,于是从宗室中过继了一个,就是曹芳。曹叡死后,曹芳继位做了皇帝,但他当时还很年幼,朝政被大将军曹爽把持。后来司马懿发动政变,把曹爽干掉了,自己取而代之。司马懿去世后,权力又移交到了他的儿子司马师手中。曹芳就没掌过一天的权,扎扎实实当了十几年的傀儡。

曹芳当然不甘心一直做傀儡,他也想把权力从司马家族手中夺回来。嘉平六年(公元 254 年),曹芳的亲信中书令李丰和皇后的父亲光禄大夫张缉计划发动一场政变,扳倒司马师,让素有威望又忠于曹魏的夏侯玄做大将军。

当时,姜维出兵征伐陇右,司马师急调镇守许昌的司马昭去迎战姜维。司马昭的军队路过京师洛阳时,皇帝照例要在城郊检阅。倒司马派于是密谋,趁司马昭觐见辞行的时候将他刺杀,然后收编他的部队向司马师发动突然袭击，一举铲除司马家族，夺回大权。

曹芳是个生于深宫，养于妇人之手的皇帝，没有杀伐决断的魄力，天人交战了很久，一直没有勇气在大臣们拟好的诏书上画押。这时，司马昭已经上殿来辞行，曹芳大失常态，居然一边吃栗子，一边接见大臣。都说美食能够消除烦恼，这倒确实是个缓解压力的好办法。

曹芳的这个怂样，手下们实在看不下去了，忍不住提醒他："青头鸡，青头鸡"。所谓青头鸡，就是鸭，与"押"同音，这是在提醒曹芳赶紧画押。但是曹芳他害怕啊，迟迟不敢动手。司马昭是多么聪明的人，很快就嗅出了这大殿的空气中有阴谋的味道，果断下令引兵入城，把曹芳和他的左右亲信都控制住了，加以审问，密谋很快便大白于天下。

司马师是一个狠角色，他快刀斩乱麻，将涉案的相关人员全部处死，然后又联合朝中众臣共同上疏皇太后，要求废掉曹芳的帝位。奏疏罗列了曹芳的以下几条罪状：

一是沉迷低俗戏曲表演。曹芳非常尊重文艺工作者，尤其宠幸两位戏曲艺术家，一位叫郭怀，一位叫袁信。这两位老师德艺双馨，尤其擅长的一个节目叫《辽东妖妇》，就是反串，由男演员扮演女性角色，两位老师扮演的辽东妖妇真叫一个风情万种、妖娆婀娜，果然男人风骚起来，就没女人什么事了。由于演出是在视野开阔的广望观上进行的，过往的行人都能有幸欣赏。可能是视觉效果太过震撼，大家都是用手遮着眼睛走过的。只有皇帝陛下看得津津有味，流连忘返。

二是大搞集体行为艺术。曹芳考虑到这些文艺工作者们平时工作太辛苦了，要他们注重劳逸结合，经常组织他们参加团建活动。地点就选在建始宫的芙蓉殿，曹芳让他们"裸袒游戏"，与宫中的女官们一起大搞集体行为艺术。皇帝陛下则带着后宫团们在一旁欣赏观摩、学习姿势。曹芳还嫌不够热闹，又盛情邀请了大量皇族女眷加入他们的联谊活动，与可敬的文艺工作者们一起传承酒文化。大家喝得酩酊大醉，场面不堪入目。

三是拒不纳谏，肉体攻击大臣。曹芳的行为放荡，有些责任心强的大臣忍不住要去劝谏他。但是曹芳根本不吃这一套，他随身携带一枚弹弓，谁惹他不高兴，他就弹谁。有一天，女官李华、刘勋二人和戏曲艺术家们在宫中嬉戏打闹，被管理皇宫事务的官员令狐景撞见了。令狐景很不高兴，把李华、刘勋两个人叫来批评了一顿："你们都是皇帝身边的人，各有官职，怎么如此不检点？"李华、刘勋挨了批评，心里很不是滋味，心想这是皇上让我们干的，要你这个糟老头子多管闲事，于是跑到曹芳面前去告状。

曹芳火了，举起弹弓就往令狐景的脸上弹，打得他鼻青脸肿满地找牙。令狐景这人，不懂得看脸色，后面还继续劝谏曹芳，说："你现在和后妃这样天天瞎胡闹，太不像话了，如果让太后知道了可怎么办？"曹芳说："我是皇帝，想干啥就干啥，关太后什么事？"他叫人拿烧得红彤彤的铁块去烫令狐景，把他全身烧得没一块好肉。

又有一天，皇上兴致很高，与近臣手牵着手，在后花园里散步赏景，有个叫庞熙的官员跳出来说："从官不能和皇上手牵手、齐步走，不合礼法。"曹芳再次暴怒，举起弹弓向庞熙精准制导攻击！令狐景、庞熙被打怕了，再也不敢劝谏，只能诌媚事主。

四是不爱学习，不理朝政。皇太后非常关心皇帝的学习成绩，要求皇帝每天要在式乾殿学习经史。但曹芳对这种"鸡娃教育"十分反感，去了只是走个过场，板凳都没焐热，就翘课了。他还交代小太监们，要是太后派人来过问他的学习情况，就回答说："皇上学习呢，听得可认真了。"呈递给他的公文，他从来也不看。反正自己说了也不算，何必损害视力呢？

五是对太后不孝。甄皇后去世，位置空缺出来，曹芳想立王贵人为皇后，但太后不喜欢王贵人，想在宫外另选一位皇后，已经物色好了一位姓张的姑娘。曹芳不敢正面顶撞太后，私底下对属下大发牢骚："大魏前任历代君王，都是立自己喜欢的女人当皇后。怎么到我这，就非得听太后的。"后来虽然违心立了张皇后，可是从不与她亲近，一点也不给皇太后面子。后来太后的母亲去世了，曹芳不但不去探望慰问，反而躲在后宫和戏子们吹拉弹唱、饮酒作乐好不开心。有人就劝他，皇太后正在服丧，水米不进，皇上应该多去看望安慰她老人家，怎么能在这里寻欢作乐呢？曹芳说：关你屁事。

这事传到了皇太后耳中，她老人家非常生气，回宫之后就下令把陪曹芳玩耍的小伙伴都杀了，其中就有曹芳的爱妃张美人和毞婉。曹芳也怒了，对手下人恶狠狠地说："太后杀了我的爱妃，从此我和她的母子恩情一刀两断。"他命人厚葬了张美人等人，还多次前往墓地去哭祭，狠狠打了太后的脸。

根据以上几大罪状，司马师等人认为曹芳根本不配做皇帝，将他废为齐王，撵出洛阳。

历史是由胜利者书写的，司马师们必定要丑化曹芳、搞臭曹芳，非如此不能说明废帝的合法性。那么这道奏疏上关于曹芳劣迹的记载，有没有捏造事实的可能呢？

我的观点是可能有夸张的部分，但大体可信。前面讲到这道奏疏是由数十名朝廷重臣联名上书的，其中不乏德高望重的老臣，在政治立场上，他们确实支持司马家族掌权，但是在私德方面还是无可指摘的。曹芳被废已是既定事实，他们又何必昧着良心、信口雌黄，编排这些恶心的段子，往曹芳身上泼脏水呢？

放眼整个三国，共有三位君主惨遭废黜，除了曹芳外，还有曹髦和孙亮。我认真比对了罗列三人罪状的文书，发现对曹髦、孙亮的指责都比较笼统含糊，举不出什么实际的案例。唯有罢黜曹芳的这份奏疏内容翔实、情节丰富、细节生动。这说明了什么？本来废皇帝，就是走个过场，随便编点理由交代一下，大家彼此心照不宣。但你现成的素材堆在这里，写文案的人当然没有理由不用啊！

十四 曹植真的不懂政治吗？
他早就预言了曹魏的亡国命运！

有些人，大家或许很熟悉，但是不了解。

比如曹植。说起曹植，大家都知道是位大文学家。但如果问起他写过哪些作品，很多人都只能回答说《七步诗》。那么，《七步诗》能够代表曹植的文学水平吗？显然不能。首先，《七步诗》是否曹植所作，就存在争议。主流观点认为它是伪作。该诗在《三国志》《曹子建集》中均未收录，仅见于《世说新语》。且从情理上分析，也不大能说得通。其次，从文学水平上看，其亮点是比喻贴切生动，但是语言缺乏锤炼，意象也不够精巧，类似于"抖机灵"的打油诗，离辞赋名篇相差甚远。曹植的代表作有《洛神赋》《赠白马王彪》《与杨德祖书》等名篇，比《七步诗》高出了不少段位。

再有，曹植的政治水平如何？世人多因曹植在文学史上的名气，而忽视了他的政治水平。更有一些人受成王败寇思想的影响，因为他在夺嫡之战中败给曹丕，就断定他在政治上不堪造就。这又是一大误解。曹植是有政治能力的，而且很得曹操认可。建安十九年，曹操征孙权时，特命曹植留守邺城，并语重心长道：为父当年做顿丘令时也不过二十三岁，现在回想起来没有什么可以后悔的事情，你今年也二十三岁了，好自为之。曹植的表现也不负所望，令曹操十分满意，甚至有好几次都想将他立为太子。

曹操是一个非常成熟的政治家，曹魏的这片江山又是他戎马一生，苦战经营才打下来的。为万世基业选择接班人，他一定非常慎重，绝不会仅仅因为曹植文章写得好，就让他接管政权。他看中的显然是曹植的政治能力。

为了培养曹植，曹操外出征伐时常带他随行，"南极赤岸，东临沧海，西望玉门，北出玄塞"，足迹遍布四塞。当时天下尚未太平，战事此起彼伏，曹操希望通过自己的言传身教和军旅生涯的生动实践，帮助曹植尽快成长为能够独当一面的文武全才。到了建安二十四年，关羽率军北伐，围困襄樊，接着又水淹七军，威震华夏。当时的形势万分危急，曹操紧急调遣精锐部队去救援，并打算任命曹植为帅。疾风知劲草，在关键时刻，曹操选择曹植，正是因为看好他的军事才能。

我读曹植的文章，发现里面关于政治的建言，确实高屋建瓴，切中时弊，对于政局的未来走势有着精准的预见。毋庸置疑，他是一个天才的政治家。那么他为什么会在夺嫡之战中失败呢？真的是因为曹丕在政治上更胜一筹吗？

我翻遍《三国志》，发现里面没有一句话，提到曹丕夺嫡胜利是因为他比曹植更贤的。后人根据曹丕胜曹植败的结果，反推出曹植政治水平不及曹丕，实属本末倒置。在我看来，曹丕之所以胜，曹植之所以败，主要原因有以下两点：

一是曹丕是长子。立嫡以长，既是传统，也是规矩。曹操曾为择立太子一事，向亲信重臣们征求意见，大家一致认为立嫡以长天经地义，嫡庶不分后患无穷。这些意见分别在《三国志》的《崔琰传》《毛玠传》《邢颙传》《贾诩传》中有详细记载，其中以贾诩的回答最具戏剧性和代表性：曹操私下征询贾诩的意见，贾诩一言不发。曹操问，我问你话呢，怎么不回答？贾诩说，刚才我正在回想一些往事，所以走神了。曹操问，想什么事呢？贾诩说，想袁绍和刘表的事。袁绍和刘表都是曹操的老对头，后来都被曹操吞灭。这两人的败亡有一个共同点，就是废长立幼，袁绍选择了小儿子袁尚，刘表选择了小儿子刘琮，结果都引起大儿子的不满，导致自相残杀，最后被曹操坐收渔翁之利。这两件事，都是曹操亲眼见证过的。殷鉴不远，他有勇气去重蹈覆辙吗？

君主再精明能干，也不能包打天下，凭一人之力治理好偌大一个国家。他需要整个统治集团的配合协助。反之，君主虽然平庸无能，只要统治集团和睦团结，政府机器照样能高效运转。

而统治集团并不是一个抽象的整体，它是由一个个王公重臣、朝廷勋旧组成的。这些个体代表不同的政治利益，拥有不同的政治立场，一旦处理不当，就有可能造成集团内部的倾轧和对立。要想平衡好各股政治力量，就必须要在他们的不同政治诉求中，取得一个最大公约数。在选定接班人问题上，立嫡以长就是那个最大公约数，是最不容易引起争议，也是各个山头都能够接受的一种方案。所以立嫡以长这个规矩，能够颠扑不破，一直传承数千年，原因就在于此。

朝臣们选择支持曹丕，并非认为他有何过人之处，而是遵守游戏规则，维护大局稳定。在浩浩历史大势前，个人因素其实很渺小，不过是在天下这盘大棋局中，充当一枚棋子而已。那些以嫡长子身份继承家业的人难道就一定比他的兄弟们优秀吗？未必！他们也许真的就仅仅只是，早几年出生而已！

《贾诩传》中还记载说，曹丕曾派人请教贾诩，怎样才能保住自己的地位？贾诩的回答十分淡定，但愿将军能够弘扬道德，培养气度，实践士人的责任和义务，勤勤恳恳、孜孜不倦，不做违背孝道的事情也就可以了。这话虽然老生常谈，没有新意，但却有用。因为曹丕处于守势，曹植处于攻势。防守总是占优势的，曹丕只要不犯错误不折腾，就能守擂成功。二人的竞争从一开始就是不平等的。

二是曹丕善于伪装。《三国志》记载曹植"任性而行，不自雕励，饮酒不节"，而曹丕"御之以术，矫情自饰，宫人左右，并为之说"。原来他是通过广施小恩小惠，收买曹操身边的宫女太监来公关上位的。矫揉造作、虚情假意虽然不够光明正大，但却着实有效。曹植输就输在他的文学才华上了，正因为身上的文人气太重，曹植对待权力总是持一份超然物外的态度，他可以展现才华得到父王和朝臣们的认可，却不愿意放下身段、患得患失去汲汲钻营。

还是太正派了，曹植可能没有想到政治并不是儒家典籍所记载的那样雍熙清穆，而是充满了肮脏和卑鄙，暗藏着心机与权谋。或许他虽然知道，但是清高自许的他，实在没有办法委屈自己同流合污，他沉醉于美好的文学世界里无法自拔，非梧桐不止，非醴泉不饮，对曹丕爪下的那只腐鼠根本不屑一顾。

文学天才成就了他的艺术创作，也毁灭了他的政治生涯。其中的得与失，孰多孰少？

人们也许会说，权势只是一时的，而文学与艺术却是永恒的，政治上的失意成全了曹植在文学史上的千古美名。但曹植本人可能不会这么认为，他很快就会意识到因为身上的文人气，而失去了多少。

建安二十五年，曹操在洛阳病逝。曹丕继任丞相、魏王，并在当年十月，接受汉献帝的禅让，即位称帝。国号魏，改元黄初。举办完隆重的禅让典礼，曹丕得意地说道："舜、禹之事，吾知之矣。"

曹丕享受着皇帝无上尊荣的同时，曹植却在披麻戴孝，为汉朝发服悲哭。曹植对汉王朝和汉献帝的感情很深厚吗？多少是有些的，作为一个骨子里充满烂漫气息的文人，曹植确实对大汉怀有别样的感情，他曾在《白马行》中盛赞汉朝名将"长驱蹈匈奴，左顾陵鲜卑"。但是这绝不是曹植号啕大哭的主要原因。他更多是在为自己的遭遇，怨激而哭。曹植或许对权势并无太多依恋，但却有着极强烈的政治理想，渴望能够建立丰功伟业。而如今万里版图、亿兆黎庶，尽数拱手让人，他的政治理想再也不可能实现了。

岂止是理想破灭，他的生命也面临着危险。曹植的铁杆支持者主要有杨修、丁仪、丁廙等人，其中杨修因为惹怒曹操被处死，曹丕继承魏王之位后，又把丁仪、丁廙全家的男口杀光。曹植此时已是孤家寡人，惶惶不可终日。

对他本人的打击接踵而来，黄初二年，监国使者为了迎合皇帝，上奏弹劾曹植"醉酒悖慢，劫胁使者"。曹丕接到弹劾后，立刻交代司法部门给曹植从严从重定罪，想借此小题大做，置他于死地。幸亏有卞太后出面，曹丕才从宽处理，免其死罪，但将他的封地由一万户削减为八百户，算是破财消灾。

但更大的危险还在后面。黄初四年，魏廷举行迎气典礼，各地诸侯均要赴京参加朝会。曹丕、曹植的同母兄弟——任城王曹彰，抵达洛阳后不久，突然发病身亡。曹彰雄武骁勇、其壮如牛，他的死因十分蹊跷。曹植得知亲兄的死讯后，除了悲伤外，更有疑惑和担忧。

原来曹操死后不久，曹彰曾找到曹植，煽风点火：父王临终前紧急召我回来，是想让我拥你为王。曹植听罢拒绝道：不可，袁谭、袁尚兄弟就是教训。其实曹植心中自有分寸：曹丕是先王在世时确立的太子，得到大多数朝臣的拥戴，仅凭他与曹彰两人的力量，根本无法推翻曹丕，不过白白损耗大魏的元气而已。这种亲者痛，仇者快的事情，何必要去做呢？但曹彰不肯善罢甘休，他对曹丕争夺太子的阴险伎俩多有耳闻，要替弟弟打抱不平，他甚至跑到曹操灵前大闹，讨要玉玺。

曹彰的行为当然会引起曹丕的不快，甚至生出杀心。现在曹彰莫名其妙地死在洛阳，很可能就是被曹丕谋害。一想到这，曹植本能感到恐惧。

但站在曹丕的角度，要一下子杀死曹彰、曹植两个也很难。因为卞太后尚在，再加上儒家的"亲亲"之义，他找不到理由公然下令处死，只能采取暗杀的手段。由于手法高超，曹彰之死尚可以遮掩，自欺欺人地说是急病身亡。但同样的手段，还能再次施之于曹植吗？洛阳城中，两位藩王同时暴毙，未免也太明显了吧！而如果在曹彰、曹植两人之中只能选择一人下手的话，曹丕肯定会选择曹彰。因为曹彰是一个带兵打仗的武将，杀伤力更大；而曹植虽然才高，毕竟一介书生，易于控制。

于是曹丕暂且饶过曹植一命，但又没有想好如何处置，只是安置在西馆，既不召见，也不放他回藩国，一直这样耗着。最后还是曹植主动出手，打破僵局，向皇帝呈上了一篇奏疏及两首四言诗。

诗文的大意是赞叹魏国的强盛，歌颂皇帝的英明，谴责自己的愚妄，反省往日的过错。诗中歌颂曹丕"德象天地，恩隆父母，施畅春风，泽如时雨"，自称"小子"，又说自己"恃宠骄盈，顽凶是婴"，感恩皇帝"舍罪责功，矜愚爱能"。

这两首诗的文学修饰可能不错，但却是没有灵魂的作品。那样高贵的曹子建，竟然如此委屈自己，写出这种阿谀奉承的颂圣诗。字里行间对曹丕出格的颂扬以及对自己过分的谦抑，读罢令人备感心酸。他不得不用自己积淀几十年的文学功底，为皇帝歌功颂德；用自己指点江山、激扬文字的如椽巨笔，向曹丕摇尾乞怜。这对他那颗高贵的心灵是一种怎样的伤害啊！但他必须要这样做，因为他要生存下去。

不必指责他贪生怕死，死不是不可以，但要看死的意义。人固有一死，或重于泰山，或轻于鸿毛。为了理想信念，为了国家民族，这样的死，有意义，有价值。如果仅仅为了那一点虚荣骄傲，文人的清高，拒不低头，因此而丢掉性命。那并不是勇敢，而是愚蠢，一介莽夫而已。

曹丕收到这道奏疏以后，虚荣心得到了极大满足，终于大发慈悲，准许曹植返回藩国。回国途中，曹植想与异母弟白马王曹彪结伴同行，经历了亲兄暴毙身亡、自己死里逃生等连番打击后，曹植心灰意冷，只有在这位性情投缘又同病相怜的异母弟弟那里，还能得到一丝慰藉。然而就是这样一个小小愿望，最终也没能够实现。监国使者为了防范藩王交接，勒令二人中途分离。离别之际，曹植感慨万千，写下了传世名篇《赠白马王彪》，他在诗中这样写道："玄黄犹能进，我思郁以纡。郁纡将何念，亲爱在离居。本图相与偕，中更不克俱。鸱枭鸣衡轭，豺狼当路衢。苍蝇间白黑，谗巧令亲疏。欲还绝无蹊，揽辔止踟蹰。"

然而，这只是曹丕防范宗室政策的冰山一角。他对皇室宗亲的抑制和打压是全方位的，他虽然遵照礼制将年长的弟弟们全部封为王爵（唯独曹植比其他兄弟晚了一个月），但是这些藩王在封地内没有任何行政、军事权力，只能终日暖衣饱食，无所事事；他禁止皇族之间有音讯交往，就连婚丧嫁娶的庆吊之礼都不允许；他还规定，分配给藩王的僚属只能选用鄙俗无才的庸吏，卫兵仅限于老弱病残，且总数不能超过两百人。而曹植因为之前所犯的过失，各项指标又要再减一半。

曹丕对于宗室的防范几乎到了病态疯狂的程度。恐怖窒息的高压政策，将皇室的骨肉亲情扼杀殆尽，把本应拱卫中央的藩王们一个一个拔牙去爪。以至于后来司马家族篡魏自立时，曹魏的这些宗室们，一个个"有心杀敌，无力回天"，只能眼睁睁地看着曹家的亿万资产被无偿过户。

经历了争嫡失败和曹丕的打击报复，曹植成熟老练起来。以前他恃才傲物，脑子里只有诗和远方，在慈父曹操的羽翼下，像个永远也长不大的孩子。直到失去父亲的庇护，遭尝艰辛磨难之后，他才真正长大，他明白了生活不是只有诗和远方，还有权力和斗争。

父亲实在太强大了。有他在的日子，曹植总觉得自己生在王道乐土，可以安心地沉浸在美好的文学世界之中。虽然四境战事不断，但父亲自有办法去摆平，不必自己去操劳担忧。

然而现在父亲死了，刘备随即在成都称帝，孙权也称吴王，并在不久后与曹魏翻脸。凭借曹丕的能力，显然震慑不住这两大枭雄。三足鼎立之势已经形成，统一大业遥遥无期，而且孙刘两家又有联合的趋势，正在日夜合谋、伺机反杀，他们甚至已经在纸面上预先瓜分了曹魏的疆土。大魏国的边境并不安稳。

外患已然如此，内忧则更严重。如果将曹魏帝国比喻成一株枝繁叶茂的大树的话，来自吴蜀两国的军事打击只是外面的风雨，曹魏帝国本身的统治集团才是它的根基。而现在正是它的根基出问题了！

曹魏的统治核心是由谯沛武人和汝颍谋士两大集团组成的，谯沛集团成员包括夏侯惇、夏侯渊、曹仁、曹洪等，汝颍集团的代表人物则有荀彧、荀攸、郭嘉、陈群、司马懿等。谯沛集团成员是曹操起兵时的班底，是以浓郁的乡党观念、豪强身份和军界权力组合起来的政治派别，最得曹操的信任和倚重。同时因为谯沛集团起自民间底层，他们的权力来源于曹魏皇室，所以拥护曹魏的积极性最高，是保卫曹魏政权的柱石。

而汝颍集团成员大多出身世家大族，他们世代做官，有的大家族甚至显赫了几百年。他们的权势地位不是来源于曹魏的恩赐。相反，曹操创业倒要借助他们的力量和资源。打天下需要网罗人才，甚至要与对手抢夺人才。因此，曹操在白手起家、惨淡经营、征讨四方这几个发展阶段中，都自觉或不自觉地吸纳进许多汝颍士人加盟自己阵营，客观上促成了汝颍集团的形成。曹操与他们更像是合作关系，信任程度不及谯沛旧人。

曹操对待这两大集团的策略是，重用谯沛，利用汝颍。他让谯沛武人掌握中央禁军和四境边兵，汝颍士人则担任谋士僚属或地方文官的角色。由于曹操本人的能力太强，很多大事，他自己就能够拍板决策，汝颍士人所拥有的只是建言献策的权力。再加上曹操的个人魅力无穷，能够调和阴阳，平衡好两派的关系，让他们和衷共济，共同为大魏的事业添砖加瓦。

但是不能指望继任者都能拥有曹操那样的水平。到曹丕这里，智商不够用了，很多事情他搞不掂，只能求助于汝颍士人。比如说在夺嫡这件事情上，陈群、司马懿这些人就替他出了死力。曹丕当上皇帝以后，自然投桃报李，把这些人提拔到了领导岗位上，从此汝颍士人不仅执掌中央朝政，也开始染指兵权。

随着时光推移，当年跟着曹操一起打天下的老臣宿将，先后去世，即使偶有长寿健在者，亦多老朽不堪。新陈代谢、更新换代，本是客观规律。只要不断有新鲜血液补充进来，大魏的政权就可以继续运行下去。

然而问题出在谯沛集团后继乏人、日趋式微；汝颖集团却人才济济、蒸蒸日上。

这样一来，为了维持国家机器的运行，曹魏的各大要职，开始不断渗进汝颖集团的力量。原来的政治平衡被改变，汝颖集团隐隐然有独大之势。曹魏的统治基础开始动摇，后果不堪设想。

造成这一后果，其实与魏文帝曹丕在用人政策上的一系列失误有很大的关系。这些弊端，曹植虽然看在眼里，却没法向曹丕进言。他知道以曹丕对自己的猜忌之深，这番逆耳忠言，不但无补于事，甚至可能给自己惹来杀身之祸。现在的他比以往任何时候都爱惜生命，在他的诗文中，我发现不少对于养生延年，追求长寿的愿望。当然他的养生，不只为单纯提高生活质量，延长生理寿命，而是为了等待机会实现自己的理想。那个时代的人寿命太短了，周瑜只活了三十六岁，郭嘉三十八岁，他的弟弟，神童曹冲更是不到十二岁就夭折了。生命实在太脆弱，最怕大限到来那天，还没来得及在这个世上建立一番功业，埋没了自己的才华。这样的结局，不是太可悲了吗？他在文章中说道："名者不灭，士之所利，姑孔子有夕死之论，孟轲有弃生之义。彼一圣一贤，岂不愿久生哉？志或有不展业。是用喟然求试，必立功也"。

等到曹丕驾崩，魏明帝曹叡即位。曹植认为时机来了，他再次拿起笔来，精心遣词造句，写就了《求自试表》。他婉转地批评了皇帝在军事上的用人不当，请求皇帝重用自己，让自己领军出征，讨平吴蜀。

当时正值诸葛亮第一次北伐出征，三郡望风而降，关中动荡；而东吴也蠢蠢欲动，伺机出境。曹魏的天下面临着巨大的危机。面对外有吴蜀强敌，内有权臣旁伺的动荡局势，魏武的血液开始在曹植的体内沸腾。他在《求自试表》中慷慨陈词，希望能够挺身而出，为曹魏江山削平外患。哪怕出师未捷，身死吴蜀异地亦在所不惜。当然，曹植的请求出山还有一层意味，那就是只要他在台上用事，好歹可以和汝颖士人拼杀一阵，制衡一下他们。

可惜，这篇奏疏递上宫阙，曹叡不为所动，束之高阁。

苦等回音而不至的曹植终于明白，在对待自己的态度上，曹丕、曹叡父子可谓一脉相承，都是严加防范，不予任用。但曹植没有放弃，于太和五年，再次上疏皇帝，这一次他没有再去触碰皇帝的敏感神经，不再要求出山用事，而是向皇帝谈了一件"家事"，他说我们这些藩王名义上是诸侯，实际上形同囚徒，长年被软禁，受着监视者的欺凌。如今盛世昌明，希望陛下能够解禁，允许宗室之间互通问候。

这封上疏写得文采飞扬，情词恳切，深深打动了曹叡。曹叡对于文学也深有造诣，看了这份上疏才终于领教到了究竟什么叫文章千古事。加之他此时心情很好，于是大笔一挥，批准了曹植的请求。

初战告捷的曹植大喜过望，这是"家事"，也是"国事"，因为曹魏的宗室们，也是一支能够制衡士族集团的重要力量。他紧接着再上一道奏疏，陈述大魏帝国的人事问题。

他告诫曹叡，曹氏宗亲才是曹魏的"磐石之宗"，而不是外姓，又援引周文王靠兄弟成事、周成王靠叔叔辅佐的史实，告诉曹叡，要从曹家的诸侯王中选择贤德之人担任辅政之臣，才能保证曹魏江山长治久安。希望曹叡不要提防宗室，而应该信任他们，真正严格防备的是那些执政的"豪右"，是那些当权的"世家"。明眼人不难看出，曹植的话意有所指，锋芒直指当时曹魏的股肱重臣司马懿。

文章最后，曹植斩钉截铁地说道：你要是觉得我说的没有道理，那也请不要随便把这封上疏扔掉，而应该把他收藏在皇家档案馆里。等我死之后，或许会发生某些事情；到时候你再打开档案馆，看看我这封上疏，或许会受到一些启发。话说得如此决绝，不留余地。曹植其实更像是在做最后的一次呐喊疾呼。希冀通过自己的努力，能够挽回曹魏的国运。

然而曹叡并没有把叔叔饱含深意的奏疏放在心上，他随便回了一道诏书，心不在焉地夸奖了他几句。

曹植大失所望，从此一蹶不振。他是一个将理想看得比生命更重的人。一旦理想破灭，便再也没有了维持生命的燃料。到了下一年，曹植一病不起，郁郁而终。

后来的故事，我们都知道，司马懿及他所代表的世家大族，实力日增，终于取代曹魏，建立了晋朝。曹植杰出的政治才华，不能为大魏帝国的长治久安做贡献，只能为它的覆灭坍塌作预言。

十五 草根逆袭，白手起家，揭露孙坚家族不为人知的发家史

　　从某种角度上说，三国其实是一部庶族的逆袭史。因为其开创者的身份都颇为低微。曹操被讥为"赘阉遗丑"，刘备自小"贩履织席"，孙坚的出身比之上述两位则更加不如。曹操的出身低微是相对的，其祖父曹腾曾任中常侍大长秋，封费亭侯；父亲曹嵩官拜太尉，位列三公；曹操本人，于二十岁出仕伊始，便担任了洛阳北部尉，起步不可谓不高。他的所谓卑微，是相对于袁绍、袁术这种顶级豪门而言的。刘备家里是真穷，他汉室之胄的皇族身份也有注水之嫌，然而他将汉室宗亲的牌子亮出去，着实忽悠了不少世人。孙坚则属于真正的一穷二白，他的父祖靠种瓜为生，俨然已沦为社会底层。虽然官修史书上称孙坚乃孙武之后，但那不过是孙氏家族兴旺发达后的自抬身价，这是中国历代暴发户们通行的惯例。何况就算确有其事，几百年前的一个将军，对于东汉末年的时局又能有何影响呢？总而言之，孙坚的家庭背景对于他后来创业的帮助微乎其微。

　　那么，身世卑微的孙坚，又是凭借着什么，在那个固化的阶级壁垒中撕开了一道缺口的呢？凭的是他的果敢、残酷和狡黠。

　　孙坚人生的第一次转折，是在他十七岁那年。古人二十加冠，十七岁还属于未成年人，但却已经将他身上的三大特点展露无遗。事情是这样的，有一日，孙坚与父亲一同乘船前往钱塘县，路遇一伙刚抢劫完商人财货的江洋大盗正在岸边分赃。孙坚见状，很快意识到这是一个扬名立万的机会。他兴奋地对父亲说："这些强盗我可以搞定，让我上吧！"他的父亲，那位老实巴交的瓜农，一生只会拿刀砍西瓜，几曾敢想过刀还可以砍人头。他像世界上绝大多数的父亲一样，对儿子说道："闭嘴，别给老子闯祸！"岂料他老人家话音未落，孙坚已经操刀上岸。只见他镇定自若，满脸坚毅，一面奔跑，一面煞有其事地挥动着手势，像是在指挥部队截断海盗的后路。虽然这一场戏，孙坚没有一句台词，但是他生动的表情刻画和丰富的肢体语言却已然达到了影帝级别。海盗们果然中计，以为有大队人马杀到，慌忙扔下财物，抱头鼠窜。孙坚趁机追上一个落单的盗贼，一刀砍下了他的人头。从此孙坚在地方上出名，并被官方任命为假尉，由一介布衣跨入仕途。跻身官场，使得孙坚拥有了一个广阔的舞台，他从此可以拥有并发展自己的武装了。这也是东吴孙氏崛起的第一步。

　　而实现这一重大跨越的孙坚，其实也和大多数人一样，出生在一个平凡普通的家庭，有一位保守谨慎的父亲。所不同的是：当他看到机遇来临时，敢冒风险，豁得出去，胆子大，手段辣，这就很难得了。更难得的是，在这果敢之中，又蕴含着狡黠。这样的人太可怕了。

　　收获了名声和官位的孙坚，想要谋求一门好亲事。他打听到吴郡吴家有一位小姐才貌双全，觉得十分满意，于是备上厚礼，上门提亲。然而这吴家是一个老实本分的家族，他们对孙坚凶残狡黠的作风早有耳闻，断然拒绝了这门亲事。领了好人卡的孙坚，恼羞成怒。以他平时的脾气推测，绝不会善罢甘休。人们都不禁为吴家捏了一把冷汗。然而事情却很快出现了转机，原来这位吴小姐自己站了出来，对亲戚表示愿意下嫁。她的说辞是："孙坚此人强横凶残，拒绝了他，肯定会遭到打击报复。

为什么要吝惜一个女子，而招来祸患呢？如果我嫁给他以后，婚姻不幸，那也是我的命啊！"于是这个故事终于以喜剧收场。然而官修史书的说法，毕竟太过伟大光荣正确。试想这位年纪轻轻，未经世事的吴小姐，竟如此深明大义，为了家庭的平安，宁愿拿自己一生的幸福来做赌注吗？恐怕未必！真相很有可能是，吴小姐看中的就是孙坚身上热爱冒险、敢想敢干和不守常规的酷范。正所谓"男不坏，女不爱"，吴小姐的少女心中对孙坚其实充满了好奇和仰慕，早已经芳心暗许，又不好明言，这才在亲戚面前备下了如此说辞。吴小姐的选择很有可能是正确的，因为温良恭俭让的儒生在乱世简直寸步难行，而孙坚这种人却很有可能乘势而起叱咤风云。

彼时正值汉末，农民起义此起彼伏，孙坚果断地拉起了一支队伍，投身进入平叛事业中。先是扑灭地域性的会稽郡许昌叛乱，后是助剿全国性的黄巾军起义。孙坚凭借着镇压叛军的军功，一路青云直上，官拜别部司马。可以说孙坚的这个官位，实无半分侥幸，全靠自己实打实的战绩。这条上升通道注定是危险的，随时可能丢掉性命。在镇压黄巾军的一次战斗当中，孙坚乘胜深入，中了敌军埋伏。孙坚被敌兵重创，从马上坠落，重伤不起，只能俯卧在杂草丛中，躲避敌军追杀。彼时军众分散，没人知道孙坚在哪。幸亏孙坚的战马奔回了营中，士兵们让战马在前面带路，这才找到了孙坚，把他抬回营中治伤。孙坚这条命其实是捡回来的，他是在拿性命来博取富贵。

此时的大汉王朝也委实是多灾多难，刚平息腹地的农民起义，又遭逢边疆的将领叛乱。边章、韩遂在凉州兴兵作乱，而朝廷派去平叛的董卓又久战无功。于是中平三年，朝廷任命司空张温以车骑将军的身份征讨边章。张温深知孙坚骁勇善战，是一员不可多得的猛将，于是表奏朝廷，请孙坚随军同行。这说明，孙坚的智勇已经得到上层高级将领的重视。

张温到任后，立即召集董卓前来帐前议事，想要了解敌情。不料董卓却拖延时日，过了很久才来拜诣。张温是朝廷任命的主将，身份高贵，董卓此举可谓无礼。然而更无礼的还在后面。帐中议事，张温奉旨谴责董卓指挥不力，致使战事不顺，董卓听罢恼羞成怒，出言顶撞。身为下属的董卓，何以如此跋扈，敢公然顶撞上差。他所凭借的不是别的，正是他手中所掌握的西凉大军。朝廷耗费国帑供养的虎狼之师，如今竟被董卓据为私有，想来令人痛心。孙坚此时正在帐前就座，眼看董卓如此嚣张，心中已动了杀机。他上前走到张温身边，轻声耳语道："董卓大言不惭，应该以他不按时奉诏为由，按军法将他就地处斩。"接着又向张温列举了董卓的三大罪状，为杀董提供了法理依据。这真是一个胆大至极的想法，要知道董卓此时就站在帐中，联想到他后来弑少帝、缢太后、诛大臣、焚京师的种种暴行，不难想象此人该有何等的张扬跋扈。孙坚敢于此时献计杀董卓，正见其胆略过人。

再对比下张温的反应，更能映衬出孙坚的果敢。平心而论，孙坚提出的杀董计划虽然大胆，但确实是最佳时机。因为张温是奉旨传唤董卓，董卓虽然胆大妄为，却也不敢公然与朝廷对立，所以此次拜诣张温，必然不敢率大军自随。而更重要的则是董卓也没有想过张温会杀自己。故而此时动手，立斩董卓，可谓出其不意，不费吹灰之力。一旦错过良机，等董卓回到军中，再想杀他，便千难万难了。然而张温却怂了："董卓是西凉名将，今天杀了他，日后我们西征依靠谁呢？"又说："你先出去吧，不然董卓要起疑心了。"张温心中怕什么呢？首先，他怕杀了董卓，手下无人，西征的仗不好打；其次，他怕杀不了董卓，董卓反攻倒算；再次，他怕摸不准朝廷的意图，杀错了人，回去要受责罚。有此三怕，自然还需从长计议。但时机稍纵即逝，哪能容许你从长计议。此次错过了良机，终于酿出了日后摧毁大汉天下的董卓之乱。

这就是张温和孙坚的区别。张温有三怕，孙坚什么也不怕。有时候，怕了，就什么也干不成；不怕，才有可能干出事业。杀董事件其实可以看作是孙坚十七岁那年杀盗事件的一个翻版，孙坚看到了机会，想要果断行动，杀掉那个比海盗更大的国贼董卓，而张温则是那个老成持重的

"父亲"，主张规避风险、息事宁人。然而不同的是，孙坚可以不听父亲的话，擅自行动；却不能不听长官的话。正所谓官大一级压死人，体制内确实压抑英雄。

张温的犹豫和懦弱，很快酿成了恶果。灵帝驾崩后，宦官与外戚火并，两败俱伤。董卓乘虚而入，废掉皇帝，专擅朝政，把大汉王朝搞得乌烟瘴气。于是山东各路诸侯纷纷起兵讨伐董卓。历史再次给了孙坚机会。此前的大汉王朝虽然腐败昏暗，但还尚且保留着几分纲常礼法，现在则是彻底礼崩乐坏，成了名副其实的乱世。而乱世才是孙坚这类人物的绝好舞台，他可以不守规矩、果于杀戮，将他的果敢、残酷和狡黠发挥得淋漓尽致。

孙坚听闻董卓造逆，立即举兵声讨。从驻地长沙北上的一路，孙坚大开杀戒，先后杀死了荆州刺史王叡、南阳太守张咨。孙坚为什么要杀死这两位朝廷命官呢？王叡和张咨可并不是董卓一党，相反王叡还准备起兵讨伐董卓，并已积聚了不少兵力和粮秣。但他们却还是被孙坚所杀。孙坚杀他们的动机其实也很简单：扩充实力。史书记载孙坚杀死王叡后，"比至南阳，众数万人。"杀死陈咨后，"郡中震栗，无求不获。"原来就是为了这两地的军需物资嘛！杀人的手法也暴露出孙坚狡黠的本性。杀王叡时，孙坚先是团团包围城池，然后扬言士卒辛苦，向刺史讨赏钱，并保证领完赏钱，立即走人。王叡于是放士兵入城查看库藏，却没想到孙坚潜装成士兵混入城中。孙坚数落王叡罪过，逼迫王叡饮金自杀。杀张咨则是先假意赠送他牛肉和酒，诱使他第二日回访，等到张咨进入军中时，以未供给军粮、阻滞义军为名斩于军门。

手法其实并不高明，不过奸诈而已。然则何以使这两位官员如此轻易就范呢？大约这两位朝廷命官在大乱之始，尚未认识到社会规则已经改变，还保留着彬彬有礼的儒家做派，信奉君子不欺的人生信条。以至于不明不白地便遭了小人毒手。然而孙坚的历史评价却不错，原因恐怕就在于孙坚虽然杀了地方官，获取了军需物资，毕竟还是用去讨伐董卓了。诛杀董卓是天下大义，孙坚牢牢坚持了这个政治上的正确方向，便可以立于道德上的不败之地。至于他犯下的那些罪行，自是瑕不掩瑜，无可厚非了。既能得吞并之实，又能拥勤王之名，孙坚的算盘拨得实在是很精！

但是孙坚的欺诈、谋杀行为，却极大地激怒了荆州士族。此后，从孙坚一直到孙权，荆州士人大多对江东孙氏不抱有好感。

孙坚一路继续北上，抵达鲁阳县，并在这里给自己找了一位老板。这并不奇怪，弱势者要想在竞争激烈的市场中存活下来，需要依附于强者。强如魏武帝曹操，也曾给袁绍当过马仔；汉昭烈帝刘备，则不知改换过多少门庭。孙坚投奔的这位老板，叫袁术，"四世三公"，家世很是显赫。孙坚此时实力并不强大，且出身卑微，很需要得到这位豪门世家的支持。袁术也很够意思，表奏孙坚为破虏将军、领豫州刺史。这两个官位对孙坚来说很重要，豫州刺史标志着孙坚跻身封疆大吏行列，破虏将军则更为重要，因为在《三国志·吴志》中记载孙坚那篇传记的名字就叫作《孙破虏传》，它是孙坚生前担任的最高官职，将永远伴随孙坚被记载于史书中。

得到袁术支持的孙坚，再无后顾之忧。于是前进与董卓决战。对于孙坚而言，董卓或许是他一生的宿敌。当年在张温帐中，未能杀了你；今日便让我在两军阵前取下你的首级吧！

交战之初，孙坚打得并不顺利。部队移屯宛城时，突遭董卓的大部队围攻。孙坚寡不敌众，只得率领数十名骑兵突出重围，董卓军则在后面穷追不舍。危急关头，孙坚为保全性命，竟脱下自己头上戴的赤红头巾，命令部将祖茂戴上，以吸引敌军的注意力，便于自己脱身。这其实就是拿祖茂的生命换自己的，孙坚狡黠残忍的一面，于此危急关头暴露无遗。想想曹操当年汴水兵败时，曹洪主动让马；宛城兵败时，曹昂主动让马。两者一相比较，人格魅力岂可同日而语。祖茂后来虽然侥幸逃脱，但是再没有回归孙坚帐中。想来他也是被孙坚伤透了心，不甘心再为此人卖命。

死里逃生的孙坚很快重整部队，在阳人县大破董卓，斩杀了猛将华雄。逼迫董卓迁都长安，暂避锋芒。目空一切的董卓，不得不表示出对孙坚的佩服，他派出使者提出与孙坚和亲，妄图收买孙坚，却遭到了孙坚的断然拒绝。孙坚说："董卓逆天无道，倾覆汉室，今天我如果不能夷灭董卓的三族，将死不瞑目，又怎么可能与他和亲呢？"一番话说的大义凛然，为江东攒满了政治声誉。可以说，在与董卓的战争中，孙坚打出了尊严，打出了名气。

在诸侯每日置酒高会，不思进取的大环境下，为什么孙坚敢主动向董卓发起进攻？是因为孙坚对汉王朝特别忠诚，因而奋不顾身吗？恐怕未必。董卓称孙坚"小憨"，其实更能精准地评价他。孙坚的"憨"，在于他的无畏，在于他没有那么多顾忌，敢去拼命。而对付董卓，关键的就是要有一股誓不罢休的拼劲。要知道董卓倒行逆施，他的部队虽然强悍，却是一支叛逆之师。而诸侯联军手握天下大义，是正义之师。以顺讨逆，本就在气势上占有绝对优势。如果诸侯联军能够斗志昂扬、一往无前地向叛军发动进攻，时间一长，叛军自然士气低落、土崩瓦解。然而十八路诸侯却个个明哲保身、畏葸不前，致使讨董大业功败垂成，缺少的正是孙坚不顾生死的这股"憨"劲。

正当孙坚屡战屡捷，即将攻入洛阳的时候。袁术因为担心孙坚坐大，停止供应他粮草。孙坚讨伐董卓节节胜利，顺风顺水，却没想到最厉害的敌人其实来自身后。依附于强者的好处是当你弱小时，他可以保护你免遭欺侮；坏处则是当你羽翼渐丰时，他会不遗余力地打压你。所以要想真正建立功业，最后都必须脱离他人庇护，自立门户。然而孙坚却没有和袁术就此翻脸，江东孙氏真正从袁家独立出来，还是孙策时期。

轰轰烈烈的讨董大业，终因为诸侯之间的各怀鬼胎、自相残杀而风流云散。三国历史进入了群雄逐鹿时期。此时，孙坚那套来自底层的狡黠，似乎不再像以前那样管用。其原因有二：一是经过战火的洗礼，各路豪杰都已经认识到了，尔虞我诈才是这个乱世的生存法则；二是经过了一轮淘汰赛，保留下的人物大多有点道行。总之，孙坚的奸诈不灵了。

而果敢则成了他的催命符。初平三年，孙坚奉袁术之命，进攻刘表。孙坚击败刘表部将黄祖，率兵围住襄阳，本来已经占据上风。岂料形势在瞬息之间发生逆转，孙坚追击残敌时，一往无前，单马入岘山，中了黄祖埋伏，被暗箭射死。孙坚凭借果敢，在乱世之中强势崛起；也因为果敢，在顺境之时悄然陨落。正可谓是"君以此兴，必以此亡。"想来令人叹息。

孙坚死后，他的侄子孙贲率残部投靠袁术，被袁术收编。这么看来孙坚浴血奋战一辈子，到头来竟是换来一场空？不是的，虽然孙坚的部队被收编，但是孙坚遗留给子孙的是他的名气，是他收拢的幕宾将领，是他在部队中的崇高威望。这些都是子孙再创业时可以利用的无形资产。孙氏家族因为孙坚的去世暂时沉寂下来，等待下一次的凤凰涅槃。

十六 从打工人到老板，孙策做对了什么？

　　小青年孙策最近很郁闷，他在纠结要不要辞职单干。很多人都对他的想法表示不理解，创业是有风险的，一旦失败，血本无归。而他现在年纪轻轻就在一家实力雄厚的大企业担任部门老总，很得公司董事长兼总裁——袁术的器重。大家都认为铺在他面前的是一条金光大道，出任CEO，迎娶白富美，是早晚的事情。

　　外人眼里风光无限，个中冷暖唯有自知。孙策心里非常清楚，袁老板从来没有把他当成过自己人。攻坚克难会想到用他，可等到排座位、分蛋糕时，立马抛诸云外。当初曾许诺他当九江片区负责人，结果却换了一个叫陈纪的。后来要开拓庐江市场，这是块硬骨头，老板又想到他，说："当年我错用了陈纪，至今后悔。这次你如果能把庐江片区拿下来，我一定交给你全权负责。"

　　人们常说"大人不记小人过"，这话其实说反了，在职场上，应该"小人不计大人过"才对。孙策的前程全在袁术手里，他拿什么去讨价还价？只有拼命向前，拿出优异成绩，换取老板的恩赐。可是庐江拿下后，袁总却再一次出尔反尔，把片区负责人的位置给了老部下刘勋。孙策舍生忘死，到头来都是为他人作嫁衣裳。

没有根据地为依托，只能做"招之即来，挥之即去"的雇佣兵，很有可能在某一次战斗中成为炮灰。这样的结局，显然不是孙策想要的。然则又当如何呢？孙策微皱眉头，端起了杯中烈酒，一浇块垒。决心终于下定："走，闯出一片天地来！"

创业要有本钱，孙策都有些什么本钱呢？

一是父亲的声望和人脉。父亲孙坚南征北战，立下赫赫战功，特别是讨伐董卓一役，力斩华雄，攻入洛阳，天下闻名。孙坚还积攒了深厚的人脉，如程普、黄盖、韩当等猛将，都是他的老部下，对孙氏家族忠心不二。这些都是孙策的无形资产。

二是父亲的部队。孙坚带兵有方，麾下将士都是百战之余的精锐。孙坚战死后，部队被他的侄子孙贲带着投靠了袁术，在袁术手下打了不少硬仗，现在仅存千余人，但战斗力仍然很强。

为了从袁术手中要回这支部队，孙策很费了一番周折。他在袁术面前涕泣，回忆老爹当年和袁术并肩作战的友情，表达自己愿意继续为袁术效命的热忱。袁术对孙策的慷慨陈词颇感震动，但是仍然不肯把部队交给他，而是让他去丹阳另招新军。孙策于是跑去丹阳招募了几百壮丁，结果遭到泾县山贼祖郎的偷袭，好不容易得来的一点家当被毁得一干二净。孙策只好又折回向袁术苦求。袁术终于动了恻隐之心，将孙坚旧部交给孙策指挥。孙策得了这支生力军，如虎添翼，为袁术打了好些个胜仗。

但是孙坚旧部的所有权现在属于袁术，孙策只有指挥权，想拉走这支部队跟着自己，袁术不会答应。因此只能智取，不能硬来。

突破口在刘繇。刘繇是汉室宗亲，名声很好，被朝廷任命为扬州刺史。扬州的治所在寿春，这时正被袁术占据。刘繇惹不起袁术，不敢到寿春就任。多亏孙策的舅舅吴景、堂兄孙贲迎奉他到曲阿落脚。谁料这刘繇站稳脚跟后，竟过河拆桥，将吴景、孙贲驱逐出境。

这就给孙策送来了机会。当时袁术和刘繇已经彻底撕破脸，袁术任命惠衢为扬州刺史，令他和吴景、孙贲一起攻打刘繇；刘繇针锋相对，派樊能、于麋二人驻守横江津，张英驻守当利口，抵御袁术。樊能等人据险而守，袁军连战不克。就在这时候，孙策上门求见袁术。

他说："老板，让我上吧！我去帮舅舅一把，我们打下横江后，就可以到江东去招募兵勇。江东是我老家，人地两熟。我估算了下，起码能招到三万人。到时候我带着这支队伍，追随老板一起打天下。"

袁术不傻，不但没有轻信孙策的说辞，反而对孙策急于脱离自己、独立发展的动机摸得很清楚。但同时他又觉得孙策确实能打，正好可以利用他急于求胜的心理，去和江东的刘繇、王朗等人拼杀。最好孙策全军覆没，刘繇、王朗元气大伤，自己坐收渔利。打着这样的如意算盘，袁术爽快地批准了孙策的实施方案。

但是计划赶不上变化，形势的发展变化大出袁术意料。他有三个"没想到"：

一没想到孙策招揽的人才这么牛。孙策人格魅力巨大，虽然是小微企业、实力单薄，却吸引了众多优秀人才加盟。如张昭、张纮、秦松、陈端等名士，周瑜、蒋钦、周泰、陈武、董袭、凌操等将领，都愿意认购他这支潜力股。他的创业团队人才济济、文武兼备。

二没想到孙策扩充的速度这么快。起兵之初，只有千余步兵，数十骑兵。一路招兵买马，抵达历阳前线时，已经有数千人。后来又不断吞并其他势力，每灭掉一股军阀，就扩充一分实力。部队像滚雪球一样越滚越大，最后达到数万之众。尾大不掉。袁术想调调不动，想打打不过。

三没想到孙策取得的战果这么大。袁术花了几年时间，也没能攻克横江津、当利口这几个关隘。孙策用个几年时间，把整片江东都拿下了。两者的效率不可同日而语。而且孙策部军纪严明，从不拿老百姓一针一线，很得群众拥戴。这就不仅是在军事上征服了江东，在政治上也有了牢固基础。

孙策的军纪之所以好，必须要感谢一个人，那就是吕范。此公当年在寿春避乱，慧眼识英，看准孙策是个明主，率手下门客百余人倾心归附。其后又跟着孙策一路攻城略地，功绩显著。孙策为酬报他的功劳，让他自领一军，统率两千余众。

但是吕范放着独当一面的军长不愿意干，却申请要做管理军纪的都督。孙策很不理解，问他："你是士大夫出身，现在又统领一军，正可以建功立业，为啥要委屈自己做个管理军中琐事的都督呢？"吕范说："将军，我背井离乡跟着你干，不是为了荣华富贵，而是真正想为天下做点事情。军队纪律可不是小事，一旦出了纰漏，满盘皆输。"孙策无奈，只好改命他为都督。

这是一个不想做大官，只想做大事的人，在都督一职上干得兢兢业业，把部队管理得令行禁止，纪律严明，所到之处，秋毫无犯。

孙策征伐江东的过程也很精彩。

他在渡江战役中一战定乾坤，彻底击溃刘繇。据《江表传》记载，孙策率军渡江进占刘繇的牛渚营。牛渚营是刘繇囤积粮草和战具的后勤基地，孙策攻破此营，尽得刘繇的后勤物资，实力大增。接着又进攻秣陵城。

当时彭城相薛礼、下邳相笮融奉刘繇为盟主，与孙策对敌。薛礼据守秣陵城中，笮融驻扎城南以为犄角。孙策先攻城外的笮融，笮融出营接战，被斩首五百余级，败逃回营，从此坚守不出。孙策又渡江去攻打秣陵城中的薛礼。薛礼弃城而走，秣陵城从此姓了孙。而樊能、于糜等人这时又纠合败兵，偷袭牛渚营，想夺回辎重。孙策得知消息后，立刻回师救援，大破樊能，俘获男女万余人。

攻陷秣陵，击败樊能，孙策再无后顾之忧，又继续进攻笮融。这一战打得特别激烈，孙策大腿中箭，不能乘马，被士兵用车载着送回营中。降兵告诉笮融说："孙策被箭射死了。"笮融大喜，立即派遣将领于兹出击。孙策派数百骑兵出营迎战，并吩咐他们不许胜，只许败，一交战就立刻往后撤。于兹不知是计，孤军深入，结果中了埋伏，被斩首千余级。孙策乘胜追击，一路杀到笮融营前。

笮融得知孙策没死，大惊失色，连夜宵遁。从此益加深沟壁垒，巩固防线。孙策认为笮融占据险地，一时急攻不下，于是果断放弃，转而进军攻占海陵，接着又连下湖孰、江乘等地。刘繇见大势已去，弃军遁逃，先是逃到丹徒，后又一路溯江而上，撤退至彭泽。

刘繇打不过孙策，只能挑比自己更软的柿子捏，他命令朱皓、笮融率军攻打豫章郡。豫章郡太守是诸葛亮的叔叔诸葛玄，他守不住城，被朱皓他们赶跑了。但朱皓也没能高兴多久，攻下豫章后没多久，他的小伙伴笮融就起了异心，使诈害死了他，自任豫章郡太守。

刘繇闻知消息后大怒，率军攻打笮融。但是他的军事水平实在太菜，竟然被笮融给打败了。好在他人缘不错，又从豫章郡各属县征召来不少援军，再次进讨笮融，终于攻破。笮融逃到山中，被山民所杀。而刘繇也"昏惨惨，黄泉路近"，不久就病死了。大敌当前，本应同仇敌忾、共御外侮，但是由于刘繇的御下无方和笮融的狼子野心，把仅剩的那点元气都内耗掉了。

打垮了刘繇后，孙策召集众人，谈论下一步的进军方向。吴景等人认为应该先进攻严白虎等山贼，这伙山贼各拥兵万余人，处处屯聚。孙策却说："严白虎这帮人不过是群土匪，胸无大志，不足为虑，进攻会稽才是我们当务之急。"于是把目标锁定为会稽太守王朗。

王朗是三国粉丝们特别熟悉的一位人物，他曾在徐州刺史陶谦手下担任过治中。当时汉献帝被西北军阀劫持到长安，关东军阀又连年混战，一片乱世景象。王朗本着儒家"尊王攘夷"的思想，劝说陶谦派遣使者朝拜天子。汉献帝见到陶谦派来的使者后很高兴，他在西凉人手里连人身安全都得不到保障，没想到这世上还有人惦记着他，把他当一回事，于是大笔一挥，拜陶谦为安东将军，王朗为会稽太守。

王朗自认是朝廷命官，守土有责。因此当孙策大军来犯时，他没有选择躲避，而是出城迎战。但是他学问虽好，行军打仗却不在行，结果被孙策打败，只得乘船出海逃往东治。孙策穷追不舍，再次击败了他。

王朗被逼无奈，只好向孙策投降。孙策知道王朗为人儒雅、声望很高，杀了怕影响不好，只把他骂了一顿作罢。

降服王朗后，孙策开始收拾严白虎。孙策这时候已经兵强马壮，严白虎不敢和他对敌，一面高垒坚守，一面派弟弟严舆去请和。严舆来到营门前，要求与孙策会面谈和。会上谈得好好的，孙策突然拔出佩剑砍翻桌子，把严舆吓了一跳。只见孙策笑眯眯地问道："我早就听说你能够坐跃，身手非常矫捷，今天特意试试你的灵敏度。"严舆吓得魂不附体，哆哆嗦嗦地说："我看见兵刃就会这样。"孙策无视严舆哀求的神情，抓起一支手戟飞掷过去，严舆登时丧命。这严舆乃是严白虎军中的猛将，他一死，士兵们斗志全失。孙策趁机进攻，一举击溃了严白虎。

此时袁术终于醒悟，自己培养出了一个强大的竞争对手。为了遏制孙策的发展势头，他特派间谍带上印绶去联络丹阳山贼祖郎，让他煽动各大山头的贼匪，一起来反抗孙策。刘繇的部属太史慈也来凑热闹，他自称丹阳太守，并与祖郎联合。

想当年孙策千辛万苦，好不容易才在丹阳招募到几百新兵，结果被祖郎偷袭，一夜回到了解放前；而现在他拥兵数万，资本雄厚，回头再看祖郎，才发现对方竟是那么的渺小，渺小到自己都不愿意去记仇。孙策亲率大军进剿，生擒了祖郎和太史慈，也没有杀他们，都收入了麾下。

最后要对付的是华歆。华歆当时担任豫章太守，刘繇在豫章境内死后，他的部众愿意尊奉华歆为主。华歆自知没有乱世枭雄的禀赋，坚决推辞。然而他不愿意惹事，事却要惹他。孙策搞定王朗后，又开始打豫章郡的主意。他派遣太史慈潜入豫章招抚刘繇余部，并暗中观察华歆的为政举措。

太史慈不辱使命，仅带数十人进入豫章，不久后回来向孙策汇报情况，说华歆不但在军事上缺乏谋略，而且治理地方也没有太大本事。孙策听了太史慈的汇报以后，抚掌大笑，决定要兼并掉豫章郡。

到了建安四年末，孙策派遣刚从王朗那里投靠过来的功曹虞翻到豫章郡劝降华歆。虞翻先寒暄道："我听说华太守您和我们王（朗）太守齐名于中原，为海内之士所尊崇，我虽然在东垂之地，也常常仰慕您。"华歆谦虚道："我不如王太守。"虞翻于是问道："那不知道豫章郡的士兵，和我们会稽郡比，谁更精锐呢?"华歆叹气道："远远不如啊!"

虞翻见时机成熟，赶紧亮明自己的来意："您说自己不如王太守，那是谦虚；您说豫章郡守军的战斗力不及会稽郡，却是事实。"接着又把孙策的才略无双、用兵如神向华歆大大吹嘘了一番。华歆审时度势，自忖绝非孙策对手，遂出城投降，被孙策待之以上宾之礼。至此，孙策完全占据了江东。

值得一提的是，王朗、华歆二人后来都被曹操控制下的东汉朝廷征召入京，并在朝中担任要职。曹魏取代汉之后，二人更是位列三公、位极人臣，华歆担任司徒，王朗担任司空。前面我们讲过此二人的表现，老实说并没有多少经天纬地之才，不过名声好而已。而"三公"要的也就是个名声而已，朝廷将这些名士拿来充当"政治花瓶"，撑场面、做样子，并不指望他们来重整山河。

乱世之下，王朗、华歆一类的敦厚长者注定要当成摆设，舞台只能属于像孙策这样杀伐果断、足智多谋的枭雄。

十七 天下英雄谁敌手？ 曹刘，生子当如孙仲谋

孙权是个牛人，也是个狠人。南宋词人辛弃疾就对他特别推崇，曾经在《南乡子·登京口北固亭有怀》中这样写道："年少万兜鍪，坐断东南战未休。天下英雄谁敌手？曹刘。生子当如孙仲谋。"

孙权和曹操、刘备不是一代人。当年十八路诸侯讨伐董卓，和曹刘二位站在一起谈笑风生的，是他爸爸孙坚。孙权比他们要矮了一辈，只因为父兄死得早，年纪轻轻就当家做主，抗衡天下英雄。与曹丕、刘禅相比，他是三国二代中的佼佼者。所以，生子当如孙仲谋。

但是与曹操、刘备这样的三国一代相比，我认为他还是有所欠缺的。关于孙权的功绩，大家都很熟悉，这里我就不多说了，给大家来点他的黑历史吧！

（一）五战合肥

孙权不会打仗。对此，当时人和后世是有公认的。

兄长孙策临终时就曾对他说："举江东之众，决机于两陈之间，与天下争衡，卿不如我；举贤任能，各尽其心，以保江东，我不如卿。"弟啊，军事不是你的强项，专心搞你擅长的内政吧！

知弟莫如兄，孙策的这番评价其实挺客观的。但是年轻气盛的孙权却不这么想，他觉得自己是文武全才，总想找个机会扬威疆场，证明老哥看走了眼。

赤壁之战前夕，他让周瑜率领三万水师打头阵，自己做后援。出发前，他对周瑜说："卿能办之者诚决，邂逅不如意，便还就孤，孤当与孟德决之。"公瑾啊，你干得过曹操，最好不过；干不过也不要紧，撤回来，我亲自会会他。

也不知道他哪来的勇气，菜鸟玩家就敢拿曹操这种大 Boss 练级？幸亏周瑜打胜了，否则让孙权掺和进来，不知道闹出什么乱子。

战后，曹军北还，长江上游有周瑜、刘备他们在，不劳孙权费心。他于是调整战略方向，将军事天赋带到了东线战场。

从此，他走上了一条不归路……

一攻合肥。建安十三年冬，孙权携赤壁大胜之势，亲征合肥。当时曹操刚刚吃过败仗，忙着善后；南郡守将曹仁又被周瑜、关羽夹击，自顾不暇。合肥城这时孤立无援，但孙权打了一百多天愣是没打下来。后来又中了蒋济的计策，以为有四万援军即将到达，匆忙撤兵。其实曹军正在闹瘟疫，派出的援军只有一千人。

这是孙权距离合肥最近的一次，接下来，这座城市将成为他一生的笑柄和噩梦。

二攻合肥。建安二十年，孙权趁曹操率主力西征张鲁，兴兵十万，再攻合肥。这一仗打得相当精彩，是三国军事史上的一场经典战例。不过故事的主角是……

张辽！

据《三国志》记载，合肥当时只有七千守军，张辽从中招募了八百敢死队，出城迎战。他披甲持戟，身先士卒，一头扎入敌阵，杀数十人，斩二将，直冲到吴军主帅营前，大呼自名，要寻孙权决斗。孙权大惊，仓皇逃到山顶，命长戟兵列阵护卫，把自己包裹得里外三层严严实实。这才惊魂甫定，看清楚了敌军来的其实并不多，于是下令调集兵士重重围困，欺负对方人少，要包饺子。

但张辽实在太骁勇，他左冲右突，直前急击，如入无人之境，很快就撕开了一道缺口，带着身边几十名弟兄扬长而去。那些还被困在阵中的士兵们见状，大声呼救："张将军，别丢下我们啊！"张辽于是再次扎入敌阵，把孙权的部队杀得人仰马翻，望风而逃，顺利把被围的小伙伴们全都解救出来。

经此一役，吴军锐气全失，没精打采地围了合肥十几天后，再次铩羽而归。孙权命大部队先撤离战场，自己率领偏师殿后，途经逍遥津时，又遭到了张辽的突袭。孙权看见前方尘土飞扬，知道是魏军来袭，赶紧派人去追回主力部队，但主力部队已经走远了，一时半会根本赶不回来。

两家于是在逍遥津打了一场遭遇战，吴军大溃，将军陈武战死，孙权差一点被生擒。全靠吕蒙、甘宁、凌统等人拼死抵挡住张辽的攻势，凌统率领三百亲兵，拼死杀出一条血路，护着孙权且战且退，撤到江边。不料大桥已被曹军拆除丈余，无法通行。在此危急关头，亏得吴将谷利急中生智，给孙权坐骑的屁股上猛地抽了一鞭。那骏马负痛嘶鸣，奋力一跃，终于飞跨断桥。而凌统护送孙权过桥后，又回头去堵潮水般袭来的追兵。一场恶战下来，三百亲兵几乎全部战死，凌统自己也深受重创。众人竭尽全力，好不容易才保住孙权的一条性命。

大战过后，张辽询问吴军俘虏："之前那个紫色胡须，上身长、下身短（孙权这个长相太有辨识度了）的将军是谁？"答："是孙会稽（孙权当时官拜会稽太守，故称孙会稽）。"张辽、乐进等人听罢捶胸顿足、后悔不迭，生擒孙权的天赐良机，竟这样擦肩而过。

这就是人们耳熟能详的"张辽威震逍遥津"。从此，张辽成了孙权命中的克星，他"五子良将"的威名，有一多半是打孙权这来的。后来曹丕当了皇帝，又一次派张辽赴前线对抗孙权。彼时的张辽年老体衰、重病缠身。但孙权仍然对他忌惮有加，告诫众将道："张辽虽病，不可当也，慎之！"果然张辽一出手，便不同凡响，再次击破吴军。

张辽去世后，魏文帝曹丕追念其生前功绩，在诏书中写道："合肥之役，辽、典以步卒八百，破贼十万，自古用兵，未之有也。"再后来，当代三国粉丝们根据这个典故，称张辽曰"张八百"，呼孙权为"孙十万"。

三攻合肥。公元 230 年，孙权在事隔十几年后再次进攻合肥。他的老对手张辽早已作古，这一次是否能够如愿以偿呢？答案依然是否定的。此时扬州战区的统帅叫作满宠，他也不是一个等闲之辈。孙权大张旗鼓，扬言要进攻合肥；满宠也立即表奏朝廷，把兖州、豫州的军队都调过来迎敌。可等曹魏的援军一到，还没来得及打上一仗，孙权就撤了。

敌军一退，朝廷也随即下令调回兖、豫两州的援军。但是满宠坚决不同意，他认为孙权兴师动众而来，却又不战而退，很不合情理，其真实目的是为了麻痹我军，先伪装撤退，等援军调走后，再杀一个回马枪，掩袭不备。

十几天后，孙权果然大举来犯，但因曹军早有准备，终于还是不克而还。

四攻合肥。孙权的连年进犯，让满宠觉得不胜其烦，他向朝廷提议放弃合肥旧城，另筑新城。他说合肥城往南离长江和巢湖的路程很近，而且走的是水路，孙权要进攻合肥很容易；而向北离扬州治所寿春的路程却很远，走的又是陆路，我们要增援合肥很困难（即使这样，孙十万也没能打下合肥）。不如在合肥城以西的三十里处筑一座新城，那里地势险要，远离江水。敌军要攻打的话，必须舍舟登岸，深入平地。那时我们就派兵截断他的归路，必能大获全胜。

放弃旧城是示弱于人，长敌人的士气，灭自己的威风；营建新城则需要耗费大量的人力、物力和财力，满宠的提案在朝堂上引起了不小的争议，几经波折，最后才被批准。

新城很快就体现出了它的战略价值。等到孙权再来时，立马傻眼了：这座城离江水实在太远了，万一战事不利，都来不及上船逃命，这可怎么办？孙权一犹豫，二十多天就过去了，吴军就这么一直躲在船里不敢上岸。

来之前，孙权是放出过大话的。现在一看这个情况，强攻的话，很危险；就这么撤的话，空手回去，又觉得不是那么回事。于是就想了一个主意，派士兵们下船登陆，到合肥新城下面吆喝叫喊两声，耀武扬威一番，也不必真攻城，意思意思，捞回点面子就走人。

岂料他的这点小心思，早就被满宠给琢磨透了，暗中派出六千步骑精兵，潜伏到城外隐蔽处。这六千人在伏击圈外磨刀霍霍，就等着孙权的部队上钩。孙权果然中计，最后被伏兵斩首数百，还有不少人逃命时溺水而死。面子没有捞回来，还给满宠送去了不少战利品。

五攻合肥。公元234年，蜀汉丞相诸葛亮第五次，也是最后一次出兵北伐，并联络孙权相约两家联合出兵，东西并举，使敌人首尾不能兼顾。孙权死心不改，再次出兵攻打合肥，号称十万之众。

可能是考虑到对方这次确实人多势众，满宠想放弃合肥新城，把吴军吸引到寿春城下展开决战。但是魏明帝曹叡坚决反对，他说："合肥地势险要、易守难攻，就算孙权强攻，也攻不下来。现命众将士固守待援，朕将御驾亲征，迎战孙权。就怕朕的大军还没到，孙权先撒腿跑了。"

魏明帝的命令坚定了满宠固守新城的信心，他招募了几十名壮士，砍断松枝作火炬，灌满麻油，顺风放火，烧毁了吴军的攻城器具，还射杀了孙权的侄子孙泰。

吴军攻城不利，又疾病横行，士气十分低落。这时探马又报来魏明帝亲征的消息。孙权这次出征本来就是想沾沾诸葛亮北伐的光，浑水摸鱼，捞点好处，并不是真正想和曹魏下老本拼命。他没想到魏明帝会来，现在听说对方动真格的了，顿时就怂了。于是乎，脚底抹油，逃之夭夭。

一座合肥城，前前后后打了几十年，曹魏的君主都从曹操传到了曹叡，合肥的守将也由张辽变成了满宠。唯一不变的，是吴军仓皇撤离的背影和孙权落寞不甘的眼神。

（二）虚伪的表演

事实雄辩地证明，孙权玩军事确实不行。同样是带兵作战，孙策猛锐冠世，一举荡平江东；周瑜胆略过人，取得赤壁大捷。他们可以凭战场表现来收获将领的钦佩与忠诚，比如孙策俘获名将太史慈后，曾问："宁识神亭时邪？若卿尔时得我云何？"兄弟，如果神亭那仗你把我俘虏了，会如何处置？太史慈老实回答说："不知道"。孙策大笑，说从今以后我们共图霸业。从此收服了太史慈。

而孙权没有拿得出手的战功，要获得军人的支持，只能打感情牌。其对武将的笼络，可谓不遗余力。对此，后人曾经这样评论："观孙权之养士也，倾心竭思，以求其死力，泣周泰之夷，殉陈武之妾，请吕蒙之命，育凌统之孤，卑曲苦志，如此之勤也。"

一口气举出了四个经典案例：

周泰曾经舍身救过孙权，孙权对他一直很敬重，让他担任平虏将军，都督濡须战区，把朱然、徐盛这些"老资格"都调归他指挥。周泰出身低微，部将们瞧不起他。为了帮周泰树威，孙权大宴诸将，端着酒杯走到周泰面前，令他把上衣脱掉露出满身伤疤。孙权用手指着这些伤疤，一一询问来历。周泰认真回忆每一次战斗经过，把光荣负伤的历史从头到尾叙述了一遍。孙权听完泪流满面，把着周泰的手臂说："爱卿，你是我大吴的功臣，朕与你荣辱与共。你在这个位置上好好干，不要因为出身寒门而缩手缩脚。"

陈武是孙权爱将，二攻合肥时，奋命战死。孙权非常伤心，为了把陈武的葬礼办得风风光光，不留遗憾，他勒令陈武的爱妾殉葬。也不想想攻合肥之所以失败，陈武之所以战死，责任该由谁负？

吕蒙为孙权夺下荆州后不久，就身染重病。孙权非常关心他的病情，几次想去探望，又怕影响病人休息。就在墙上凿了个小洞窥视，看见吕蒙能吃下饭就面露喜色；吃不进饭则夜不能寐。后来吕蒙病情加重，孙权又请来道士为他祈福延寿。

凌统是江东虎将，只可惜英年早逝。孙权闻之噩耗后，悲痛不已，将他的两个幼子接进宫中抚养，视如己出，逢人就夸耀："看看我这两个好孩子。"等两个孩子长到八九岁时，又选择名师教他们读书识字，同时还很注重劳逸结合，规定他们每十天就要进行一次骑马练习。

年少时读到这些故事，觉得孙权重情重义。然而后来越读越觉得哪里不对劲，渐渐才想明白，是他表现得太过了。凡事过犹不及，情感泛滥过了头，就是虚伪。老百姓也常说"无事献殷勤，非奸即盗"。我们再回来看孙权的那些举动，觉得煽情肉麻，矫揉造作，带有强烈的表演性质。

我始终认为，三国里最美好的情意，当属刘关张。但是史书中关于他们的感情互动非常少，短短一句"随先主周旋，不避艰险"，就把三人一辈子的友谊说尽。本来嘛！男人之间的情意，贵乎于心，没必要"过两三个月寻出由头来，彻底翻腾一阵，生怕人不知道，故意表白表白。"

关羽死的时候，刘备并没有捶胸顿足，涕泗滂流，只是二话不说，操起家伙，为兄弟报仇；张飞遇刺的表奏传来，他也只说了一声："噫！飞死矣。"但是后来，张飞的两个女儿先后做了刘禅的皇后。这意思也很明白：有我老刘家的一口锅，就有你老张家的一碗饭。

相比之下，孙权的那一套拖泥带水，婆婆妈妈，更像是在"作秀"。其实他的问题不仅是用力过度，还经常翻脸不认人。

孙权的江山是孙策传给他的。孙策死后，孙权痛哭不已，难过得连政事都处理不了。可等到孙权登基做了皇帝，却只追谥孙策为长沙桓王，而且这个王爵还不是世袭的，孙策的儿子只封了个侯。这事连陈寿都看不下去，如是评价："且割据江东，策之基兆也，而权尊崇未至，子止侯爵，于义俭矣。"你哥把产业都交给了你，你就这样报答他，实在是太不仗义了！

周瑜死时，孙权"素服举哀，感动左右"，但是整起他的儿子来却毫不手软。周瑜有个儿子叫周胤，曾任兴业都尉，后因犯罪，被发配庐陵。罪名很牵强：贪酒好色。试问勋旧子弟哪个不是这种调调？现在竟成为治罪的理由！诸葛瑾、步骘等重臣看不下去，上表求情。他们没怎么谈论周胤的案子本身，而是不断强调周瑜为孙吴政权立下的汗马功劳，请求孙权法外施恩。反正就这么点小事，又不违反原则，放与不放都在你一句话，就看你对我们这些功臣的态度了。最后孙权实在架不住众臣施压，勉强允诺。但很不凑巧，"会胤病死"。一个"会"字，初读之下漫不经心，细读几次后浮想联翩。

其实孙权也不是什么执法如山的人。他手下的将军甘宁粗暴好杀，且多次违反军令；又有一个叫潘璋的，奢侈腐化不说，还对自己手下家境富裕的将士下毒手，不惜谋财害命，孙权对此都宽纵不问。事实证明，只要这个人有利用价值，他还是可以灵活变通的。谁让周胤的老爹死得早，人走茶凉呢？

陆逊在孙吴出将入相，功勋卓著，后来因为拥护太子孙和，被孙权不断降旨申斥，愤恚致卒。孙权还觉得不解恨，又遣使审问其子陆抗，想挖掘出陆逊更多的罪状。幸亏陆抗逐条对答，丝毫无差，证明了父亲的清白。陆逊虽然死了，但陆氏乃江东大族，是孙吴政权必须要倚重的力量。再加上陆抗本人才华出众，于是孙权决定再施笼络之计。

他老泪纵横，拉着陆抗的手忏悔道："以前是朕不好，误信谗言，对不起你爹，也亏待了你。现在朕已经下令，将原来审问你的那些案卷都焚毁了。以前的那些不愉快，就让它过去吧。你我君臣，携手展望美好未来！"忽悠陆抗继续为孙家王朝卖命。

我翻阅史书，无意中发现的记载孙权"哭""泣""涕"等字眼就有十几处。有道是"男儿有泪不轻弹",偶一为之,大家能够理解,毕竟谁都有伤心之处。但像孙权这么高的频率,只能理解为泪腺发达。

将领们也不是傻子,都猜得出这是帝王权术。但是没办法,毕竟在人家手下领工资,不能敬酒不吃吃罚酒。领导用权术笼络你,总好过拿鸩酒毒害你。更何况,孙权还着实有点演技,并且随着岁月的洗礼,皮越来越厚,心越来越黑,演技愈发收放自如、不着痕迹了。

他不光拿这招笼络自己人,也用来对付敌人。

比如说公孙渊。公孙渊曾经涮过孙权,他向孙权纳表称臣,把孙权忽悠得五迷三道,派了一万人出使辽东,册封他为燕王。结果公孙渊突然翻脸,把这一万人杀得干干净净,接着就跑曹魏那里表功去了。

这件事情把孙权气得半死,他歇斯底里地怒吼:"不截鼠子头以掷于海,无颜临万国。"

后来曹魏和公孙渊撕破脸,派司马懿率军讨伐。公孙渊狗急跳墙,跑来向孙权求救。孙权恨不得手刃公孙渊,怎么肯派兵去救他。这时候手下人向他进言,说是应该假意答应,然后坐观成败,浑水摸鱼。

孙权一听,立刻回嗔作喜,阴沉的脸色,转眼间化作和煦春风。深情款款地对公孙渊派来的使者说:"请放心。朕一定与你们同仇敌忾,存亡与共,就算因此命丧中原,也心甘情愿",又假惺惺地说,"司马懿所向无前,朕很为公孙老弟担忧啊!"

得到孙权如此情真意切的保证,使者大喜过望,高高兴兴跑回去复命。可结果呢?公孙渊在襄平做垂死挣扎的时候,孙权的船队就近在辽东海岸,却不发一兵一卒救援,反而趁火打劫,上岸抢掠了辽东的几座小城,满载而归。

孙权还喜欢忽悠曹氏父子。他曾向曹操上书称臣,拥戴曹操登基称帝。别忘了,赤壁之战那会,他可是亲切地称曹操为"老贼"的,左一句"老贼欲废汉自立久矣",右一句"孤与老贼,势不两立";后来濡须之战的时候,又给曹操写了封信,说什么"足下不死,孤不得安",称呼倒是客气了，但直接诅咒对方去死，可见他对曹老先生向来是不恭敬的。

现在居然来了个一百八十度的大转弯，对曹操卑躬屈膝，高唱赞歌。曹操哪那么容易被蒙蔽，耍心眼，玩权谋，他是老前辈，出来混社会的时候，世上还没孙权这号人呢（按：曹操出生于155年，孙权出生于182年，两人相差27岁，曹操19岁时举孝廉为官，29岁拜为骑都尉讨伐黄巾军）。孙权玩的鬼把戏，在他眼里不过小儿科。他随手把孙权的表章扔到一边，轻蔑地笑出声来，"这小子想把我放到火上烤！"

过后没多久，曹操就病死了，儿子曹丕接了班。虽说他比孙权小不了几岁，而且文武全才，十分优秀，但毕竟是在曹操的羽翼下成长的，江湖经验太少，再加上又是个文学青年，骨子里比较浪漫轻狂。孙权很快断定这是个容易忽悠的。

夷陵之战前夕，为避免腹背受敌，孙权选择向曹丕纳贡称臣。曹丕大喜过望，煞有介事地册封孙权为吴王，赏赐九锡，俨然把自己当作四海归心的有道明君，将孙吴视为外藩属国。在这种心态之下，曹丕断然拒绝了刘晔提出的"联蜀灭吴"之计，选择坐观成败，错失了一统天下的天赐良机。

谁知道孙权打败刘备，消除外患后，腰杆子一下子就硬了起来。曹丕一直想让他交出儿子孙登作为人质，他坚决不答应。曹丕觉得自己被涮了，勃然大怒，下旨命曹休、张辽、臧霸出洞口，曹仁出濡须，曹真、夏侯尚、张郃、徐晃等人围南郡。把曹魏能征善战的将领都派出来了，大打出手。孙权也早有准备，他改元黄武，临江拒守，没让曹丕占到半点便宜。

不久，他遣使与蜀汉握手言和。再过了一年，孙吴正式与曹魏断绝关系。曹丕又从"陛下"变成"曹贼"了。可怜曹丕自诩精明过人，却被孙权结结实实地忽悠了一次，真是可怜可笑。其实孙权这次行骗之所以能够圆满成功，不光是因为曹丕得意忘形，还要感谢一位关键人物的穿针引线。

此人名叫浩周，当年跟着于禁一起解救襄樊，结果一败涂地，又和于禁一起做了关羽的俘虏。孙权攻破荆州后，把他放了出来，并且礼遇备至。浩周是个实在人，对孙权非常感激，总想着为他做点什么。

机会终于等来了。曹操病逝，曹丕接班做了魏王，孙权不是想向曹魏示好吗？就派了这个浩周回国，替自己在曹丕面前说好话。同行的还有个人，叫东里衮，原本担任于禁的军司马，后来跟着浩周一起做了关羽的俘虏，这次又一起被孙权礼送回国。曹丕下令让他们二人一起觐见，面询孙权的情况。

东里衮对孙权的称臣持否定态度，浩周则坚持孙权肯定会臣服。朝臣们也多认为孙权的称臣是诈，不相信孙权会遣子为质。这时又是浩周站了出来，他信誓旦旦，以阖家百口力保孙权。

曹丕终于满意地点了点头。

这年冬天，曹丕代汉自立，登基称帝。随后他册封孙权为吴王，并亲点浩周随行。浩周这次故地重游，肩负一项重要使命，那就是说服孙权交出人质。借着一次私宴的机会，浩周向孙权和盘托出。他须髯颤动："陛下未信王遣子入侍也，周以阖家百口明之。"孙权为之动容："浩孔异（注：浩周字孔异，古人称字表礼貌和尊重），卿乃以举家百口保我，我当何言邪？"说完流涕沾襟（又哭了）。送别浩周归国的时候，孙权又指天为誓，绝不相负。

浩周和孙权都是重感情之人，只不过，浩周将感情视为道义，孙权把感情当作手段。浩周回国之后不久，孙权的使者就来了，但没有带来人质，只带来了一封书信，上面写满了不能遣子的借口。曹丕很郁闷，为了表达对孙权的不满，他把送信的使者给扣押起来，也是告诫孙权：再不派人质来，损失的可就不止是个使者了。

孙权压根不想送人质，但又不愿现在就和曹丕翻脸，于是继续忽悠。先是给曹丕上了一道请罪表，后又给浩周寄去了一封书信。信的主要内容是这样的：

"浩君，当初你到我这来，想让我遣子入侍，我是很愿意兑现承诺的。只是顾念到小儿孙登年幼，总想等他长大些才放心出远门。舐犊情深，天底下哪个父亲不疼爱儿子，恳请你一定要谅解。

不料我这点私心，竟引起朝臣们的猜疑责难，我感到又担忧又惭愧。幸亏皇上仁慈宽厚，给我改过自新的机会。我现在也顾不上孩子年幼无知了，一定会尽快把他送至皇帝驾前。只是还有几件事情想要托付你。

一是小儿的婚事。他尚未成亲，希望他到了洛阳后，你能为他说成一门好亲事。最好是能和夏侯氏这样的皇亲贵戚结为亲家，让小儿得以攀龙附骥，那么我就感激不尽了。我将派孙邵与小儿同行。一等亲事谈好，就让孙绍负责筹办礼聘事宜。

二是小儿的教育。孙登这么小就离开了父母，我真怕他在外面没有人管束，跟着京城的浮浪子弟们学坏了。为了不耽误他的学业，我还想派张昭和他一起来洛阳，让张昭替我好好管教他。"

信的内容有点家长里短、絮絮叨叨，之所以要大段选译，是因为我觉得这是孙权行骗的经典之作。谎话要想不被轻易识破，就要注重细节，要编得生动形象，丝丝入扣。

孙权在这封信中，不仅表达了对儿子诚挚深厚的关爱之情，还充分考虑到他的婚姻和教育，并为此做了细致妥善的安排。派出的两个看护人，一个张昭，一个孙邵，都是孙权阵营的重要人物，名气大，声望高，为曹魏的君臣所熟知，不是信口胡诌出来的。特别是孙权还点名提出要与曹魏宗室夏侯氏联姻，表现出一副要攀龙附凤，长保荣华富贵的姿态，最搔中曹丕的痒穴。

虽然只是一招缓兵之计，孙权还是本着严谨细致、精益求精的态度。他这是用"工匠精神"在造假。

浩周收到此信后，立即汇报曹丕。曹丕大悦，下诏说："孙权给浩周写信来了，说十二月份就把儿子送过来，还要派遣孙邵、张昭跟他儿子一块来，又说想在京城为儿子娶媳妇。这难道还不能证明孙权是诚心归顺吗？"

可结果呢？曹丕和浩周君臣二人翘首仰望，望眼欲穿，也没等到大江彼岸来自孙吴的使团……

史书记载，从此后，浩周被皇帝疏远，终身不用。他这一辈子走过许多路，却始终走不出孙权的套路。

（三）后宫

孙权一生有过许多的女人，而他最爱的女人叫作步练师。练师之所以能够长久得到君王宠爱，不仅因为貌美，更因为她没有妒忌之心，从不与嫔妃们争风吃醋，岂止是不去争宠，她还时时向君王推荐别的女人。因此恩宠才得以长久不衰。步夫人的温良恭俭让，固然深得儒家文化的期许和君王欢心，但却是违反人性的。因为女人天性善于嫉妒，而爱情则具有排他性。步夫人会有如此雍容大度的表现，只能说明她是一个心机深沉的女人，她真正爱的并不是孙权，而是被君王恩宠所换来的富贵与权势。然而往往是这般虚情假意，偏能赢得君王欢心。深宫紫阁之中，本就容不下多少真性情。

比如说孙权的原配谢夫人。她是孙权母亲吴大人为儿子挑选的正室，也曾"爱幸有宠"。但是孙权喜新厌旧，后来又迷上了徐夫人。这个徐夫人也不是外人，她是孙权姑姑的孙女，换句话说，是孙权的表侄女。这个表侄女以前嫁过人，老公早死，守寡在家。但那时候没有那么多讲究，孙权看上眼了就娶了，而且宠爱异常，徐夫人婚后多年没有儿子，孙权就让长子孙登认她为母。

移情别恋本来也没什么，那个时代的男人三妻四妾很正常。但是孙权还要让后来者居上，也亏他做得出来，居然想要徐夫人做大，谢夫人做小。这是在挑战谢夫人的底线，她当然不会答应，于是被孙权打入冷宫，抑郁早逝。

但徐夫人也没有高兴多久。孙权是一个大猪蹄子，见一个爱一个，用开疆拓土般的热情充实着自己的后宫，终于把徐夫人给激怒了。她时常与孙权发生争吵，最后竟被以"妒忌"的罪名，废黜吴郡。与她相比，孙权觉得还是和"性不妒忌"的步夫人在一起更舒心。

与孙权异地分居了十几年后，徐夫人黯淡的人生终于看到了一丝曙光。原来孙权登基做了皇帝，立她的养子孙登为太子。自古"子以母贵，母以子贵"，大臣们上表请求立徐夫人为皇后。

但是孙权却始终没有答应，因为他此时只爱步夫人，想把皇后的位置留给她。偏偏步夫人的肚子又不争气，连着生了两个闺女，就是不生儿子。孙权觉得步夫人还年轻，不妨再等等，于是在立后的问题上一拖再拖，消磨了十几年。要说孙权对步夫人也算是真爱，除了皇后的名分给不了，其他的一切待遇都和皇后一样，"宫内皆称皇后，亲戚上疏称中宫"。如果说曹操是"不是皇帝的皇帝"，那么步夫人就是"不是皇后的皇后"。

但见新人笑，哪闻旧人哭。步夫人在后宫中"回眸一笑百媚生"的同时，徐夫人正缩在阴暗寒冷的角落里饮恨啜泣："步夫人没有儿子，却能做六宫之主；我的儿子是太子，我却被关在这冷宫之中幽闭。这究竟是因为什么？为什么?!"

在经历了漫长的等待和失望之后，徐夫人终于咽下了最后一口气。而步夫人也终究未能产子，没能当上名副其实的皇后，直到死后，才被孙权追赠。她也不是最后的赢家。

步夫人去世，中宫之位空缺，这一次孙权想要立袁夫人。袁夫人是袁术的女儿。袁术当年僭号称帝，引来天下诸侯群起而攻之，搞得四面楚歌，十分狼狈。袁夫人那时还很年幼，却要跟着败兵们一起颠沛流离，尝尽了人世苦辛。父亲死后，她跟着母亲和兄弟投奔庐江太守刘勋。不久后刘勋被孙策攻破，她们家又被孙策收容。再后来，她的兄弟在孙权手下仕官，她则进入了孙权的后宫。

我一直觉得袁夫人身上兼具世家贵族的清雅和乱世佳人的哀婉。事实上，她也确实惹人怜爱，品行高洁、温柔善良，并且和步夫人一样，雍容大度、性不妒忌。所不同的是：步夫人的大度，是固宠的手段；袁夫人的大度，却是真正的透彻。在经历了家族兴衰、乱世浮沉之后，早已将富贵荣华看淡。

袁夫人也没有儿子，孙权多次将姬妾们的儿子给她抚养，却一个也没能养大。当孙权提出要立她为后时，她以无子为由，固辞不受。也许她早已经看透了后宫的险恶，"无意苦争春，一任群芳妒"。

袁夫人想远离是非，是非却不肯放过她。接着又有王夫人、潘夫人相继受宠。袁夫人鄙弃的死老鼠，在她们眼里，却是一块鲜嫩美味的肥肉。新一代的宫斗女主既阴险善妒又工于心计，为了巩固到手的权势地位，她们颠倒是非，混淆黑白，不断在孙权面前毁伤袁夫人，必欲置之死地而后快。袁夫人的结局，史书上记载不详，只怕也是"零落成泥碾作尘，只有香如故"吧！我甚至想象她在临终前，和林黛玉一样，最后嘱托仆人道："我在这里并没有亲人，我的身子是干净的，你好歹叫他们送我回去。"她只是一个寄人篱下的孤女，是孙氏家族的战利品。这座污浊的吴宫之中，从来就没有尺椽片瓦是属于她的。

（四）女儿

孙权为了弥补步夫人无子的遗憾，加倍地宠爱她的两个女儿。是的，步夫人的两个女儿非常幸运，相比于刘备那两个被曹军俘虏，被史书一笔带过的女儿，这两位公主在史书上不但有名，而且有字。大女儿名鲁班，字大虎；小女儿名鲁育，字小虎。为什么孙权会给两个女儿取大虎、小虎这样的名字？

我想这也许和孙权对虎的喜爱有关。史书记载孙权喜好骑马打猎，射杀老虎。这很危险，而且还发生了老虎冲过来用前爪抓住马鞍的事故。

为此张昭曾多次苦口婆心地劝谏孙权。孙权虽然虚心接受了，但射虎的爱好还是戒不掉，他命工匠做了一种专门的射虎车，自己坐在车里面射箭。即使是这样，老虎还是会扑过来，这时孙权就拔出刀来，亲手砍击老虎为乐。

这场景是多么的粗犷豪情，以至于千年后的东坡先生都忍不住要感慨"亲射虎，看孙郎"。我们也由此可见孙权对老虎是多么的喜爱。所以他要给自己最宠爱的两个宝贝女儿取字为"大虎"和"小虎"。

大虎公主尤得父皇宠爱，她继承了母亲的美貌和智慧，从小就聪明乖巧，惹人怜爱。到了及笄之年，慈爱的父亲把她许配给了周瑜的儿子周循。史书记载周循"有瑜风"。我们参照周瑜的模子，说不定还有小乔的基因，在脑海中不难勾勒出一个英俊儒雅、风流倜傥的翩翩公子形象，"陌上人如玉，公子世无双"。大虎公主对于这段姻缘应当是十分满意的，毕竟哪个少女不怀春，在情窦初开之年，能够遇到宛如璧人的周郎，是一种怎样的幸福和浪漫。从此这对少年夫妻过上了琴瑟和鸣的婚姻生活。

可惜天妒佳人，周循不仅继承了父亲的雄姿英发，也遗传了他的年寿不永，早早地离开了尘世。大虎年纪轻轻，便承受了丧偶之痛。公主正值青春年少，金枝玉叶之躯又岂能甘心化作古井死水，从此空守深闺。骄奢淫逸的皇室从来都是如此，他们一方面煞有其事地旌表各地的贞女和烈女，一方面不遗余力地纵情自己的声色与欲望。公主很快便琵琶别抱，改嫁全琮。大虎从此又被称为"全公主"。

史书记载全琮家世显赫，是江东大族。他年轻时，曾有一次奉父亲全柔之命，带着数千斛米到吴郡集市上去交易。去时满满一船，回时空空如也，米没了，可没换来别的货物。老爹被他气坏了，破口大骂。全琮跪地顿首："父亲大人，孩儿认为你要交易的货物并不急需，而那些从江北流亡来的士大夫们有倒悬之患，所以我先取家中的粮食去赈济他们，事先来不及禀报父亲，还请您恕罪。"

全柔一听这话，顿时语塞，硬把难听的话都咽回肚子里，从此对全琼另眼相看。老爷子还是有眼光的，虽然心疼那几千斛粮食，但是心里还是明白的，全琮这是要做"大买卖"，投资回报率比那些粮食的市价要高得多。于是决定把家底都拿出来支持儿子。全琮有了老爹的财力支持以后，出手更加阔绰，倾家给济，当时中原士人大规模流亡到江东避难，其中就有数百人依附到了全家，全琮从此显名远近。

玩政治，需要人心，尤其是士大夫们的心。因为士大夫的笔杆子很厉害，能够左右当时的政治舆论。凭借超强的人气和政治呼声，全琮甫一出仕，便被孙权拜为奋威校尉，统兵数千人。作为一名职场新人，能获得这样的起点，算是了不起了。

全琮为人谦让恭俭，善于察言观色，从不顶撞上司，再加上政治背景过硬，自身表现卓异，因此官升得极快，黄龙元年，就已经做到了卫将军、徐州牧，跻身朝廷重臣行列。也就是在这一年，他迎娶大虎公主为妻，成为天子的乘龙快婿。

全琮之前有过妻室，并且育有子嗣。他与大虎的这段婚姻，应当没有了多少爱慕的元素，更多的是政治联姻。果然，有了大虎公主的政治加分，全琮更上层楼，在赤乌九年，晋升为右大司马、左军师，宗族子弟也并蒙宠，赐累千金。全氏家族迅速蹿升为东吴最有权势的家族之一。

"鲜花着锦，烈火烹油"之盛，倒没有让全琮自我膨胀。他保持了谨慎低调的本色，仍然谦虚接士，貌无骄色，赢得了朝野上下的一致好评。

但是你要因此认为全琮是个老实人，那就大错特错了。老实人是没法在乱世中生存的，更没法在政坛上翻云覆雨。尽管全琮一直将自己装饰成一个谦谦君子，但偶尔还是会暴露出深藏在内心的权谋和诈术。给大家讲这么两个故事吧！

全琮曾经担任大都督，领众军北征寿春，与魏将王凌在芍陂打了一仗。吴军作战失利，被魏军乘胜追击。幸亏顾承和张休两部奋力厮杀，才挡住了魏军的攻势。全琮的族子全绪、全端见敌人进攻受阻，趁势发起反击，打退了魏军。

事后论功行赏，认为挡住敌军的功劳大，击退敌人的功劳小，因此对顾、张的奖励要高过二全。这件事情让全氏家族非常忌恨，再加上全琮的儿子全寄与顾承的哥哥顾谭政见不合，全琮全寄父子是新仇添旧恨，二人屡进谗言，终于将顾、张等人构陷入罪，流放交州。张休后来被下诏赐死，顾谭、顾承兄弟则病死在了流放地。

张休是东吴老臣张昭的次子，顾谭、顾承兄弟是已故丞相顾雍的孙子。功臣元勋之后，竟落得如此下场，全要拜全氏父子所赐。

还有一回，全琮又是作为都督统领全军，但孙权同时又派了一名偏将军叫胡综的做监军，参与军事，其实也带点掣肘制衡全琮的意思。在一次军事行动中，将军朱恒对上头的部署指挥很不满意，就跑到指挥部来和全琮理论。朱恒越说越激动，两眼赤丝乱系，额头青筋暴起，就差没动手打人。

全琮知道朱恒是狂躁性人格，又极度自傲，耻于为人部属、听人指挥。这次来讨论军事部署是假，找碴挑事是真。于是施展了一招四两拨千斤之术，分辩道："我不清楚，皇上派了胡综做监军，他觉得这样布置更好。"

朱恒更加愤恨，回到自己的营帐，派人去叫胡综过来理论。胡综来到军门前，朱恒准备要去迎接，吩咐左右道："等会我一挥手，你们就各自散去。"这时有个侍从怕事情闹大，想息事宁人，就偷偷从旁边溜了出去，和胡综交谈了一会才回来。等到朱恒走出门外时，不见了胡综，马上猜出是那人告密，怒火攻心，手起刀落，把"内奸"给砍了。

军中闹出了人命，很快被朱恒的佐军知道了。那佐军也是一片好意，跑来劝谏朱恒。可此时的朱恒已经歇斯底里，是"神挡杀神、魔挡杀魔"，使出了招"白虹贯日"，将碍事的佐军给刺穿了。这个朱恒估计患有某种精神疾病，一气之下，竟然连续杀害了两条人命。等到神志清醒了，知道自己闯了大祸，忙借口狂疾发作，跑回建业养病。

孙权怜惜他是个将才，功劳又大，没有将其治罪。而全琮明知道这家伙精神不太正常，还要嫁祸给同事，心肠也实在太坏了些。经过这么一场闹剧，胡综被吓得半死，从此收敛了许多；朱桓躲在家里闭门不出，没脸见人。只有全琮平安无事，还赚了不少好处。

这就是大虎公主的第二任丈夫，他懂政治，有机谋，城府极深，惯于玩弄权术。许是受了他的潜移默化，大虎也迅速完成了人格蜕化，告别了青涩甜蜜的青春期，埋葬了诗与爱情，义无反顾地扎进了名利场中，开始疯狂追逐权势和利益。

小虎公主的丈夫是左将军、云阳侯朱据，他也是吴郡大族。这场婚姻与大虎公主的一样，都是政治在唱主角。孙权喜欢通过联姻来笼络人心。他还曾将妹妹嫁给年近半百的刘备，将孙策的一个女儿嫁给顾雍的儿子顾邵，又将孙策的另一个女儿嫁给陆逊。

陆逊的这桩婚姻特别有意思，我们知道孙策当年曾奉袁术之命攻打庐江，而当时的庐江太守叫陆康，是陆逊的从祖父。陆逊是个孤儿，从小跟随着陆康长大。结果孙策攻陷庐江，陆康随即病逝，陆氏宗族百余人大半死于这场战争。也就是说陆逊得管家族的仇人叫一声岳父。呵！政治动物就是这样，充满算计，鲜有感情。

（五）儿子

孙权一共有七个儿子，依次为：孙登、孙虑、孙和、孙霸、孙奋、孙休和孙亮。这七个人中，有三个当了皇帝。这种情况在历史上不太多见，是因为他们兄弟之间太过友爱团结，互相推让皇位吗？当然不是，这其中的故事曲折复杂，且容我慢慢道来：

孙权的长子孙登，我们前文中已经多次提到过。由于生母出身低微，孙登出生后没多久就被孙权交给徐夫人领养，从此认徐夫人为母。徐夫人后来虽然失宠被废，但却没有影响到孙登的前程。因为孙权几十年不立皇后，自然就没有嫡子，既然没有嫡子，那么立长子为嗣就是理所应当了。

事实上，孙登也确实是一个理想的继承人，在他身上具备许多"明君"该有的素质：

礼贤下士。孙登接待太子府的僚属，大都采用平民交往的礼节，或同乘一车，或共睡一帐，随意自然，从不摆皇太子的架子，因而很得士人的拥戴。他的班底囊括了诸葛恪、张休、顾谭、陈表等才俊，号称"四友"，是东吴政界新生代的"四大天王"，又有谢景、范慎、刁玄、羊衜等人为宾客。这些人都是吴国的青年政治精英，文韬武略、各有所长。

有一则故事可以反映孙登与僚属的亲近。说是孙权夜宴群臣，酒酣耳热之际，大家互相开玩笑。孙登嘲笑诸葛恪说："快去把那坨马粪吃了。"诸葛恪回敬道："太子殿下请吃鸡蛋。"孙权听了觉得很奇怪，就问诸葛恪："人家叫你吃屎，你叫人家吃鸡蛋，怎么回事？"诸葛恪故作正经地答道："哎呀，有什么区别吗？还不都从同一个地方出来的！"孙权听完哈哈大笑。

什么叫关系好？关系好不是对你彬彬有礼，而是和你嬉笑打闹。

宽厚仁慈。孙登出外打猎，本来可以走直道，但他常常远避良田，怕马践踏坏了庄稼，宁愿绕道走远路，停下休息时，又会选择空旷无人的地方，以免烦扰百姓。与那些骄奢淫逸的二世祖不同，他清楚底层百姓的生活有多么艰辛。

又有一次，他乘马外出，突然有一颗弹丸从身边呼啸而过。身边的侍从们慌了，有人竟敢惊吓太子，于是在周边展开"地毯式"排查，终于发现了一个人手里拿着弹弓，身带弹丸。大伙都断定他就是那个拿弹弓袭击太子的人，没想到这人却死不承认。侍从们平时都耀武扬威惯的，又急于在太子面前表功，一个个地摩拳擦掌，要揍他一顿。这时亏得孙登出来制止，他先是让人找到之前从他身边飞过的弹丸，然后拿着这枚弹丸和那人身上的弹丸做对比，发现两者根本不是一个型号，便把那人给放了。

对于一个当权者来说，伏尸百万、流血千里不算本事。因为即使是个懦夫，一旦获得权力，也能变成暴君。手握生死大权，还懂得敬畏生命，能够理性分析，不罪及无辜，这样的人，才是真正的强者！

孝敬父母。孙登对养母徐夫人的感情很深。当时徐夫人已被孙权废黜吴郡，步夫人正宠冠后宫。步夫人有所赏赐，孙登不敢推辞，只是拜谢接受而已；而徐夫人派人赏赐的衣物，他一定沐浴后才穿戴，以示郑重。当初孙权要立他做太子，他却推辞说："陛下，凡事要追本溯源，先有母亲，才有儿子，要立太子，应当先立皇后。"孙登的生母早就去世了，孙权一时没反应过来，问道："你母亲在哪里？"孙登回答说："在吴郡。"孙权闻言愕然，沉默了很久。

结合孙权的性格和他对待徐夫人的态度，孙登此举绝不是故作姿态、"秀孝顺"，而是冒着失去太子之位的风险，为养母争名分。要知道，今时今日，失宠的徐夫人已经不再是政治加分项，而是他前进路上的绊脚石。在这种背景下，仍然在孙权面前重申与徐夫人的母子之情，他对徐夫人的感激和孝顺是真诚的，不掺任何杂质。

孙登的二弟孙虑从小机敏聪慧，很有才学。孙权对他喜爱且器重，授予他镇军大将军之位，假节开府，率军屯驻半州，为国镇卫。孙虑上任之初，很多人都因为他自小锦衣玉食，又年纪轻轻，怀疑他不能留心政务。没想到他任职后，遵奉法度，敬纳师友，表现可圈可点，超过了众人的期望。

可惜这样一位优秀的好皇子，却是个没福气的，只活到二十岁，一病死了。孙权闻知噩耗，伤心过度，连着几天水米不进。孙登此时正奉孙权之命镇守武昌，得到消息后，昼夜兼行，赶赴建业，进谏孙权说："父皇，虑弟卧病不起，这是天命。如今北土还未统一，四海之内翘首企盼，遵奉拥戴陛下，而陛下却因为对后辈的思念，减少饮食，伤害身体，这有违礼制，儿臣忧虑不安。"言辞恳切，孙权为之动容。

孙登在建业一住十几天，孙权想送他返回武昌。孙登却苦求父亲让自己留下，他说自己长年在外，远离膝下，有违孝道，常常为此而感到遗憾。孙权被他的孝心所感动，同意他留在建业。

娴于政务。孙权很注重对孙登的培养。东吴的首都原本在武昌，后来孙权迁都建业，就让孙登留守武昌，总管大小事务，并派上大将军陆逊辅佐，让他能够跟着这位好老师学习处理政务。孙登后来主动要求留在建业，每逢孙权外出征伐时，都让他留守，总管后方事务。尽可能创造条件让他独当一面。

孙登的表现也没有令他失望。嘉禾三年，孙权亲征合肥新城，让孙登监国，总管留守事务。当年的粮食歉收，盗贼蜂起。孙登就制定法律条文，用来防堵的办法，深得遏制奸邪的要点，有效地缓解了尖锐的阶级矛盾。

孙登之所以这么贤能，我认为和他的人生经历有关。由于生母出生低贱，养母又失宠被贬，让他没有了骄横傲慢的资本，性格十分的谦虚恭顺。他从不觉得自己高高在上，愿意俯身倾听百姓的呼声，体谅民生的艰难。他深知自己除了年龄居长外，没有别的优势，只有不断修身养德，才能得到父亲的肯定。

然而没人想到，这位优秀的继承者居然会走在孙权的前面，享年三十三岁。孙登死前给孙权上了一封遗疏，文章共分以下几层意思：

一是劝孙权不要为自己的死太过悲伤，请以江山社稷为重，善保龙体。（评：遗疏的例行套话。）

二是建议三弟孙和继任太子之位。（评：表明自己对孙和的认可，利用自己的政治影响力给孙和加分，他的太子班底后来也都转为支持孙和了。）

三是大力举荐诸葛恪、张休、顾谭、谢景等东宫僚属。（评：于公而言，这些人都是自己生前搜罗储备的俊才，理应举荐给国家委以重用；于私而言，这些人跟随自己多年，感情深厚，现在眼看自己不行了，要安排好他们的出路。）

四是劝谏孙权修改律令，宽刑减赋，爱惜民力。（评：这一条建议极具针对性，绝非泛泛而谈，孙权执政以来，一直奉行严刑峻法，制造了不少冤假错案，文武百官和黎民百姓长期处于高压政策之下，已经到了忍耐的极限。）

五是劝孙权信任大臣，特别是陆逊、诸葛瑾、步骘等重臣。（评：孙权生性多疑，对文武大臣百般猜忌。他曾任命一个叫吕壹的人担任监察官员，吕壹擅作威福，不断罗织罪名，诬告大臣，陷害无辜。对此孙登曾经多次劝谏，孙权却拒不接受，让群臣很是寒心。）

惜字如金的陈寿将这封遗疏全文收录进了《三国志》，可见它的价值之重要，特别是最后两条，直指孙权统治的弊政。当然孙权听不听，又是另外一回事了。

孙登死后奏疏才呈报上去，孙权更因此哀伤悲痛，说起来就流眼泪。然而我倒是觉得，孙登早死，未必就是一件坏事。从孙权后来的表现来看，孙登如果活着够遭罪。

孙和是孙权的第三子，在赤乌五年被立为太子，时年一十九岁。孙登临死前举荐他接任太子，很有可能是看出他身上有许多和自己的相似之处：

当时各部门的很多官员每天都是坐办公室，不下基层调研，不了解实际情况，全靠看法律条文和文字报告来处理政务。孙和对此很不以为然，他认为奸邪小人会借机玩弄刀笔，假公济私，影响行政，上表孙权要求禁绝这种工作作风。

还有一次，都督刘宝和太子庶子丁晏两个人互相检举揭发，状子递到孙和案前。孙和心里一惊，要知道当时孙权还在继续搞他的白色恐怖，而监察官员为了逢迎皇帝，每天都盼着能有举报信，然后把无辜罗织成有罪，小案升格为大案。这两人继续这样闹下去，最后一定是两败俱伤，携手共赴黄泉路。孙和不忍心见此，使出水磨功夫去调解纠纷，终于化解了二人之间的矛盾，消弭了一场血光之灾。

孙和还是一个勤奋好学的人，他常说士人要讲习研讨学术，考校操练骑射武功，并用之来经纶世务，不应该把主要精力用在交游赌博和下棋等娱乐活动上。孙和的这番话其实是有感而发，当时太子府中有很多官员都痴迷于围棋，已经到了废寝忘食的地步。孙和认为此举有害无益，为了矫正这些人的过失，又不伤及情面，他想出了一个文雅的法子：让手下的八名文学之士各写一篇议论文，阐明论述博弈下棋的弊端，文章交稿后，孙和拿来给宾客传阅，以此达到规劝的目的。其中大才子韦曜的文气充沛，辞义最美，在《三国志·韦曜传》全文收录，有兴趣的读者可以去翻阅。

这本是一个不错的储君，但孙权却又同时宠爱四子鲁王孙霸，让他享受与太子同等的礼仪待遇。此举让鲁王的师傅是仪深感不安，他率先上疏，劝孙权让孙霸离京去藩国就任，并明文规定太子与藩王的尊卑秩序。奏疏连上了数次，但孙权就是不听。

孙权的行为说明他态度暧昧，传位给谁尚未拿定主意，犯了封建帝王立嗣的大忌。政治嗅觉敏锐的朝臣们，很快闻出了味道，开始选择站队，各为其主。丞相陆逊、大将军诸葛恪、太常顾谭、骠骑将军朱据、大都督施绩、尚书丁密等人遵循礼法，力保太子孙和；骠骑将军步骘、镇南将军吕岱、大司马全琮、左将军吕据、中书令孙弘则支持鲁王孙霸。于是中外官僚、将军大臣互相攻讦，举国中分。

出现这样的局面，是孙权始料不及的。自己在家务事上的狐疑，竟造成了朝臣的对立，眼看就要酝酿出一场大动乱。他忧心忡忡地对侍中孙峻说道："孙和孙霸两兄弟不和睦，大臣们又搞派系斗争，眼看着就要重蹈袁氏父子的覆辙，被天下英雄所耻笑啊！"

袁绍当年废长立幼，导致袁谭、袁尚两兄弟反目成仇，大打出手，终于把偌大的家业败得干干净净。孙权认为自己现在的情况，和袁家当年很相似。但后世的史学家，给《三国志》做注的裴松之却认为：孙权的情况和袁绍还不太一样，因为袁绍始终认为小儿子袁尚更贤能，传位之意非常坚定；而孙权既然已经立了孙和，又去复宠孙霸，做事颠三倒四，花样作死，比袁绍还要愚昧糊涂得多。

为了控制日益紊乱的朝局，孙权下令让孙和、孙霸二人在家禁闭读书，不准与宾客往来。孙权这种各打五十大板的做法，没有从根本上解决问题，局势依旧混沌不明。

这时孙权的女儿大虎公主挺身而出，发挥了关键作用。她的第二任丈夫全琮是"鲁王党"，她本人也同样支持鲁王。这其实很奇怪，孙和孙霸都是她的异母兄弟，做妹妹的，本可以两不相帮，谁也不得罪，何苦去蹚这趟浑水呢？

这个世界上从来就没有无缘无故的爱，也没有无缘无故的恨。大虎与太子孙和不仅仅是政敌，还有私怨。原因则要从上一代说起，孙和的母亲王夫人也很得孙权的宠爱，威胁到步夫人的地位。步夫人表面上装作宽容大度、从不嫉妒，心中不免存有芥蒂。无奈步夫人虽然始终占据孙权心中最爱的位置，可惜却一直命中无子；王夫人则因为儿子被立为太子，而母以子贵，行情见涨。

此时步夫人已经撒手人寰，把恩怨情仇都一齐抛下，可是仇恨的种子却在大虎心中生根发芽。她不仅替母亲打抱不平，同时也为自己的现实思量：一旦父皇驾崩，孙和即位，王夫人就要成为太后。他们母子二人得势，自己这个先帝时的公主必然落魄，甚至性命不保。为了报仇，更为自保，大虎选择了力挺鲁王孙霸。

"不幸生在帝王家"。贫贱百姓家尚能和睦相处，高贵的皇室子弟却往往视手足如仇雠，骨肉相残的人伦惨剧史不绝书。王子皇孙们并非天生就阴鸷嗜血，而是因为权力诱使人堕落，更何况还是至高无上的皇权。权力的诱惑实在太大，它能最高效地催化世人心中的自私、贪婪和恶。魔障会不断侵蚀善念，诱人沉沦欲海，直至堕入阿鼻地狱。

大虎身为妇人，不能在朝堂抛头露面，评论朝政，只能把战场设在宫闱之中，通过影响孙权来打击太子。为了增强实力，大虎积极拉拢另一个人做盟友，与自己一起在孙权耳边吹风。此人就是她的同母妹妹孙小虎。小虎因为嫁给骠骑将军朱据，因而也被称为朱公主。大虎把这个计划向小虎透露之后，遭到后者的婉言拒绝。小虎表明自己不愿意参与到这场骨肉之争中。其实小虎的丈夫朱据正是太子党的重要人物，身为妻子的小虎又岂能再去支持鲁王？温顺善良的朱公主大概没有想到，自己竟因为这次的拒绝，而遭到了姐姐的深深忌恨。

没有妹妹支持的大虎，只有独身奋战。孙权此时已经步入晚景，曾经雄武刚健的他，如今疾病缠身，猜忌多疑。他对儿子有着天然的防范，总觉得儿子们背地里在屈指算计着他的死期，好早些瓜分家产；而把女儿视为贴心小棉袄，以为父女之间没有利害冲突，尚能保留人伦亲情。大虎正是抓住了父亲的这一心理，不断煽风点火、攻讦太子。

有一次孙权患病卧床，太子孙和前往寺庙为父亲祈福弭灾。太子妃的叔叔张休家恰好就在这座寺庙附近，于是就邀太子来到家中坐坐。孰料，这一举动很快被大虎侦查得知，她火速入宫，在孙权的病榻前添油加醋、搬弄是非，说孙和根本没在寺庙里为父亲祈福，而是潜往太子妃家中与张休商谋秘事；太子的母亲王夫人见皇上卧病在床，不但一点也不哀戚难过，反倒面露喜色。病重的孙权听闻此言，勃然大怒。从此对太子和王夫人的恩宠日衰。王夫人夙夜担忧，一病而亡。孙和的太子之位也朝不保夕、危如累卵。

太子的失势，让鲁王党兴奋异常，他们抖擞精神，连出重拳。先是杨竺、全寄、吴安、孙奇等人联名上疏谮毁太子，进一步打击太子的声望。后是全琮全寄父子陷害顾承和张休，这个故事我在前面介绍全琮的时候讲过。顾承的哥哥顾谭官居太常，是太子的重要支持者。全琮他们死咬住顾承不放，就是想把顾谭这条大鱼也卷进案中。

顾承、张休二人被打入监狱待审，孙权因为顾谭的缘故沉吟不决，想让顾谭当众谢个罪后，就把他们都放了。但是顾谭是一个宁直不弯的君子，知道弟弟蒙受的是不白之冤，坚决不肯认错。朝议的时候，孙权问他可服罪，他不但不谢罪，反倒悲愤地说："陛下，请您不要轻信谣言啊！"

鲁王党趁机弹劾他"大不敬"之罪，要求将他处以极刑。孙权也恼恨他当庭顶撞，只是顾念他已故的祖父顾雍是吴国元老，因而罪减一等，将他兄弟二人贬往交州。

张休是太子妃的叔叔，之前孙和就是因为去了趟他家才倒的大霉，他本来也随着顾氏兄弟一起流放交州。但因为他平时得罪过中书令孙弘，孙弘又恰好是"鲁王党"，为人阴险狡诈，于是公事私事一起办了，向孙权又告了一刀状，终于下诏把张休给赐死了。

面对鲁王党的咄咄逼人，太子党奋起反击。丞相陆逊多次上疏力保太子，又想亲赴建业觐见孙权，当面向孙权陈述嫡庶大义。太子太傅吾粲也上疏请求孙权命鲁王出镇夏口，并将杨竺等人驱逐出京。吾粲还数次与镇守武昌的丞相陆逊连通消息，相约联名上奏。此举犯了孙权的大忌，他性格多疑，最痛恨大臣结为朋党。

吾粲联络陆逊的消息不幸被鲁王和杨竺侦知，二人跑到孙权面前告状，孙权勃然大怒，将吾粲下狱处死，并不断派出使者申斥陆逊，陆逊的几个外甥也因亲近太子被撤职流放。陆逊悲愤交加，最后被活活气死。

孙权连开杀戒，除掉了好几个太子党的重要人物，让混乱的局势暂时平稳下来。经过几年的考虑，孙权终于下定决心要废黜太子，下诏将孙和幽闭起来。诏令一下，立时在朝堂上引起了轩然大波。骠骑将军朱据、尚书仆射屈晃率领诸将吏用泥巴涂满脑袋、双手自缚，一连数日守在宫门前，跪求孙权解除对孙和的幽禁。孙权登上白爵观俯察请愿的人，看到黑压压一片将士站在宫外，感觉像在逼宫，心里非常厌恶，下旨斥责朱据、屈晃等人不顾后果，带头闹事。

朱据、屈晃等人实在是帮了倒忙，反而坚定了孙权改立太子的决心。由于反对声太高，孙权没有立四子孙霸，而是"废和立亮"。孙亮是孙权的七子，年龄最小，只有八九岁。因此，无难督陈正、五营督陈象上书，引用"晋献公杀长子申生，立幼子奚齐，最后导致晋国大乱"的故事，劝他收回成命。朱据、屈晃也固谏不已。

孙权大怒，下令将陈正、陈象处死；将朱据、屈晃拉入殿内，各杖击一百，朱据贬为新都郡郡丞，屈晃免职回乡，朱据在就任的路上，又被中书令孙弘以诏书追赐死；废太子孙和为庶人，流放故鄣。因为支持太子而被诛杀、流放的大臣多达数十人。

鲁王孙霸也没有得到好下场。孙权认为他广结朋党，谋害兄长，所为太过；又害怕他对幼主孙亮不利，于是痛下杀手，在流放孙和的同时，下旨将孙霸赐死，并诛杀其党羽全寄、吴安、孙奇、杨竺等人。

持续数年，无数重臣牵扯其中的"南鲁党争"，最后竟以这样一个结局而收场。面对这场腥风血雨，大虎公主倒是审时度势，迅速调整战略，把宝押在了孙权的小儿子孙亮身上。她软磨硬泡、极力撺掇孙权把她的从孙女全氏嫁给孙亮，是为全夫人。在这场权力的游戏中，孙和、孙霸两家斗得两败俱伤，孙亮坐享其成，成为最大赢家；大虎也赚得盆满钵满，不仅扳倒了仇敌，还和新太子攀上了关系。

赤乌十三年冬，孙亮正式被立为太子，后来继位做了皇帝，在位六年被权臣孙綝废黜。孙亮退位后，他的六哥孙休继位做了皇帝，在位七年，一病而亡。孙休死时，儿子还很幼小，丞相濮阳兴、左将军张布等人认为"国赖长君"，于是违背孙休的遗愿，改立废太子孙和之子孙皓为帝。孙皓是三国史上最负盛名的暴君，他继位后追谥父亲孙和为"文皇帝"。

至此，孙权的三个儿子都做了皇帝。而吴国的国运，也在这一系列的变故之中被消损殆尽。

（六）尾声

"南鲁党争"几乎耗尽吴国的元气，留下了诸多后遗症。为了收拾残局，弥补己过，孙权采取了如下措施：

册立新太子。孙和被废，孙霸被杀，太子之位不能长期空缺。赤乌十三年十一月，孙权册立小儿子孙亮为太子。孙亮当时不过八九岁，年幼无知，需要大臣辅弼。朝臣们都看好大将军诸葛恪，宗室孙峻更是上表力荐，说诸葛恪"器任辅政，可付大事。"孙权对诸葛恪的才能是认可的，唯一顾虑的是他刚愎自用的性格缺陷，因而迟疑未发。

这时又是孙峻强力保举，说："诸葛恪固然性格有问题，但金无足赤，人无完人，放眼朝臣当中，没有人能及得上他。陛下不任用诸葛恪，又能任用谁呢？"孙权也确实再没有别的人选，于是将诸葛恪从武昌召回，任命为太子太傅。同时又任命孙弘为少傅，滕胤为太常，共同教导太子。

淹绝北道。几乎就在册立孙亮的同时，孙权派出十万人众修建堂邑县的涂塘，淹没通向北方的大道。孙权老了，良将又多在"南鲁党争"消耗，吴国的军事实力大幅下降，不得不采取保守收缩的对外政策。因此掘堤放水，淹没魏国通往首都建业的道路，以为自保之计。

遣子就藩。孙权反省自己在鲁王孙霸身上犯的错误，为防范其他儿子对孙亮不利，将他们扫地出门，一律打发到藩国就任，杜绝兄弟夺嫡之事再次发生。他立废太子孙和为南阳王，居长沙；孙奋为齐王，居武昌；孙休为琅琊王，居虎林。只留太子孙亮在身边，等候接班。

处理完这些大事，几乎耗尽了孙权仅存的精力；手刃亲子的痛苦，更是每夜都在拷打着他的灵魂。他衰老的速度明显加快了，终于在七十一岁的那年，走到了生命的尽头。孙权是三国时代享寿最长的皇帝，其漫长的一生历经风云变幻，笑看沧海桑田。深宫冷月，寂然无声，躺在病榻上的皇帝追昔抚今，回忆联翩：

大哥孙策临终将家业交付与朕，那是五十三年前的事了；赤壁之战，是在四十五年前；蜀汉丞相诸葛亮逝世快有二十年了；曹魏的皇位已经传到第四代，现在的小皇帝曹芳是曹孟德的曾孙，就连他，也在龙椅上坐了十几年了。周公瑾、鲁子敬、吕子明、陆伯言，他们的尸骨都已化为污朽！这天下早已物是人非！朕的阳寿也该尽了！世间又有谁能够永生不死呢？

孙权寿享遐龄，本可以死而无憾。然而在他生命的最后时刻，政局依然没有太平，接连发生了好几件大事。

首先是孙权病重之际，对前事颇多悔悟，想召回废太子孙和，让他继承大统。这一几近幼稚的想法，立时触动了大虎公主、宗室孙峻、中书令孙弘等人敏感的神经。他们都是孙和的政敌，当年为扳倒孙和下过死力气。一旦孙和复位，他们岂有活路？三人立刻采取行动，围在孙权面前苦苦哀求，劝他回心转意。

孙和蒙冤确实不假，但是因为他，朝廷大臣分为两派，闹得势不两立。一旦孙和复立，好不容易平静下来的朝廷立时又会刮起腥风血雨。太子党要乘势反攻倒算，鲁王党将被大批清洗。已经伤筋动骨的国家再也经不起这样的浩劫。

还有就是如何处置孙亮？孙和复立，就意味着孙亮被废，废太子的日子可不好过。即使孙和念及骨肉之情，愿意善待孙亮，但是趋炎附势、离间骨肉的小人从来都不缺少，而在皇权的魔力之下，亲情又是那么微不足道。

这些人劝说孙权的动机固然是为求自保，理由却立论煌煌。孙权意识到大错既已铸成，便再难挽回，只能长叹一声，就此作罢。

接着是潘皇后在寝宫内被谋杀。潘皇后是太子孙亮之母，早年因父亲犯法被株连，发配宫中为婢。岂料竟因祸得福，被孙权看中，收为后宫。后来更是子以母贵，成为吴国的首任皇后。她的经历像极了童话里的灰姑娘。然而历史从来都不是童话，灰姑娘在宫闱中浸淫多年，历经千锤百炼，早已修炼得五毒不侵，最后变成了另一个邪恶皇后。她既阴险善妒，又善媚君王。后宫的许多妃子都遭过她的陷害，就连品行高洁的袁夫人亦未能幸免。

她在后宫不但作威作福，对政治也充满兴趣。孙权病重期间，她曾秘密派人向中书令孙弘询问当年吕后临朝专制之事，图谋在儿皇登基后施行垂帘听政。然而人算不如天算，谁都也没料到这位潘皇后竟会走在孙权的前面，在自己的寝宫之中突然暴毙。

史书对此案给出的解释是：潘皇后性情乖戾，平日欺虐左右。受尽凌辱的太监、宫女们趁她卧床昏睡之际，合力用绳索将其勒死，事后对外谎称是中恶而亡。但元代史学家胡三省却认为此事极不合情理：试想潘皇后此时正在谋求临朝称制，左右小人攀龙附凤，谋求权势富贵犹恐不及，岂有不堪凌辱而谋害她的道理？他判断这桩谋杀皇后案当是吴国掌权的大臣所为。一代皇后，竟在自己的寝宫被谋杀，事后连一点线索都找不到，想想都让人不寒而栗。

最后是任命辅政大臣。孙权病情渐重，自知时日无多，于是下旨征召大将军领太子太傅诸葛恪、中书令孙弘、太常滕胤、将军吕据以及侍中孙峻五人入宫。五大臣被引入皇帝寝宫，跪拜在孙权的病榻之前，领受皇帝遗诏。

孙权强打精神坐起来，说道："朕的病情已深，恐怕以后再也不能与你们相见，国家大事今后就托付给你们了。"诸葛恪泪流满面，呜咽道："臣等深受陛下厚恩，自当以死奉诏，希望陛下不要被外事烦心，安心调养。"孙权于是下诏将中央各部委的事务都交由诸葛恪统一负责，同时颁布了百官僚属对他的拜揖礼仪，正式确立了其首辅地位。这一幕和当年刘备的白帝城托孤何其相似。孙权对诸葛恪寄予厚望，希望他能够像其叔父诸葛亮那样鞠躬尽瘁，死而后已，尽心尽力地辅佐好幼主孙亮。

完成托孤后不久，孙权便撒手人寰。但是负责皇帝治丧事宜的中书令、五大臣之一的孙弘却一直秘不发丧。这就很让人费解了，孙弘隐瞒大行皇帝的丧讯，到底想要干什么？

孙弘为人阴险邪僻，吴国的各种宫廷政变、阴谋诡计都可以看到他的踪影。当年扳倒太子孙和有他的份，张昭之子张休和小虎丈夫朱据的冤死也是拜他所赐。此人在吴国历次政治斗争中都表现得十分活跃，经验极其老到，以至于潘皇后要搞临朝听政，都想找他当合伙人。

紧接着潘皇后就不明不白地死了。考虑到孙弘与诸葛恪的关系一直都很恶劣，笔者大胆推测孙弘与潘皇后结成联盟，计划在孙权死后废除他的"五大臣辅政"方案，改为潘皇后垂帘、孙弘辅政，将诸葛恪这帮人驱逐出权力中心。不料消息走漏，让诸葛恪一派先下手为强，派人把潘皇后给做掉了。

皇后被弑，孙弘兔死狐悲，以他的性格，是不会坐以待毙的，于是计划伪造一份孙权遗诏，再"奉旨"率禁军去诛杀诸葛恪。但死人是不会下诏书的，这份诏书想让人信服的话，就必须让孙权"不死"，秘不发丧的原因就在于此。

孙弘这边紧锣密鼓地筹划暗杀计划，却未料到密谋竟被孙峻知晓。后者在第一时间向诸葛恪告密。诸葛恪得知后，当机立断，布置了一番后，便派人去请孙弘来议事。孙弘不知阴谋已经败露，坦然赴会。而诸葛恪这边已然安排妥当，没等孙弘把座位焐热，便让他的脑袋搬了家。一场政治风波便这样有惊无险地被化解开来。孙权深思熟虑、精心安排的五大臣组合，在他死后不到数天便兵戎相见。这绝对是在泉台之下的他，万万也想不到的。

接下来要做的事情便是昭告天下，为孙权发丧。随着孙权遗诏的公布，孙亮的皇帝之位和诸葛恪的首辅之位被正式确定下来。吴国历史从此进入了后孙权时代。

十八 孙亮篇：天才少年的平凡之路

孙权死了，孙亮做了吴国的第二任皇帝。

孙亮即位时年仅十岁，在诸兄弟中年龄最小，他为什么能后来者居上呢？正史的说法是孙权老来得子，尤为宠爱，最终将大位相授。而我认为这里面还有一个原因很重要，那就是孙亮天资聪慧异于常人。《吴历》中记载了这么一个小故事：

有一天孙亮想吃生梅，而生梅醮蜜味道更佳，就命人去取蜂蜜。不想蜂蜜送到后，发现里面有一粒老鼠屎，大倒胃口。于是把库吏叫来问话。那库吏捣蒜似磕头，说自己平时妥善保管，交货时又认真检查过，蜂蜜中绝不可能会有鼠屎，而取蜜的太监也抵死不肯承认是自己干的。

双方互执一词，本以为会是件"无头公案"。孙亮却笑道："此案不难侦破"，命人切开鼠屎，发现里面是干燥的，于是断定是取蜜太监所为。孙亮解释道："如果鼠屎之前就在蜜里的话，浸泡的时间长，内外都应当是湿的；可现在这粒鼠屎外湿内干，说明在蜜中时间不长，定是取蜜的太监所为。"太监穷途末路，只能俯首认罪。

通过此事可以看出孙亮确实有头脑，相对于另外两个才具平实的儿子，孙权更愿意将吴国的万里江山押在这支潜力股上。不过孙亮聪明归聪明，毕竟只有十岁，根本不具备处理政务的能力。我推测孙权立孙亮为太子时，对自己的身体状况还很有信心，虽然已经年过七旬，是三国史上少见的高龄老人，但是身子骨一直很硬朗，没有什么大毛病，再活个十年八年不成问题。到那个时候，孙亮已经成年，历练得也差不多了，正好可以接班。

然而"人算不如天算"，就在册立孙亮的第二年冬天，孙权从南郊祭祀回来后突然风疾发作，卧床不起。他曾经无数次幻想过在孙亮二十岁那年，举办一场盛大的"元服礼"，并亲自为儿子加冠。然而这一天，终究是看不到了。

（一）

临终前，孙权托孤于五大臣，希望他们能辅弼好幼主。关于五大臣的人选，孙权是费心考虑过的，但是事情后来的演变，却与他的初衷背道而驰。我们简单介绍一下五大臣的情况：

诸葛恪是流亡北士诸葛瑾的长子，深得孙权信任，在陆逊死后，接任大将军，驻守武昌，成为吴国的上游统帅。孙权册立孙亮后，将他召回建业，任命为太子太傅。

孙弘是孙权的心腹爪牙，官至中书令，处理内廷政务，最擅长栽赃陷害、落井下石，是替孙权打压重臣，抑制士族的一条恶犬。孙权任命他为太子少傅。

滕胤也是流亡北士的后代，年少时就很有品行节操，又是个美男子，被孙权看中，招为驸马，先后担任过丹阳、吴郡、会稽等地太守，政绩显著。孙权病重，将他召回建业，任命为太常。

吕据是流亡北士吕范之子，吕范当年追随孙策平定江东，是吴国的开国元勋。吕据凭借父荫进入政界，屡有战功，升迁至荡魏将军。后被任命为太子右部督。

孙峻是孙权叔叔孙静的曾孙，年少时便精通骑射，精明果敢，是宗室子弟里的佼佼者，因而得到孙权青睐，被任命为武卫将军，统领禁军。

五位辅政大臣中，诸葛恪、吕据是流亡北士之后；孙峻是宗室，代表皇族势力；滕胤具备双重身份，既是流亡北士之后，又是皇亲国戚；孙弘是孙权的内廷秘书，也是他政治路线的坚定执行者。

这里面唯独没有江东士族，比如陆逊之子陆抗，论资历，论才能，比吕据、孙峻之流强多了，却未能成为辅政大臣。看来孙权内心深处对江东士族是猜疑和排斥的，真正信任的还是流亡北士和皇室宗亲。

江东士族与孙吴这一外来政权之间确实有很深的矛盾，但流亡北士和皇室宗亲也并非铁板一块，比如孙权一死，诸葛恪和孙弘就开始火并，最后以孙弘被杀收场。其他几位大臣也都各有矛盾，这些我们以后会讲到，在此先详细说一说首辅大臣诸葛恪：

诸葛恪的父亲诸葛瑾官拜大将军，在吴国位高权重，诸葛恪是高干子弟，含着办公室钥匙出世，生下来就有官做。这已经很让人嫉妒了，更让人抓狂的是：他不仅背景硬，而且智商高。

在一次宴会上，孙权让人牵出条毛驴。那驴脸上贴了张纸，上面写着："诸葛子瑜"，讽刺诸葛瑾长了一张长脸。诸葛恪见了，离席行礼道："请陛下让我再添两个字。"于是大笔一挥，改为"诸葛子瑜之驴"。孙权大笑，连夸这孩子机智聪明，还把驴赏给了他。

赐驴后没多久，孙权又问诸葛恪道："你爸和你叔（指诸葛亮），谁更厉害？"这题出得刁钻，说叔叔厉害吧，是不给老爸面子；说爸爸厉害吧，是睁着眼睛说瞎话。诸葛恪回答说："当然是我爸厉害，他知道'灵禽择木而栖，贤臣择主而事'的道理，而叔叔不知道。"千穿万穿，马屁不穿。说得孙权是连连点头，十分受用。

张昭是吴国元老，劳苦功高，但是年龄大了，性格又很耿直，时常倚老卖老，搞得孙权下不了台。诸葛恪揣测孙权的心理，经常拿张昭开涮。有一次孙权设宴，命诸葛恪劝酒。诸葛恪端着酒杯挨座敬酒，到张昭时，老头已经有点醉了，连连摇手："这可不是敬养老人的礼节呀！"孙权来了兴致："小葛，今天交给你个任务，一定要把张老陪好。"诸葛恪于是反驳张昭道："姜太公领兵伐纣时已经九十高龄，尚且没有说自己年老。如今国家发生战事时，您都是被安排在后方；而宴会喝酒时，您总是第一个被邀请。怎么能说我们不敬养老人呢？"张昭哑口无言，只好把那杯酒干了。

有一天，殿前停落了一群白头鸟，孙权觉得很稀奇，问众人道："有人知道这是什么鸟吗？"诸葛恪答道："这是白头翁。"张昭听了很不高兴，因为在座他年龄最大，须发皆白，怀疑诸葛恪是借这鸟来调侃自己，质疑道："陛下，诸葛恪欺君，老臣从未听过有白头翁这种鸟。如果真有白头翁的话，那么也一定会有白头母，就请诸葛恪找一只来给大家看看吧。"诸葛恪立即反驳："谁说有白头翁，就一定要有白头母？大家肯定都知道鹦母吧，按照张公的理论，有鹦母，就一定有鹦父，您能找一只鹦父出来吗？"张昭愕然，在座的宾客们一阵哄笑。

凭借几次精彩的表现，诸葛恪大得孙权欢心。而得到领导的赏识后，诸葛恪更加放飞自我，一发不可收拾。

蜀国遣使访吴，群臣并会，孙权对使者说："这位诸葛恪特别喜欢骑马，回去告诉你们丞相，给他多送些好马来。"诸葛恪立时跪下拜谢，孙权问道："马还没送到，你怎么就拜谢我了？"诸葛恪回答："蜀国，那就是陛下在外的养马场，如今有了恩赐的诏令，马一定会送来，微臣岂敢不拜谢？"

孙权曾经问他："我看你最近心宽体胖，发福了不少。都在玩些什么呢，日子过得这么舒心？"诸葛恪回答说："微臣听说'富润屋，德润身'，微臣哪里敢去休闲娱乐，无非是克己修身，靠德行来养身而已。"孙权又问："你和滕胤相比，怎么样？"答曰："登阶蹑履，展示朝臣的礼仪风度，我不如滕胤；出谋划策，为国家开疆拓土，滕胤不如我。"

诸葛恪曾向孙权献马，为示恭敬，还用金银珠宝打造成耳饰，穿挂在马耳上。范慎看不过去，讽刺道："马虽然是畜生，也是天地繁育的生灵，你现在把它的耳朵搞残缺了，岂不有损仁义吗？"诸葛恪回击："母亲疼爱女儿的话，不也会为她置办首饰，穿耳附珠，打扮得珠光宝气吗？怎么就不仁义了？"

这么好的口才，不去写书实在可惜，诸葛恪如果出本《小葛有话说》的话，销量肯定会很高。但是老爹诸葛瑾却不喜欢他，说他不是保家之子，每每为此而忧虑哀伤：这小子有才不假，但是聪明外露，锋芒太过，他戏张昭、贬蜀汉、损滕胤、顶范慎，把盟国和同事都得罪了个遍。这么做固然迎合了孙权，但是在官场上混，光有一把手赏识是远远不够的，而有些人是万万得罪不起的。

想到这里，老爹默默叹了口气。他祈求上天能让诸葛恪在以后的人生路上多经历些挫折，消磨掉身上的傲气，安安稳稳地过完这一生。

诸葛恪一天天长大，很快到了找工作的年纪。老爸身居高位，自身又才华出众，拥有这两大优势，小伙的起点不可能会低，一出仕就担任了太子孙登的宾客，并深受器重。太子府是青年才俊的聚集地，也是文武重臣的培训养成机构，在那里任职的官员政治前途十分光明。果然诸葛恪在太子府干了几年之后，就被外放督办军粮。在很多人眼里这是一个求之不得的肥差，但是诸葛恪却满不在乎，他追求的是治国安邦，建功立业，不愿意做记账算账、处理公文这些繁杂琐碎的工作。

他叔叔诸葛亮也写信给陆逊说："家兄年老，而诸葛恪的性格又很粗疏，如今听说被任命为节度官，军需粮草至关重要，若有闪失，非同小可。我虽远在益州，但常常替他们父子担忧。烦请您将我的意思转告皇上（指孙权）。"孙权于是改派诸葛恪为领兵的将军。

人事安排很重要的一点，就是要把干部放在适合他们的岗位上。事实证明，这次对诸葛恪职务的调整非常成功，他对节度军需粮草不感兴趣，领兵打仗却是一把好手，很快就干出了成绩。

诸葛恪把他立功的目标锁定在了丹阳山。这个地方山高林密，盛产刁民，从东汉以来就成了事实上的独立王国，史书上把这伙山民统称之为"山越"。历任丹阳太守都把它视为老大难问题，他们在任的时候，一是祈祷这伙乱民不要在自己任上闹事，二是祈祷自己早点调任，把这个烂摊子丢给别人。

别人不愿碰的烫手山芋，在诸葛恪眼中却是机遇：招抚这些乱民，把他们收编为国家战士。他多次毛遂自荐，请求担任丹阳太守，承诺用三年时间，为朝廷增兵四万。

这个计划一经提出，立即遭到极力反对。朝臣们认为丹阳山地势险要、易守难攻，又处在吴、会稽、新都、鄱阳四境交接之处，方圆数千里，广袤的深山老林里处处都可以是隐匿之所，特别适合游击战，再加上当地山民凶狠好战、熟悉地形，派兵讨伐，只会劳而无功，白白损耗兵力。就连老爹诸葛瑾也不支持儿子，摇头叹气道："诸葛恪这小子，不能使我们家族兴盛也就算了，现在还要害得我家被满门诛杀呀！"

但是诸葛恪却拍着胸脯向孙权保证：一定能够成功。也许是被这个年轻人的激情和自信所感染，孙权终于批准，任命他为抚越将军，兼任丹阳太守。只不过考虑到诸葛恪毕竟年轻，又没有过实战经验，孙权不放心将一支部队贸然交给他，本着小心谨慎的原则，只拨给他三百骑兵。

山贼没有经过正规军事训练，战斗素养肯定不如官军，但毕竟人多势众。靠三百骑兵，去收服数万山贼，怎么看都像是天方夜谭。但诸葛恪还真就做到了。

此公施展了什么神通呢？

他首先是写信给丹阳山毗邻四郡的地方官员，命令他们组织郡内的良民聚集定居，与乱民隔离开来，同时组织军队在险要地带修筑工事，深沟壁垒，不与敌军接战。这就把山贼禁锢在了丹阳一郡之地，防止他们逃窜入他郡。诸葛恪很懂得如何行使权力，孙权不只给了他三百骑兵，还给了他抚越将军的头衔。这里面骑兵是实的，头衔是虚的，但是虚衔运用好的话，比三万士兵都好使。因为既然名为"抚越"，那么凡是剿抚山越的事务都应归己全权负责。而吴、会稽、新都、鄱阳四郡都是剿抚山越的前线，他们的军事行动自然也要听诸葛恪统一调度。再加上诸葛恪是高干子弟，人脉广、路子野，四郡长官都愿意买他的账，况且又不要他们真刀真枪去厮杀，虚张一下声势而已，何乐而不为？

其次，率本部骑兵冲进农田收割麦子。此前四郡兵马齐动，造成大举进攻的态势，把山贼吓得全部都躲进了深山中。这时他们人多的优势就转变成了劣势，因为人多，消耗的粮食就多。山中的存粮本就紧缺，诸葛恪又把周围的麦子割得干干净净，山贼躲在深山老林，就只能坐吃山空。时间一久，山贼们耐不过饥饿，不断有人下山投降。

最后是发动心理攻势。诸葛恪下令："只要山民愿意弃暗投明，一律赦免，不得再拘捕。"命令一下，陆续有山民成伙归顺。这时有一个惯犯名叫周疑，因困顿被迫出山，私下仍在图谋反叛。县令胡伉得知情况后，当即将他捆绑起来押送官府。胡伉此举违背了诸葛恪的军令。诸葛恪执法如山，下令将他推至辕门斩首，并上表奏报孙权。隐匿在深山中的山民再无疑虑，纷纷扶老携幼，从深山之中走出来归顺官兵。剿抚行动持续了一年，果然如诸葛恪预期所料的那样得到了四万壮丁。诸葛恪倒不贪心，他自己只统领一万人，把其余三万人分给了其他将领。

任务圆满完成，但是对诸葛恪斩杀胡伉的事情却值得分析。站在诸葛恪的角度，周疑图谋叛乱，只是一小撮人的事情，闹腾不出什么大动静。而绝大多数的山民已有弃逆归顺之念，正在彷徨观望。这时拘捕周疑一人，很可能会引起数万人的叛离。反之，用胡伉的一颗人头，换来数万人马的诚心归顺，这笔交易岂不是很划算？但站在胡伉的角度，因为奉公守法、尽职尽责而被杀，又岂非太冤枉？

孙权得到捷报之后，大喜过望，加封诸葛恪为威北将军，都乡侯，在诏书中对诸葛恪的功劳大加赞誉，对胡伉被斩一事则只字不提。毕竟皇上心里面装的是九州万方，一两个县令的人头嘛，砍了也就砍了。

诸葛恪再接再厉，率领新收编的一万士兵偷袭舒县，并把该县的百姓全部都迁徙回国。接着他又派出斥候深入敌境，查看交通要道，图谋攻取曹魏东线的第一重镇寿春城。此举实在太过胆大冒险，被孙权紧急叫停。

此后的诸葛恪一直屯兵宛城，觊觎曹魏疆土，终于引起了曹魏大佬司马懿的注意。司马懿亲率大军前来征讨。面对能征善战的老将司马懿，诸葛恪不敢怠慢，一面调兵遣将、积极应战，一面派使者向孙权请求援军。孙权正要出兵接应他，占卜吉凶的术士却认为出兵不利。孙权遂决定避敌锋芒，将诸葛恪部迁徙到了柴桑。我认为术士的话不过是个借口，为的是给己方的撤军找一个台阶下。孙权心中清楚：司马懿老而弥辣，当世几无对手，只有靠天来收走他了。

接下来的几年，魏吴两国边境形势趋于缓和。但是吴国国内的政局却是一片惊涛骇浪，太子孙和与鲁王孙霸的夺嫡之争愈演愈烈。诸葛恪身为朝廷重臣，自然难以置身事外，就连他的长子诸葛绰也深陷其中。只不过诸葛恪保的是太子孙和，诸葛绰却投靠鲁王孙霸。如此说来，诸葛家有两头押宝之嫌。

然而一场政斗下来，两败俱伤，两头都没押中。意外的是诸葛恪身为太子党的第二号人物，不仅没有被废太子牵连，反而被提拔为大将军，领荆州事，全盘接任了当年陆逊的位置。但他的儿子诸葛绰却因为结交孙霸，被孙权下令交给诸葛恪进行再教育。

也许在孙权来说，他不过是在气头上想让诸葛恪好好教训一下这个儿子，没真正想把这个年轻人怎么样。毕竟这只一个人微言轻的少年，对政局产生不了多大的影响。但对诸葛恪来说，天意从来高难问，孙权此前对元老重臣的大肆屠杀至今让他心有余悸，他实在不敢再抱任何侥幸心理，一个小小的疏忽，都有可能触怒龙颜。为了保住好不容易取得的权力地位，竟然用毒酒鸩杀了长子。

前文说过，诸葛恪与诸葛亮很相似，现在要说说他们的不同。论才干，诸葛恪稍逊一筹；论地位，两人不相上下；两人最大的差距其实在于德，诸葛亮人格魅力巨大，堪称道德楷模，在驴脸上填字这种抖精灵的事情，他是不会干的，因为君子应当抱朴守拙；诸葛亮也不会像诸葛恪那样挖空心思去拍领导马屁，因为"巧言令色，鲜矣仁"；诸葛亮更不会为了保全禄位，对亲生儿子痛下杀手。这大概就是二人之间的差距吧！

大义灭亲的诸葛恪，终于如愿以偿，被孙权选为首席辅政大臣。位极人臣的他，总算实现了当年立志做国之栋梁的雄伟抱负。但他所接手的政权其实并不好，由于孙权晚年的倒行逆施，吴国已经文武凋零，元气大伤。现在老皇帝两腿一蹬去了，留给他的是一副烂摊子。

现在这个国家的千钧重担都压在了诸葛恪身上，他感受到的压力无比巨大。在写给弟弟诸葛融的信中，他忧心忡忡："百姓厌恶当权者，我的一举一动都会受到关注，不敢有丝毫的松懈"，又说自己"以愚顽之资，身居首辅之位，苦难多，智慧少；责任重，能力弱"，唯恐有损先帝委托重任的英明。

为了纠正孙权晚年的错误，挽回衰弱的国势，诸葛恪开始大力拨乱反正，下令"罢视听，息校官，原逋责，除关税"。百姓大悦，对诸葛恪顶礼膜拜，感激不尽。

"原逋责，除关税"指的是免除拖欠国家的地租，取消关隘所征税款，减轻百姓的经济负担。这一条比较好理解，"长太息以掩涕兮，哀民生之多艰"，甭管哪朝哪代，老百姓永远都是最苦的。

而"罢视听，息校官"则有它的特殊历史背景，前文我们说过，孙权统治后期信任了一个名叫吕壹的校事官。什么叫校事官呢？用现在的话讲，就是特务，负责充当帝王的耳目（校事官因此又被称为"视听"），刺探臣民的言行。最开始孙权让吕壹担任中书，负责掌管审核各级官府和州郡的文书。但是吕壹"拿着鸡毛当令箭"，把手中这么一点小小的权力，玩出了许多的花样。他制定了酿酒专卖、关隘征税的专利法，与民争利，替孙权捞钱；又利用手中掌握的各地文书档案，吹毛求疵，大肆检举揭发，把许多高官拉下了马。

孙权一看，吕壹这人不错啊，既能帮我敛财，又能替我监视那些不安分的大臣。这时候江东士族已经成了吴国政坛的主要力量，世家大族们一掌权就容易垄断仕途，互相提携，互相包庇，最后甚至可以架空皇帝。因此孙权对待他们的态度是既利用又提防，时不时还要打压，正迫切需要一条像吕壹这样会咬人的恶狗。于是君臣二人风云际会，一拍即合。

吕壹每天没日没夜、加班加点忙着栽赃陷害，诽谤大臣，炮制了一件又一件"大案"。大臣们不堪其苦，太子孙登更是带头劝谏，无奈弹劾的奏章堆积成山，孙权就是不采纳。案情本身的是非曲直，对他来说已经没那么重要了，能够借机打压重臣，抑制士族，整顿吏治才是他的目的。

吕壹得到孙权的支持后，更加有恃无恐，再加上小人得志，猖狂无度，便把事情搞砸了，做过了头，使得局面不可收拾了。

有一回，小虎公主的丈夫，左将军朱据所部有一大笔军饷被人侵吞掉了。吕壹怀疑是朱据所为，于是把经办人抓来一顿严刑拷问，大概是没掌握好火候，把人给打死了。朱据哀怜这人无辜被害，把他厚葬了。吕壹趁机向孙权打小报告，说："朱据的下属为他掩盖罪行，所以将其厚葬。"孙权大怒，多次以此而责难朱据。朱据无言以对，只能待罪家中。结果数月后，案情被侦破，原来军饷是被铸钱工人王遂侵吞的，与朱据毫无关联。孙权这才恍然大悟："朱据是我的女婿，尚且蒙冤，何况其他官吏和老百姓呢？"于是重重惩罚了吕壹，吕壹从此失去了孙权的信任。

后来，重臣陆逊、潘濬、步骘等人又是连连上疏，不断向孙权施压，要求惩治吕壹。朝野上下一片反对之声，名义上直指吕壹，实则指向孙权的吏治改革。再加上吕壹也实在太不像话，弄得自己天怒人怨、千夫所指，孙权最终向大臣妥协，挥刀宰掉了这头替罪羊。

吕壹虽然死了，特务统治却没有终结，校事们仍然遍布在帝国的各个角落里，窥视着臣民的一举一动，白色恐怖令人压抑窒息，人们的忍耐程度已经快到了极限，是时候要终结它了！诸葛恪罢黜校事府的诏令才下，吴国百姓已是一片欢呼雀跃。经历了几十年被严密监控的生活，自由对他们而言，是那么的可贵。

圣人教导我们：孝子应当"三年无改于父之道"。可孙权这边还尸骨未寒，诸葛恪就以小皇帝孙亮的名义，废掉了他的校事府，简直是把圣人之言当耳旁风。但我仍要说，改得好！如果非要说孙权死后还留下了点优质资产，那就是吴国在他的"英明"治理下实在是太糟糕了，以至于继任者不需要付出多少努力，就能取得好成绩。对于极度饥饿的人，只需要施舍一个馒头，他就会对你感恩戴德了。

孙权时期的另一大弊政就是皇子相争。"南鲁党争"闹得吴国人仰马翻、家业凋零，究其源头，其实就是孙和、孙霸这两熊孩子在闹别扭。看来家务处理不当，也是会捅出大娄子的。孙权后来自己意识到了这个问题，册立孙亮为太子后，把其他几个儿子都打发到封地去了，防止他们兄弟之间再掐架。

诸葛恪掌权以后，觉得这么做还不够，诸王的封地位处长江沿岸军事要地，对中央仍然构成威胁。为了防止皇子相残的悲剧重演，诸葛恪下令将孙权五子孙奋的封地从长江上游的军事重镇武昌迁徙到豫章。孙奋大怒，不但不奉命搬家，还多次违反法度，向诸葛恪示威。

诸葛恪知道后，也没有发火，而是给孙奋去了一封信，信的大意是说：帝王之尊，是至高无上的，即便是兄长，也要向皇上俯首称臣。皇上处事公正无私：仇人有善行，不能不推举；亲戚有劣迹，也不能不处罚。汉朝初兴时，曾广封刘姓子弟为王，诸侯王实力强大，常常做出不法之事，甚至危害到祖宗社稷。这些诸侯王们最终都身败名裂，得到了应有的惩罚。等到汉光武帝即位后，对诸侯王进行了严格的约束，限制他们之间互相交往，不让他们统管百姓，干预政事，只能在王宫内自娱度日。诸侯王的权力被大大削弱了，但却因此而荣华富贵，安乐一生。这些都是历史上的真实案例，值得后世借鉴。您的哥哥鲁王如果能早些听取忠直之言，处事谦虚谨慎，常怀忧惧之思，又怎么会有灭亡之祸呢？希望您以鲁王为戒，改正自己的行为，敬心侍奉朝廷。

文章措辞很谦卑恭敬，寓意却很简单粗暴：你小子要不听话，鲁王就是你的榜样。

孙奋是个吃硬不吃软的角色，看完信后马上收拾行李，迁到豫章去了。事实证明，诸葛恪的话，他还是听进去了一部分，到了豫章后，什么正事也不干，就是一个劲地玩，每天骑马打猎，把下属官员们折磨得苦不堪言。

诸葛恪满意了，这次他是让齐王老老实实搬了家；不久前，他还让次辅孙弘的脑袋搬了家。论权势地位，吴国没几个人能高得过孙弘；论血统尊贵，吴国没几个人能高得过孙奋。这两个人都叫他收拾服帖了，其他人哪还敢对他耍心眼，使手段。

应该说执政伊始，诸葛恪的表现可圈可点，革除了前朝弊政，赢得了民心，震慑了权贵，为新朝的政治开了一个好头。然而树欲静而风不止，国事好不容易开始有了起色，更大的挑战却间不容发，接踵而至。这一次孙亮、诸葛恪君臣能顺利过关吗？

（二）

挑战来自北方的曹魏。自从正始十年（249年）的高平陵之变后，曹魏的政权就归属于司马家族。司马懿夺权后没过几年就病死了，长子司马师以抚军大将军的身份继续执掌朝政，虽然从父亲手里接过了权杖，但他面对的政治形势却不容乐观，许多反对派都质疑他权力来源的合法性。

　　司马懿是曹魏的元老重臣，其威望、功绩在朝廷无人能及。魏文帝曹丕、魏明帝曹叡临终时都曾托孤于他。因此司马懿的专权多多少少还具备那么一些合法性，尽管皇帝对此并不情愿。司马师的专权则完全没有合法性。因为在专制皇权的体制之下，只有皇帝的权力可以世袭，权臣家族内部的权力传递不仅是挑战皇帝的权威，还意味着对皇位的觊觎。因此司马懿、司马师父死子继，激起了许多曹魏忠臣的强烈不满。

　　针对这种状况，威望功绩都不足以服众的司马师希望能够通过建立功勋来巩固权力。他选择吴国作为打击对象，因为吴主孙权新近去世，吴国人心不稳，正是下手的好时机。但是按照礼法，在敌人国丧之时用兵是不道义的。想当年孙策遇刺身亡，曹操想趁机讨伐，就被张纮以此为由劝止了。但司马师却连大白脸曹操都不如，他想：繁文缛节不过为庸人所设，在我司马家族的千秋大业面前，一切纲常礼教都要让路。悍然发动了侵吴战争。

　　此战的导火索在东兴。东兴位于濡须以北，巢湖之东，孙权曾在此筑堤遏巢湖，以利于水师行动，后来进攻淮南受挫，败退而回，便把这堤给废弃了。诸葛恪掌权后，又重新修复了东兴堤，并在堤坝左右依山筑起两座关城，各留千余人防守，命将军全端守西城，都尉留略守东城。

　　司马师不能忍受吴军入境的耻辱，于是在嘉平四年（252 年）十一月下令，命征南大将军王昶、征东将军胡遵、镇南将军毋丘俭率领三路大军共计一十五万人，大举进攻吴国。其中征南大将军王昶攻南郡，镇安将军毋丘俭攻武昌，牵制住吴国上游的部队；征东将军胡遵、镇东将军诸葛诞率领七万大军担任主攻，兵锋直指东兴。

　　魏军在湖水上搭起一座座浮桥，如蚁群般攀爬登上东兴堤，接着又兵分两路，围攻东、西两座关城。关城依山而建，地势险峻，城墙修的既高且坚，城楼上堆满了滚木、巨石和燃料。强攻的代价是巨大的，魏军虽然人数占据绝对优势，把座小城围得严严实实、密不透风，但无奈就是啃不下来。

城内的守兵也同样忧虑，面对城下黑压压一片的魏军，再看看自己这点子家底，说不害怕是不可能的，再加上粮草有限，硬挺不了多久。城墙修得再好，也不能当饭吃，堡垒都是从内部开始瓦解的，一旦守军的体力被耗尽，或是食物被吃完，这座城池将不攻自破。

军情似火，诸葛恪接到战报，亲率四万大军昼夜赴援。军事会议上，将领们大多对战争前景持乐观态度："敌人听说太傅亲自率兵前来，一定望风而逃。"也不知这些将领是年纪轻没经验，还是一心只想拍马屁，居然说出如此不靠谱的话来。幸亏军中还有一位头脑清楚的老将挺身而出，给这股盲目乐观的情绪泼了一盆冷水，他说："魏军兴师动众、倾巢而出，必定谋划周详、志在必得，怎么可能会空手而归呢？我们身为军人，不能寄希望于敌人不来，而是要专心备战，让自己立于不败之地。"

说这话的人叫作丁奉，是吴国硕果仅存的一员宿将。丁奉年轻时因为骁勇而担任小将，曾经先后隶属过东吴名将甘宁、陆逊、潘璋等人，他多次跟随主将征战讨伐，总是斩将夺旗、勇冠三军。无奈孙权时代的吴国人才济济、将星璀璨，无形中就把他的光辉给遮盖住了，再加上丁奉出身寒微，既没有政治资源，又不能识文断字，吃了没文化的亏，因此只能作为冲锋陷阵的战将，不能担任自领一军，独当一面的统帅。

不过幸运的是，随着时光飞逝、斗转星移，丁奉出道早、寿命长的生理优势逐渐凸显出来，当年的创业元老们日渐凋敝，丁奉却老树开花，越来越俏。到了孙亮时期，丁奉已经当上了冠军将军，封都亭侯。史书上对于丁奉前半生的概括总结只用了"数随征伐，战斗常冠军"等寥寥数语，真正让他扬名立万、奠定名将地位的是东兴之战。

诸葛恪率军渡过长江后，命令丁奉、唐咨、吕据、留赞等人率领前锋部队向东兴挺进。丁奉接到军令以后，对其他将领说："现在各路大军行动迟缓，如果这样拖延下去，让敌人抢占了有利地形，仗就不好打了。"于是率领本部三千士兵先行，借顺风之势扬帆直航，仅用了两天时

146

间，便抵达徐塘，及时抢占了战略要地。

那日正是寒冬时节，天上下着鹅毛大雪，前线的魏军将领们正围着篝火饮酒取暖，丁奉见魏军前部人数不多，分布散乱，判断出这是一个绝好战机，大声对士兵喊道："弟兄们，升官发财就在今天，随我一起杀啊！"战机稍纵即逝，为了加快行军速度，在魏军主力赶来救援之前消灭这股部队，丁奉命令士兵们脱下沉重的铠甲，扔掉长枪长戟，手持轻便的短兵器做百米冲刺。

正在饮酒作乐的魏军望见丁奉的部队人数稀少，又赤身裸体地在那攀缘堤岸，好不滑稽，忍不住大声嬉笑，没有立即整顿军队迎战。岂料就在魏军嬉笑嘲弄之隙，吴军已经迅速地登上了东兴堤。上岸的吴军势不可挡，他们没有了铠甲可以护身，也没有了长枪用来布阵，唯一可以依靠的是他们一往无前的勇气和拼劲。只见他们一面呐喊壮胆，一面挥刀乱砍，一个个杀红了眼，变成了嗜血的狂魔。

魏军猝不及防，顿时惊恐骚乱、四散奔跑，早已失去斗志的士兵们争先恐后地往浮桥方向溃逃，好不容易跑到岸边，却发现浮桥已被吴军斩断。走投无路的魏军只好跳入水中，前拥后挤、互相践踏，被水淹死、被队友踩死的士兵不计其数，局面至此彻底不可收拾。这时诸葛恪率领的主力部队也陆续赶到，于是乘胜发起总攻，大败魏军。

这一战收获极大，共计斩杀敌首数万级，击毙了曹魏的乐安郡太守桓嘉，虏获的车辆、牛、马、驴、骡各有数千之多，物资器械堆积如山。此外还有一项特殊的战利品，那就是叛将韩综的脑袋。

这韩综是个有来头的，他爸爸是东吴名将韩当。韩当病死后，韩综继承了父亲的侯爵和军队。孙权后来征讨石阳，考虑到韩综有孝在身，照顾他，没让他随军出征，而是安排他留守武昌。没想到这小子竟躲在后方"淫乱不轨"，这种畜生就该一刀剁了，但是孙权因为他老爹有功而免予追究。孙权对他是够意思的，但韩综却把那点意思弄得很没意思了。

原来韩综做贼心虚，总担心孙权会秋后算账，与其天天担惊受怕，不如干脆叛逃得了。他想投降曹魏，又怕手下的弟兄们不答应，于是想了些歪点子。先是纵容手下士兵抢掠百姓，后散布谣言说朝廷要大力惩治这些违法乱纪的官兵，又说自己也受到了牵连要受处分。孙权制定的法律极严，手下士兵害怕被治罪，都怂恿韩综叛逃。

韩综见计谋得逞，心中暗喜，又以葬父为名，把家里的亲戚姑姊都招呼了过来，等这些女眷们一到，也不管已婚未婚，有没有生小孩，当场就做主把她们都嫁给手下将士。他平时宠幸过的丫鬟婢女，也忍痛割爱，全部赐给了左右亲信。为了笼络手下人，真可谓无所不用其极。手下士兵们得了好处，又为求自保，很愉快地就答应了。众人杀牛饮酒歃血为盟，就投降曹魏一事达成了高度一致。

韩综拉着父亲的灵柩，带着全家老小和数千部属投降了曹魏。平白无故从天上得了这么一块大馅饼，曹魏也高兴坏了，让韩综做了将军，封广阳侯。韩综为了报答新主子，工作十分卖力，利用自己熟悉吴国地形地貌和兵力虚实的优势，多次侵犯边境，杀害百姓。孙权恨他恨得牙痒痒。其实内奸大都是这样，杀起自己的同胞来比敌人还要残酷，因为他们背叛了自己的国家，总担心遭到报复，只有把这个国家彻底毁灭掉，他们才有安全感。

这次东兴之战，又是韩综鞍前马后，给魏军做向导，做前锋，表现得十分积极。终于因为过于敬业，牺牲在了工作岗位上。诸葛恪迫不及待地摘下他的脑袋，屁颠屁颠送到太庙去祭祀，激动地对着孙权的灵位倾诉道："陛下，我终于替您出了这口恶气！"

东兴之战以吴军的大获全胜而告终，指挥者诸葛恪居功至伟，被孙亮加封为阳都侯，兼任荆州、扬州两州州牧（吴国总共才只有三个州），总理内外各军政事务，并赏赐黄金一百斤、马两百匹、布匹一万匹。诸葛恪的声望在吴国达到了巅峰。

反观曹魏，东兴惨败是立国之后，在淮南经历的最大失败。数万将士喋血殒命，必须要有人承担责任。当时朝议提出要贬黜指挥东兴战役的胡遵、诸葛诞等人，是司马师站出来说："我没有听取公休（诸葛诞字公休）的建议，才招来此败。这是我的罪过，诸将无罪。"

原来在东兴之战前，司马师曾征求过几位重要将领的意见，镇东将军诸葛诞建议"王昶攻南郡，毌丘俭向武昌，牵制上游吴军，然后派精兵围东兴的两座关城，吸引吴军主力进行决战"。司马师最终的决策部署基本上采纳了这一作战方略，但却在最后也是最重要的一个环节——围城打援上执行得不够坚决。因此司马师说是自己未完全采纳诸葛诞的策略，才导致了战争的溃败。

他宽赦了诸将，把战败的责任都推到弟弟司马昭的头上。司马昭当时担任的是监军，对东兴战败负有领导责任。司马师削掉了他的爵位，既对朝廷有了一个交代，又安抚了诸将的情绪，总算是没有激起更大的政治动荡，但是朝廷之中并非没有追究战败责任的呼声。

例如王松。司马昭做监军时，王松担任他的司马。东兴战败后，司马昭问王松道："近日战败之事，应该谁来承担责任。"答曰："责在军帅。"司马昭大怒道："王司马想诿罪于我吗？"下令将王松军法处置。要知道司马是部队的中高级官员，王松的父亲王修又是曹魏元老。司马昭说杀就杀，背后肯定得到了司马师的授意。从王松之死可以窥见司马师表面上宽容主将，引咎自责的背后，更在警惕地防备着任何以战败为借口，动摇他执政地位的动作。其后，司马师并没有放弃通过建立功业来增加自己威望的努力，又于当年令陈泰讨伐胡人，亦无功而返。这两次战争的失利，不但沉重打击了司马师的权威，更强烈地刺激了外敌的野心。

（三）

诸葛恪正踌躇满志，准备挟战胜之势反攻，建立不世奇功。为了增加胜算，他派李衡出使蜀汉，游说大将军姜维，约定两家共同进兵夹击魏国。一直就热衷北伐事业的姜维也意识到这实在是一个稍纵即逝的大好时机，欣然同意。

然而在吴国内部，反对的声浪却此起彼伏。反对者的理由很简单：国力不支，士卒疲惫。面对这些蠢材们的陈词滥调，诸葛恪实在是忍无可忍，亲自动手写了一篇文章，对北伐的正确性和必要性进行论述。在这篇文章中，诸葛恪主要论述了以下三个观点：

首先，居安忘危的思想是十分危险的。战国之时，六国诸侯自恃兵强马壮，又结为合纵之盟，自以为能够长治久安，于是纵情享乐、苟且偷安，使秦国得以日益强大，最终吞并六国。刘表当年坐拥荆州，麾下拥有十万大军，钱粮丰裕。可是在曹操实力尚弱之时，不出兵与之争夺天下，反而坐以待毙，眼睁睁地看着曹操消灭劲敌袁绍。等到曹操扫平北方、实力大增后，掉转头来第一个要对付的就是他。那时曹操亲率三十万大军南下，刘表毫无招架之力，直接被吓死了。刘表死后，他的儿子刘琮别无选择，只能束手就擒。如今我们吴国倘若也想依仗长江天险苟且偷安的话，其结果只能是与六国、刘表一样，死路一条。

其次，拼发展的战略是愚昧的。天下十三州，曹魏一家就占了九州半，吴国两州半，蜀国最可怜，只有一个益州。而且曹魏占据的中国北方在当时属于经济发达地区，吴、蜀两国占据的土地都属于欠发达地区，力量对比悬殊。现在之所以还能维持三足鼎立的均势，是因为汉末的时候，北方战乱频繁，丧失了大量的青壮年；而南方则相对安定，人口损失较少。可是现在，曹魏已经一统北方，中原腹地再也不会遭受大规模的战争了，他们的人口正在成几何倍数增长。事实摆在眼前，和曹魏拼发展绝对是一步死棋。随着时间的推移，两国之间的实力差距只会越拉越大。现在我们还有赌一把的机会，等到将来，我们连上赌桌的资格都没有了。

这一条其实是天下所有弱者破局的关键，为什么诸葛亮和姜维明明知道蜀国力量弱小，却仍然矢志不渝地坚持北伐，原因正在于此。无奈那些主张休养生息的朝臣们却都选择奉行鸵鸟政策，自己能多享受一天算一天，不惜把亡国的锅甩给后人。

最后，北伐曹魏的时机是宝贵的。原因正如前文所说，老奸巨猾的司马懿死了，其子司马师在曹魏的专权不具备合法性，许多心系曹魏的大臣背地里都对他非常不满。加上司马师此前在东兴的那场兵败，威信大损、内外交困。自从立国以来，曹魏政权从未像今天这样困厄过。错失了这样的天赐良机，等到司马师在朝中扫平反对派，巩固了统治基础，再想要去挑战他可就难了。

道理都已经说得清楚了，但是反对者依然无动于衷。中散大夫蒋延死缠着诸葛恪争辩，要他收回成命。诸葛恪懒得和他废话，令卫兵把他轰去。紧接着，诸葛恪的老朋友、丹阳太守聂友，儿女亲家、同为辅臣的滕胤也都来劝阻他。这两个是自己人，说的也都是掏心窝子的话，值得注意。

其中聂友说："魏兵远来送死，将士们凭借威德，舍生忘死，才取得了非常之功，这难道不是宗庙圣灵社稷的保佑吗?"言外之意是说这场战争能够胜利，有很大的运气成分，委婉的劝诫诸葛恪要戒骄戒躁。东兴之战后，诸葛恪就膨胀了。斩首数万的战绩，在三国史上是不多见的，他开始自命不凡，又轻视曹魏的军事势力，认为北定中原不是什么难事。作为好朋友，聂友觉得有必要给他泼一泼冷水，避免他盲目乐观，轻敌冒进。

滕胤则指出："兵者国之大事，而事情是要依靠众人的力量才能做成的，众人如果都不高兴做这件事情，就算它再正确，也是做不成的。"这话直指要害，因为吴国实行世袭领兵制，允许将领拥有私人部曲，独立性很强。特别是陆、朱、全、贺、虞等江东豪族的私人部曲逐渐成为吴国的主要战斗力。他们擅长本土防御和剿抚山越，因为前者是保护自己的既得利益，后者可以开疆拓土，补充兵源，而对蜀汉和曹魏的争霸战争就不是很积极了，战斗力也比较差。现在诸葛恪想要集众人之私，成他一人之公，虽然动机非常伟大光明正确，但就是办不成。因为各大山头关心的是他们的家族利益，至于现在是不是北伐中原的天赐良机，谁在乎?! 站位不同，看问题的角度也就不一样，屁股决定脑袋，谈不上谁对谁错。

二人的意见都找准了问题的关键，无奈诸葛恪已经吃了秤砣铁了心，坚持要北伐。他是先帝任命的首辅，近来又凭借战功而声望大增，在朝中说一不二，终于集结了二十万大军（号称二十万，实际可能为十万左右）进攻曹魏。

诸葛恪侵入淮南，驱赶劫掠魏民。有将领向他建言道："如今率军深入敌境，边界的百姓必定相继远逃，恐怕士兵劳苦一场而战功很少，不如停下来包围合肥新城。新城被围，曹魏肯定增派援军，等援军一到，我军以逸待劳，就可以取得大胜。"

此计与诸葛诞向司马师献的策略有异曲同工之妙，即人们常说的"围城打援"。诸葛恪采纳了，撤军返回包围了合肥新城。这时，蜀汉的姜维也履行了盟约，率领数万汉军从武都出石营，围攻狄道城。诸葛亮在时，也曾联合过吴国共同出兵，只是孙权这厮一向不肯出死力，只想捡便宜，并没有真正对曹魏构成过威胁。而诸葛恪这次是下了大决心要和曹魏死磕的。东西二线的联合攻势，比以往任何时候都更具威力。

曹魏方面刚打了一场大败仗，紧接着又遭受吴、蜀两国猛烈的钳形攻势，士气极度低迷。为了应付危局，司马师派出了自己的叔叔，德高望重的太尉司马孚为督军，率领二十万人去应对诸葛恪。大军开拔后，司马师仍寝食不安，忧心忡忡，他向谋士虞松问计道："如今东、西战线并有战事，军情危急，将佐们又沮丧不振，怎么办?"

这个虞松不是等闲之辈，能在纷繁错乱的局势中很快抓住要领，他说："如今诸葛恪把吴国的精锐部队全都带了出来，凭他的实力足以肆虐淮南，但他却屯兵新城，妄图以新城为饵，引诱我军来决战，白白浪费了战机。我建议东线援军按兵不动，不要去和吴军交战，把新城这块硬骨头丢给他们去啃。让诸葛恪攻城不成，求战又不得，到时候师老兵疲，势必撤军。至于西线的姜维嘛，以重兵深入我境，靠割取我们境内的麦子为食，他的后勤保障不充裕，坚持不了多久。再加上他认为我们的部队都集中到了东线，西线兵力单薄，一定会抄小路急行军。我们应该紧急调集关中诸军，火速增援狄道，这么一来出其不意，姜维必定撤兵。"

司马师如梦初醒，赶紧下令让关中的郭淮、陈泰尽起关中大军，全力救援狄道。姜维本以为曹魏西线防御空虚，只率领轻兵急行军，想突袭狄道，速战速决。没想到曹魏的援军竟这么就赶到了，而且人数还不少。当初为了加快行军速度，他让士兵随身只携带口粮行进，现在粮食眼看就要吃完，却无法在短时间内击败敌军，只能撤退回国。

东线战场的镇东将军毋丘俭，督军司马孚则谨遵司马师之命，按兵自守，不与吴军野战。按这种趋势发展下去，诸葛恪围城打援的计划肯定是破产了，但如果能够打下合肥新城也不错。毕竟这是一座军事重镇，曾多次让孙权铩羽而归。新城的守将是扬州牙门将张特，手中只有三千士兵，依靠着城高墙厚苦苦支撑。这场攻城战一直持续了三个多月，守军终于顶不住了，派人向诸葛恪请降，并说根据魏国的法律，守城将领只要坚持一百日再投降就不会株连家人，现在合肥新城已经守了九十多天，请求诸葛恪暂缓进攻，再宽限几天时间。等到百日之期一满，立刻出城投降。

诸葛恪觉得这个请求合情合理，当即爽快批准了。谁知等到百日期满，诸葛恪走到城门下一看，城墙上早已森严壁垒、众志成城。原来张特利用争取来的这几天时间把城内的民屋给拆了，再将拆卸下来的建材用来抢修壁垒，等到城墙修补完毕，立刻和诸葛恪翻脸，表示要与吴军死磕到底。不可一世的太傅大人，这次居然让魏国的无名小将结结实实地给涮了一把，顿时怒不可遏，严令士兵再次攻城。

吴军们本来就不愿意打这场仗，被硬逼着打了九十多天，好不容易就要大功告成了，却因为诸葛恪的失误害他们前功尽弃，又得从头再来，去受那二茬罪。战争打到这个时候，吴军上下都弥漫着一股浓厚的厌战情绪。再加上酷暑难耐，有些体质较弱的将士因为误饮污水，出现了腹泻、脚肿的病症。很多将领就以此为由，在诸葛恪面前添油加醋，说军中病者太半，死伤涂地，请求撤兵。诸葛恪认为他们无心作战，只会虚报疫情，扰乱军心，非常生气，差点没把那些将军都宰了，这才勉强止住了这股"反战"风潮。

就这么不大的一座城，里面的守军不过三千，十几万吴军围着打了三个月都没打下来。城墙高大坚固是一方面的原因，而另一方面，是因为吴军的求胜欲太弱，出工不出力。真正的打仗不是玩战略类游戏，指挥作战只需要移动鼠标就可以了，十几万士兵，就是十几万个个体，他们有自己的思想，有自己的情绪，而诸葛恪显然失去了对这支部队的掌控力。

出师时，诸葛恪是有一番雄心壮志的，最后却连一座新城也打不下来。这让他觉得很羞耻，急于打下新城，把丢掉的面子重新拾起来。然而老百姓有一句俗话，叫心急吃不了热豆腐。他越是着急，事情就越糟糕。

前文我们说过，诸葛恪身上有一个非常致命的弱点，那就是：刚愎自用。因为这个毛病，孙权最后托孤的时候都犹豫要不要把政权托付给他。现在合肥久攻不下，把他的缺点暴露得越发明显，他像一个疯狂的赌徒，为了赢回本钱，不惜孤注一掷。谁劝他放弃合肥新城，他就要整谁。例如将军朱异，因为在战术上和他有分歧，就被免掉了兵权。

朱异之父乃名将朱桓，就是我们前面讲全琮时，提到过的那个性格狂躁，在营中刺死佐军的精神病患者。朱桓脑子有毛病，打仗却是一把好手。朱异继承了父亲优秀的军事天赋，迅速成长为一名优秀将领，为吴国立下了许多战功。孙权在世时，对他称赞有加，深为器重。朱异在东兴之战也有优异表现，毁掉浮桥，切断魏军归路，就是他的杰作。

在一次军事会议上，朱异反对诸葛恪继续围困新城的做法，建议他速引兵回豫章，然后掩袭石头城，攻其不备，不过数日便能拔取。诸葛恪当初没有表态，会后写了一封信给朱异，说自己仍然坚持围困新城。朱异估计也是遗传了他爹的暴脾气，把信扔地上破口大骂："我的话不听，偏要听那些蠢货的！"诸葛恪得知后，非常生气，立马夺了朱异的兵权，让他回建业。

少了朱异这么一位名将助阵，吴军的战斗力更差了。而且经过这么一闹，诸葛恪等于彻底和"反战派"撕破了脸，吴军内部的嫌隙开始越来越深。

不久，都尉蔡林因为多次向诸葛恪建言献策未被采纳，愤懑之下，策马投奔了魏国，并且把吴军的内部情况报告给了魏军将领。魏军得知了诸葛恪军中的详情后，大喜过望，他们本来因为在东兴吃了败仗，畏惧吴军，不敢与之交战，为此甚至不惜"丢车保帅"，牺牲掉张特和合肥新城。

但是他们没想到张特的意志力竟然如此顽强，凭借手中那三千人，居然固守了一百多天；更没想到，吴军不但合肥新城拿不下来，反把自己搞得疲惫不堪。不趁此时去收割人头，更待何时，于是立刻下令全军出击。二十万魏军如下山猛虎般向吴军扑来。吴军此时哪还有一战之力，诸葛恪眼见人势已去，不仅攻克合肥新城无望，自己反倒有全军覆没的危险，无奈只好撤军。

一场声势浩荡的北伐行动就这样虎头蛇尾地草草收场。平心而论，诸葛恪这次作战挑选的时机并没有错，从实际效果上看，也确实对曹魏造成了很大的威胁。试想三国之中，国力最强的曹魏被逼的完全处于据险死守、被动挨打的境地，从中不难看出当时曹魏政权所处的危急形势。只可惜吴军对外作战实在太不积极，诸葛恪的军事才能又稍显欠缺，最终还是功败垂成，令人扼腕。

（四）

撤军路上，伤病员们沿途流落，有的倒毙沟壑，有的做了魏军俘虏，幸存者兔死狐悲，无不哀怨叹息。面对如此惨状，诸葛恪无动于衷、安然自若。他是贵族子弟，从小养尊处优、高高在上，对于民生疾苦缺乏深刻认识，从来都是把百姓视为从事生产和发动战争的工具，与自己所要建立的伟大功业相比，他们的生命根本贱如蝼蚁，不值一提。更何况，正是因为吴军作战消极，才导致新城之战功败垂成。一想到这，诸葛恪就气不打一处来。

但士卒们是人，不是工具，是人就会有情绪。就算主帅不可能挨家挨户送温暖，好歹也要走访几家贫困户，表示一下爱兵如子的姿态吧。但诸葛恪连这样的过场都懒得走。他甚至还枉顾士兵们归心似箭的迫切心情，在长江边又停留了一个月，对外宣称说是要在浔阳地区开垦田地。屯田是好事，但问题是现在大军刚打败仗，急需回到后方休养，谁有心情陪他在这里修地球？诸葛恪也不是真心想搞屯田，只是因为吃了败仗，没脸回去见人，这才赖着不走。他还是孩子的时候，就显露出了超过常人的智商；而现在，他已经五十岁了，做事却还像个孩子。

这就让人不得不犯疑了。仗都打完了，手上还攥着军权不肯回朝，你诸葛恪到底想干什么？朝廷终于对他起了疑心，连下数道诏书召大军回朝。诸葛恪虽然强势，毕竟没有胆子抗旨，尽管动身时磨磨唧唧，好歹还是把部队给带回来了。他的声望降到了从政以来的最低点，老百姓对他的态度一百八十度的大转弯，从顶礼膜拜变成怨声载道。看来不仅天意难问，民意也同样靠不住啊！

这年八月，大军终于回到了建业。让人瞠目结舌的是，诸葛恪居然是在仪仗队的簇拥下回府的。那架势，不知道的还以为是得胜回朝呢。

可见他是多么的没有安全感，要通过大摆排场这种方式来自我麻痹。前脚刚进府邸，诸葛恪就立即召见中书令孙嘿，劈头盖脸一顿臭骂："你好大的胆子，竟敢妄自草诏？"中书令是皇帝的秘书，专门负责替皇帝起草诏书。所以之前召诸葛恪班师回朝的诏书，全都是这位孙嘿起草的。诸葛恪把一肚子的怒火，尽数发泄到了他身上。

孙嘿有苦难言，他既不敢顶撞诸葛恪，也不敢暴露背后命他拟旨的人，只好默不作声，惴惴不安地告辞而去，从此称病不朝。他大概预感到朝堂上很快就会发生一场大火并，正好就坡下驴，远离是非之地。

诸葛恪也意识到了自己的不利处境，急需巩固地位。他的办法是耍威风、摆架子。他严于待人，动辄责备下级，奏事的官员见了他，就像耗子见了猫一样战战兢兢；他将自己出征后各部门奏报任命的官员一律罢免，全部由自己重新选任；他还撤换宫中禁军，全部换上了自己的亲信，把政权、军权紧紧攥在手中。想当年诸葛亮第一次北伐失败后，上书刘禅请求自贬三等，主动承担战败责任。现如今诸葛恪打了败仗还要作威作福，简直不可理喻。

更让人无法接受的是，诸葛恪还要继续北伐。他再次下令全国严整部队，准备进军青州、徐州。这可真是丧心病狂，之前的北伐虽然也不乏反对者，但毕竟还存在一些有利条件；现在吴军兵败之余，元气大伤，此时出兵只能自取其辱。这就是置国家利益于不顾，拿国运做赌注，赢回你诸葛恪一人的面子了。一次战败大家还能够理解，战败之后还如此嚣张，是可忍，孰不可忍。

其实诸葛恪也并非从来如此。辅政之初，他给弟弟诸葛融的信中就说自己忧虑惭愧，惶惶不安；也知道老百姓厌恶当权者，当权者一有举动就会受到百姓的重视，因此对民意不能有丝毫怠慢忽视；他还清醒地认识到身居辅臣之位，手握大权其实非常危险，并援引西汉霍光曾被燕王刘旦和上官桀阴谋加害的史例自况。

应该说道理他都明白，无奈权力容易使人丧失理智。一场东兴大捷，让他头脑膨胀、得意忘形；紧接着，又是一场新城大败，让他颜面扫地、倒行逆施。经历了悲喜两重天的人，有几个还能保持正常？果然平平淡淡才是真啊！

诸葛恪这边还在紧锣密鼓地张罗着他的第二次北伐事业，却不知已经有人在暗处对他动了杀机。此人正是"五大臣"之一的孙峻。孙峻是孙坚弟弟孙静的曾孙，从小就擅长骑马射箭、精明果敢。孙氏家族一直就有重用宗室的传统，孙静的几个儿孙就都曾身居高位，统率重兵。等到孙权的统治晚期，孙峻作为宗室中的后起之秀获得了提拔重用，被任命为武卫都尉、侍中。孙权临终时，又任命他为武卫将军，掌管禁军，与诸葛恪等人一起奉遗诏辅佐孙亮。

孙峻原本是力挺诸葛恪的。想当年，孙权考虑托孤人选时曾摇摆不定，是孙峻大力举荐；孙权死后，孙弘秘不发丧，想谋害诸葛恪，又是孙峻及时告密，帮助诸葛恪反杀孙弘。但是诸葛恪后来的表现实在太差，把自己搞得内外交困、天怒人怨，这才让孙峻动了杀心。

小皇帝孙亮这时也站在孙峻这一边。孙亮的决定并不奇怪，他早已对诸葛恪心生不满。诸葛恪本就刚愎自用独断专行，他的所作所为经过孙峻等人的加工渲染再传入皇帝陛下的耳中，几乎与王莽、董卓没有什么两样。孙亮虽然聪明，毕竟阅历不足。我们今人因为站在现在的位置回望历史，知道了最后事情的结局，都发表己见，并以此来苛责古人，这其实是不对的。活在当下，没人能够百分百地预言未来。

此时在小皇帝的心中，诸葛恪就好比当年挟天子以令诸侯的权臣曹操，宗室孙峻则如忠心耿耿、勤勉王事的皇亲刘备。他不知道权臣曹操到死都没有废汉自立，皇亲刘备却在汉献帝被废之后，迫不及待地为后者举办了丧礼，然后自己登基称帝（要知道汉献帝只是被废，并没有死啊！）。

参与进这场密谋的还有前文我们提到过的孙权之女孙鲁班。孙峻在皇帝和长公主的支持下，将一切都安排妥当后，这才下旨以皇帝的名义召诸葛恪入宫觐见。就在这个关口上，诸葛恪安插在宫中的亲信张约、朱恩等人听闻了风声，急忙派人出宫将密信传递出去。此时诸葛恪已经乘车至宫门口，信使赶忙截住了马车，呈上密信。诸葛恪看完书信，又递给身边的滕胤。滕胤力劝诸葛恪调头回府。诸葛恪却说："皇上传令召见，我不能不去。谅孙峻这小子也玩不出什么花样来。只不过要提防他在酒中下毒罢了！"于是带着平日服用的药酒进宫。

酒宴上，诸葛恪以身体不适为由，坚持饮用随身携带的药酒。孙亮也不勉强，自己饮了数杯酒后便起身回寝宫。过不多久，孙峻也起身离席，说是要上厕所，其实是去偏室脱下宽松飘逸的长服，换上适合搏斗的短装。等到他再出来时，脸上的堆笑已经化为杀气，大喝道："奉旨诛杀诸葛恪。"诸葛恪突遭变故、大惊失色，仓促间连佩剑都未来得及拔出，便被孙峻一刀砍死。一旁的卫兵首领张约忙拔出剑来击砍孙峻，却被孙峻躲过，只伤了左手。孙峻反手一刀回击，斩断了张约的右臂。

这时诸葛恪的亲兵才回过神来，纷纷奔上殿去。但孙峻掌管的禁军也像潮水一般从殿外杀了进来，把诸葛恪的亲兵团团包围。孙峻喊道："奉皇帝陛下圣旨，诛杀诸葛恪。现在元凶已死，其余不问，快把兵器收起来。"亲兵群龙无首，只能乖乖服从命令。接着孙峻又命人打扫地面、清除血迹，留在行凶现场继续饮酒作乐。看来，此人的心理素质确实过硬。

一代名臣诸葛恪就这么稀里糊涂地做了刀下冤魂。其实对于他的死，当时很多人是有预测的。魏国名将邓艾就为司马师分析道："孙权已死，大臣尚未依附幼主，国内的名门大族各自拥有私人部曲，雄踞地方，实力大到足以对抗中央，他们内部的矛盾深得很。诸葛恪新秉国政，却不考虑抚恤官民、化解内部矛盾，反倒热衷于对外作战，发动全国兵力，受挫于坚城之下，死伤数万，战败而归，这是他获罪之日啊，他的死期不远了！"

蜀汉的张嶷也曾写信给诸葛亮的儿子，诸葛恪的堂弟诸葛瞻说："东主（孙权）刚驾崩，少帝（孙亮）幼弱，诸葛太傅受托孤重任，处境很不容易。为什么呢？你想想看，当年像周公那样的大圣人辅佐周成王，尚且受到管叔和蔡叔的诬告；霍光辅佐汉昭帝，也遭受燕王、盖长公主、上官桀等人的构陷。幸亏是君主英明，二人才幸免于难。可见辅政大臣就是一个高危职业，再加上吴、楚之人性格彪悍，太傅又远离少主，深入敌境，恐非长治久安之计。忠言逆耳，这番话只有公子您可以凭借兄弟之亲向太傅直言啊！"

连他国之人都把情势看得这么明朗，诸葛恪自然是在劫难逃了。他生前威风无限，死后却险些连一块葬身之地都没有。孙峻下令让人用芦苇席子裹住他的尸体，抬到建业城南的乱石岗子里一扔了事。直到数日之后，有个叫臧均的人上书求情，孙亮、孙峻才同意将他收敛埋葬。

从位极人臣到被夷灭三族，不到两年的时间；从东兴大胜到新城战败，则只有短短四个月，真可谓是"其兴也勃焉，其亡也忽焉。"诸葛恪和他的叔父诸葛亮一样有逸群之才，英霸之器；叔侄二人又分别被蜀、吴二帝临终托孤，辅弼幼主；也都立志北伐曹魏，锐意进取中原；甚至也同样都"出师未捷身先死"，真是何其相似乃尔。唯一不同的是诸葛亮寿终正寝、生荣死哀；诸葛恪却横遭屠戮、身败名灭；令人不禁唏嘘。其中的原因不可不深思。

原因前面也已经提到过，那就是"德"。同样是北伐，诸葛亮打了五次，没给国内惹出什么乱子；诸葛恪打了一次就搞得鸡飞狗跳。诸葛亮也专权，刘禅虽然心中难免不爽，但在原则问题上还是充分信任他；诸葛恪却让孙亮必欲杀之而后快。蜀汉人民对诸葛亮爱得死去活来，吴国人民却对诸葛恪恨得咬牙切齿。两人的人格魅力相距不能以道里计，造成这一巨大差别的难道不是德吗？

其实，诸葛恪闹到了今天这个地步，孙权也有过错。诸葛恪性格中有刚愎自用的硬伤，对于这一点，孙权心里其实非常清楚，但是临终托孤时，还要为诸葛恪制定百官僚属的拜揖之礼，又为他修建官邸，设置护卫，一切待遇都是按最高的规格。也许孙权的本意，是利用自己的影响力抬高诸葛恪的威望，巩固他的辅臣地位。但不知孙权有没有想过，诸葛恪本来就是个骄傲自大的人，现在还这样为他搞特殊化，岂不是更加助长他的骄气，让他更加恃才傲物，目中无人。孙权的这番美意，其实是在捧杀诸葛恪。

还有就是"势"。我从来不认为道德能够解决一切问题，有些奸人你根本无法用道德感化，又或者两个同样道德高尚的人政见不合，这时该听谁的呢？所以"势"也很重要，正如俗话所说的"形势比人强"。那么首辅大臣所处的形势是什么呢？是身居高位、代行皇权，就必然招来嫉妒和仇恨，尤其是来自宗室的。我家的事情，凭什么一个外人说了算？当年的霍光被燕王和盖长公主构陷，现在的诸葛恪被孙峻和全长公主谋杀，这都是形势造成的，并不是因为他们之间有什么私人恩怨。

那么这种形势，在诸葛亮那里就没有吗？当然也有，只不过他老人家实在太厉害，在事情还处在萌芽阶段时就动手把它给扼杀掉了。我们知道刘备曾认过一个养子，名叫刘封。刘封有武艺，性格刚猛，气力过人。曾随赵云、张飞等扫荡西川，颇有战功，后又领兵攻取上庸，深为刘备信任。建安二十五年，刘封因与副将孟达不合，丢失了东三郡。刘封逃回成都后，刘备怪他欺凌孟达，又不救援关羽，将他狠狠地训斥了一番。这时诸葛亮站了出来，劝刘备干脆一不做，二不休，借此机会除掉刘封。刘备傻眼了，他是想教训教训刘封，但是没想过要杀他。诸葛亮解释道："刘封勇猛善战、性格刚烈，主公您百年之后，恐怕没人能驾驭得了他。"刘备恍然大悟，虽知刘封罪不至死，却只能壮士断腕，挥泪赐他自尽。刘封一死，蜀汉的宗室之中就再也无人能对诸葛亮构成威胁了。正所谓智者见于未萌，愚者暗于成事。看到诸葛恪今日的悲剧结局，不得不佩服武侯当年的远见卓识。

(五)

诸葛恪伏诛，吴国政坛重新洗牌。

孙峻成为最大赢家。他原本排在"五大臣"之末，因为诛杀乱贼有功，被小皇帝孙亮任命为丞相大将军，督中外诸军事，假节，进封富春侯，全面取代了诸葛恪的地位。

大虎公主和她背后的全氏家族也强势崛起。虽然大虎公主的丈夫全琮早已去世，但是大虎公主善于政治投资，当年说服了孙权把族人全尚之女嫁于孙亮为妃。这笔投资的受益巨大，孙亮登基第二年便封全氏为后，全氏一门鸡犬升天。全氏本是江东大族，现在又成为皇亲国戚，可谓如虎添翼，一族之中有五人封侯，都统领兵马；稍次一点的族人则担任侍郎、骑都尉，值宿守卫皇宫左右。从吴国立国以来，还没有哪家外戚像这样显贵兴旺过。

全尚娶了孙峻的姐姐，因为这层关系，全、孙两家不但是姻亲，还进一步结为盟友，甚至还有传闻说孙峻与大虎之间有私情，这就有点骇人听闻了。大虎是孙坚的孙女，而孙峻是孙坚弟弟孙静的曾孙，两人不仅同宗，还差了辈分，近乎乱伦。然而皇室之私生活向来骄奢淫逸，只怕并非是无中生有。全琮辞世多年，大虎的私生活本就不受拘束。更重要的是孙峻作为掌权的宗室，需要得到皇族成员的认可；大虎作为贪慕权势的长公主，也需要依仗外朝重臣的势力。错综复杂的政治交易和利益诉求，正好通过男女的床笫之欢来得到宣泄和交融。对此，全氏家族当然是睁只眼闭只眼，与权势利益相比，区区妇人之节，算得了什么？

孙权临终前一共指定了五名辅政大臣，诸葛恪、孙弘先后死于非命，孙峻逆袭做了丞相大将军，剩下了滕胤和吕据。其中滕胤是孙权的女婿，官声显著、德高望重。诸葛恪死后不久，群臣曾上奏推戴孙峻做太尉，滕胤做司徒，希望二人组成联合政府，孙峻为正、滕胤为副，共同执政。但是孙峻的党羽们认为滕胤声名素重，一旦做了司徒，必定是人心所向，会挑战到孙峻的权威。于是联合表荐孙峻做了丞相，又不设置御史大夫，让他一人独揽朝政。

滕胤自己倒也识趣，不和孙峻争权，选择急流勇退。他的女儿嫁给了诸葛恪的儿子诸葛竦，两家是姻亲关系。诸葛恪死后，滕胤以此为由主动向朝廷请求辞职。孙峻却说："鲧当年犯罪被处死，尚且没有牵连到禹，滕侯你和诸葛恪不过是儿女亲家，他犯下的罪行与你毫不相干，不必如此！"

从这看出，孙峻还是有些政治头脑的，他杀死诸葛恪而代之，是想把孙吴这家企业继续经营下去的。企业要经营，就需要有人来干活，不能当光杆司令。而像滕胤、吕据这些人的身后都有自己的一班势力，真要把他们都铲干净了，国家的元气也差不多被掏空，可以关门大吉了！因此孙峻没有把旧人赶尽杀绝，而是选择继续合作，保留了他们的权力和地位。

然而孙峻毕竟威望不高，虽然靠阴谋诛杀了诸葛恪，但是论能力，论功绩，都比诸葛恪差远了。再加上为人骄傲阴险，名声一直就不怎么好，很多人心里都不服他。孙峻虽然大权独揽，高高在上，其实极度缺乏安全感，生怕被人给推翻。德行既不足以服众，就唯有靠杀戮来立威。为了巩固权力，孙峻一面滥施刑罚诛杀，一面与全长公主孙鲁班结为联盟。吴国的权柄被这样两个人物把持，国运就可想而知了，于是接下来几年的历史就成了一部杀戮史。

首先是对诸葛恪家族斩草除根。孙峻可以故作姿态，让人收敛诸葛恪的尸首，却绝不会放过他在世的亲属。诸葛恪一共有三个儿子，长子诸葛绰被他用鸩酒毒死，剩下了老二诸葛竦和老三诸葛建。这兄弟二人听闻父亲被刺杀的噩耗，当即驾车载着母亲逃亡。孙峻派出骑兵都尉刘承领兵追杀，双方在白都地区遭遇。一场混战后，诸葛竦被斩杀，诸葛建带着母亲侥幸逃脱，好不容易渡过长江，准备继续向北投奔魏国。可惜终究没能幸免于难，才逃亡了数十里，便被追兵撵上，只比兄长多活了几天而已。

诸葛恪的弟弟诸葛融也难逃一死，政变发生时他正领军驻扎在沔城。孙峻派人追杀诸葛竦兄弟的同时，命令将军施宽、施绩、孙壹、全熙等人率领大军围攻诸葛融，这些人都是诸葛恪执政时的重点打击对象，家族利益严重受损，早就对诸葛家族憋了一肚子怨气。好不容易找到了发泄的机会，一个个都铆足了劲往死里打。诸葛融穷途末路，不等敌军攻破城池，自己先饮药自尽，三个儿子也全部被诛杀。

老实人诸葛瑾的后代被杀得一干二净。当年他曾评价诸葛恪说："不大兴吾家，将大赤吾族也"，终于不幸而言中了。

诸葛恪的两个外甥张震和朱恩也受此案株连，被夷灭三族。张震是开国元勋张昭的孙子，其父张承曾担任要职，和诸葛瑾是好朋友。张承中年丧妻，老父张昭张罗着要给他续弦，看中了诸葛瑾家的小姐，也就是诸葛恪的妹妹。这让张承很尴尬，没想到老爷子一辈子钻研儒学经典，思想居然这么新潮。要知道他和诸葛瑾是好朋友，年纪也差不多，只比诸葛瑾小了四岁，现在要他娶朋友的女儿做老婆，认同辈的人做岳父，一向有君子之称的他，实在是拉不下脸来。这个时候孙权也跑来凑热闹，不断做张承的思想工作，终于撮合成了这门亲事。

两人婚姻美满，育有一子一女，这个儿子就是张震。张葛两家的这段姻缘，当年曾是吴国人民茶叶饭后时常谈论的一段佳话，现在却成了张震的催命符。他爷爷当年辅佐孙策、孙权两代君主，厥功至伟、地位尊崇，现在新皇即位，翻脸不认人，对功臣后代说杀就杀，真是令人寒心。

接着又对皇室成员大开杀戒。第一个遭殃的是废太子孙和。孙和被废后，贬黜到了长沙。他已经远离朝堂，却依然躲不开政治风暴的波及，何况还有个心狠手辣的全公主一直在虎视眈眈。前文说过张承与诸葛氏除了儿子张震，还生了一个女儿，后来嫁给了孙和。她此时有一个更加特殊的身份：诸葛恪的外甥女，这里面就有文章可做了，本来废太子在当权者眼中就是一个威胁，再加上全公主的推波助澜，孙和的结局可想而知。孙峻指使人诬告诸葛恪生前图谋废黜少帝孙亮，拥立废太子孙和。孙和因此获罪，被剥夺爵位，发配新都，接着又被孙峻派出的使者勒令自裁。

第二个倒霉的是前太子孙登。孙登是孙权的长子，也是吴国的第一任太子，他本人早在十几年前就已经去世，总算没遭什么罪，遭罪的是他的儿子孙英。原来孙和被冤杀以后，全国上下舆论哗然，很多人都对孙峻的行为不满。前司马桓虑想要趁此机会召集将士，一举灭掉孙峻。当然桓虑做这事也不是出于什么忠君爱国，而是自以为有利可图。他自己没有资格做皇帝，但可以做拥立新皇的功臣。而他心中新皇帝的人选就是孙英。只是这个桓虑志大才疏，还没开始行动，计划就败露了，自己被杀不说，还把孙英给连累了。这事孙英之前一点都不知情，不明不白地就被牵连进去，死的实在是冤枉。

第三个受害者是朱公主。朱公主的丈夫朱据，在"南鲁党争"中被冤杀。朱公主性格恬淡，对政治不感兴趣，在孙亮时期一直低调做人。怎料人在家中坐，祸从天上来。五凤二年，孙峻的堂叔孙仪与将军张怡、林恂密谋铲除孙峻。结果事情败露，孙仪自杀，林恂等人被斩首。此案本可以就此了结，但大虎不愿意罢手，她还要这把火烧到朱公主身上。

那么大虎为什么非要置同母的妹妹于死地呢？

起因还在当年的"南鲁党争"，为了扳倒太子孙和，大虎曾想拉拢小虎一起，结果却被小虎拒绝。事情已经过去数年，但大虎心中一直没有忘记仇恨。现在终于等到机会，她趁机向孙峻进谗言："朱公主也参与了孙仪谋反案，理当一同问斩。"孙峻本无名望德行，正要趁此杀人立威，再次祭起屠刀，让朱公主化作了一缕冤魂。

"煮豆燃豆萁，豆在釜中泣。本是同根生，相煎何太急。"当年魏国王子曹植写下的诗篇，同样可以描绘发生在吴国皇室的惨剧。

孙峻掌权时间不过三四年，却遭遇了几起反对者的阴谋暗杀。究其原因，还是他资历不深，难以服众。为了树立威信，他选择通过对外战争来捞取政治资本。而老天也确实给了他机会。五凤二年正月，曹魏的镇东大将军毌丘俭、前将军文钦率淮南之众西进，讨伐司马家族，史称"淮南二叛"。孙峻趁机挥师北伐，与骠骑将军吕据、左将军留赞等人率军袭击寿春。可惜由于司马师处置得当，淮南叛军很快被击溃，毌丘俭被杀、文钦潜逃，终究没有闹出太大动静。

但孙峻也没有吃亏。文钦出逃后，率领残部降了孙峻。留在寿春的数万守军也纷纷弃城来投。孙峻渔翁得利，白得了曹魏的数万大军和一员名将，也算是不虚此行。曹魏这边，为了防止孙峻乘虚占领寿春，急命镇南将军诸葛诞率军昼夜兼程，终于抢在孙峻之前抵达寿春。孙峻是来捡漏的，见寿春城已有防备，不易攻取，乃下令退兵。诸葛诞见吴军撤退，忙下令追击。其中追击孙峻的主力部队吃了败仗，另一支偏师却取得了胜利，阵斩了东吴名将留赞。

留赞是一员老将，年轻的时候曾讨伐过黄巾军，在与黄巾贼吴桓的战斗中，曾手刃吴桓，自己的脚也受了伤，从此蜷缩不能伸直。他性格刚烈，又好读兵法和史书，常常看着古代良将的经典战例，对书长叹。终于有一天，他把亲人们喊到身边来，说道："如今天下大乱，正是英雄崭露头角之时。我空有一身本事，却只能困守在闾巷间，苟延残喘，生不如死，这不是我想要过的日子。我要用刀割开我的脚，如果幸而不死而脚又好了，那我就有用处了，要不然，我就死了算了。"

亲戚们不同意他这么做，都说好死不如赖活着。但留赞坚定不移，终于用刀割断了自己错乱的脚筋，一时血流如注，昏死过去好长时间。家人们起先惊惧不已，但见他既然已经这样，无法改变了，只能帮着他牵引按摩脚部。万幸留赞终于苏醒过来，而且脚也渐渐复原，能够正常走路了。这位硬汉终于又可以手持长枪，在沙场上建功立业了。

用命换来的机会，留赞自然格外珍惜。他精通兵法又作战勇敢，打过很多硬战。东兴之战时，他和丁奉一道率领前锋部队大破魏军，因功被封为左将军。孙峻这次征讨淮南，也带了他一同前往。然而岁月不饶人，留赞此时已经年过七旬，大军还未抵达寿春，他就发病了。孙峻怜悯他年老体衰，深恐有闪失，允许他先回国养病。没想到回国途中，被诸葛诞的追兵误打误撞碰上了。留赞身边的士兵不多，情况十分危急。

留赞这时候病得连排兵布阵的精力都没有了，他自知必败，把家族子弟们都叫到身边，将朝廷赐予的印绶交付他们，并嘱咐道："我自为将以来，斩将夺旗，从未有过败绩。如今病困兵羸，众寡不敌，此乃天意。你们快快撤离吧，死在这里对国家无益，只不过让敌人高兴罢了。"子弟们不忍抛下他独自逃生，他拔出佩刀逼他们走，谁不走就砍谁。子弟无奈，洒泪而别。留赞留下来与追兵正面迎战，最后壮烈牺牲，享年七十有三岁，与他一起殉国的还有将军孙楞、蒋修。

孙峻带着文钦和数万降兵凯旋，虽然折了留赞等将领，但是收获显然更大。回国之后，自有一班朝臣替他歌功颂德，营造声势，就连投降过来的文钦也跟着沾光，被朝廷授予征北大将军之职。借着曹魏的这场内乱，孙峻白捡了个大便宜，巩固了自己的地位。

他在对魏的战争中尝到了甜头，接着又派偏师骚扰了几次边境。几场战事打下来，把老百姓拖得饥困不堪，但孙峻仍不收手，到了太平元年的八月，又听从文钦的建议，准备再次率领大军，亲征曹魏。他先命令征北大将军文钦、骠骑将军吕据、车骑将军刘纂、镇南将军朱异、前将军唐咨等人为前锋，从江都出发入侵淮、泗。结果仗还没来得及打，孙峻自己就出事了。

原来前锋部队开拔前夕，孙峻曾前往吕据营中劳军饯送，回来之后就开始发病，没过多久就死了。死的时候只有三十八岁。这个魔头掌权也就三年时间，把吴国搞得鲜血淋漓，民不聊生，终于恶贯满盈，被老天给收走了。孙峻也知道自己生前造孽太多，害怕身后被清算，到死都不肯把权力让给他人。无奈他的儿子年龄太小，实在没办法接班，只好退而求其次，把位置传给了堂弟孙綝，确保吴国大权掌握在他们家族手中。

（六）

　　孙綝的处境类似于司马师，其对权力的继承不具备合法性。孙峻是孙权钦命的五大臣之一，他干掉诸葛恪，独揽朝政，多少还具备一点合法性。现在孙峻死了，就该把权力交还朝廷，由朝廷任命新的首辅。比如诸葛亮死后，继承他权力的既不是儿子诸葛瞻，也不是弟弟诸葛均，而是蒋琬，这才是正常的权力交接。至于像曹操死了，把权力交给曹丕；司马懿死了，把权力交给司马师；司马师死了，把权力交给司马昭等情况，都是把权力家族私有化，再往前一步，就该谋朝篡位了。至此，孙峻、孙綝兄弟的狼子野心昭然若揭。

　　而且孙綝此前不过是偏将军，直接一跃提拔为丞相大将军根本就无法服众，只好先以侍中武卫将军的身份，领中外诸军事，代知朝政。面子虽然丢了，好歹保住了里子。

　　就是这么一个人，年纪又轻，资历又浅，也没见有什么过人的能力，却要执掌国家大权，试问有几个大臣会服他。骠骑将军吕据第一个跳了出来，他本来被孙峻派出作战，孙綝上台后又下令召他回来。吕据心里面很不爽，"你算个什么东西，有什么资格知朝政，又有什么资格指挥你吕大爷？"他联合了各路将领一起上疏朝廷，表荐滕胤为丞相代理朝政，公然向孙綝挑衅。

　　此时的朝廷就是孙綝说了算，他当然不会听吕据的，而是改封滕胤为大司马，让他离开建业去武昌驻防。这个时候吕据已经率军回国，他派人与滕胤联络，密谋联手废掉孙綝。消息传到孙綝耳中，紧急调遣他的堂兄孙宪率军在江都挡住吕据，并以皇帝的名义命令文钦、刘纂和唐咨等人率众合击吕据。同时又派人催促滕胤赶紧动身去武昌，谁知道滕胤这个向来逆来顺受的老实人，竟然来了脾气。诸葛恪当老大的时候，我当老二；孙峻当老大的时候，我又当老二；现在孙峻死了，还要让我继续当老二吗？

滕胤把来人扣了下来，召集亲兵在府中固守自卫，想和吕据来个里应外合。这时手下有人向滕胤建议：应该引兵占据苍龙门，把守苍龙门的禁军素来敬佩滕公，只要看到您亲出，一定会背弃孙綝来投靠您。我们得了这样一支生力军，又能凭借苍龙门坚固的城防，获胜的把握将大大增加。

但是滕胤却迟疑了，他没有把握苍龙门的守军见了他就一定会倒戈，不敢冒险赌一把；又自恃和吕据约定好了时间，觉得固守待援更为稳妥，于是约束手下将士说：吕侯已经抵达附近，不必惊慌。这时孙綝的兵马已经杀到，滕胤的士兵都以为援军即将抵达，毫无惧意，拼死作战，凭借少数兵力击退了孙綝一次又一次进攻，从黑夜一直坚守到了天明。将士们的体力已经临近极限，身边不断有战友倒地。那边孙綝的人却是越来越多，陆续有队伍从四面八方赶来参战。

"再坚持一下，吕侯的部队一到，我们就能反败为胜！"将士们强撑着一口气，兀自挥舞着手中的长槊。漫漫长夜，他们历经了无数次从希望到失望，又从失望到希望的死循环，透支了最后一丝气力，拼尽了最后一滴血，最终还是未能等来援兵。孙綝军攻破大门蜂拥而入，乱刀砍死了滕胤和仅存的数十名将士。

吕据也同样陷入绝境，他因为大风迟滞了行军速度，错过了与滕胤约定的日期，接着又被孙宪、文钦、刘纂、唐咨等人追上打了一场遭遇战，因众寡不敌被击败。左右之人劝吕据率众突围，投降曹魏。吕据断然拒绝，他说："我起兵讨伐孙綝，就是为了效忠皇上，为国除害。哪有投敌叛国的道理？"

南方是他的故国，可那故国已经容不得他；北方是他的敌国，投降敌国又与他的生平志向背道而驰。他还有旁的路可以走吗？无路可走的吕据最后拔剑自刎。这是一个真正的纯臣，虽然失败了，但是仍然值得尊重。

滕胤、吕据的三族受逆案株连，尽数被灭。至此，托孤五大臣全部死亡，这时距离孙权去世才不过四年时间啊！吴国的政局怎一个乱字了得。

但是孙綝不会去想这么多，他现在高兴还来不及呢。之前他不是因为没有功劳，只能以侍中武卫将军的身份辅政嘛。现在功劳来了，平定滕胤和吕据的叛乱，这就是大功。孙綝因此而进位为大将军，假节，封永宁侯。

一举铲除了两个最大的政治对手，孙綝心中得意非凡。你们这些人资历再老，声望再高，能比得过先帝任命的辅政大臣吗？他俩尚且死于我手，尔等安敢与我为敌。他开始得意忘形，为人越发倨傲无礼，结果就把自己同族的堂兄孙宪给得罪了。

孙宪也是孙峻的堂弟，当年跟随孙峻一起参与了诛杀诸葛恪的行动。孙峻对他非常重视，让他做了右将军、无难督。孙宪也为他们家族做了不少贡献，吕据叛乱时，就是他带兵去镇压的。按理说他是为孙綝出了大力的功臣，但是孙綝却恩将仇报，对他日渐疏远，排挤出了权力中心。孙宪大失所望，于是找到将军王惇，计划合伙干掉孙綝，自己来当老大。结果谋杀计划失败，王惇被孙綝所杀，孙宪被勒令服毒自尽。看来关键时刻，血缘关系还是能起作用，好歹能得一个安乐死。

就在吴国杀得鸡飞狗跳的时候，曹魏也没有闲着。"淮南二叛"平定以后没多久，司马师就得病死了，把位置传给了弟弟司马昭（与同时期孙峻、孙綝两兄弟之间的权力传承有着惊人的相似）。司马昭上台后不久，就以朝廷的名义征召镇东将军诸葛诞入朝为司空，其实是明升暗降，要夺他的兵权。

诸葛诞害怕被司马家当作异己清除，铤而走险，率领手下的十五万士兵反叛，史称"淮南三叛"，也是曹魏自立国以来，规模最大的一次叛乱。为了增加胜算，诸葛诞还遣使向吴国上疏称臣，并把儿子诸葛靓和麾下诸位将领的子女都送来做人质，请求吴国派兵增援。孙綝大喜，当年毋丘俭、文钦发动"淮南二叛"，让孙峻白捡了一个大便宜，回来以后声望大增。现在"淮南三叛"的规模比之当年又要大多了，这么一块大馅饼送到嘴边，孙綝当然想吃。与堂兄孙峻一样，他也迫切希望能通过对外战争的胜利，来巩固自己在国内的执政地位。

孙綝派遣文钦、唐咨、全端、全怿等人率领三万士兵增援诸葛诞。前文说过，吴国很多部队都被世家大族掌握，对外作战的积极性很差，一时之间只能动员三万兵力，先行出境作战。这时魏国的镇南将军王基抵达寿春城下不久，尚未形成合围之势，文钦等人因山乘险，突围杀入城中。

其后不久，司马昭就动员了中外诸军共计二十六万人来淮南平叛，把寿春城四面合围，表里数重，深堑坚垒。这么一来，吴国的后续部队再想杀入城中增援诸葛诞，就不可能了。寿春城中的文钦等人多次突围，也被魏军击退。寿春城与外界的联系全部被切断，彻底成为一座孤城。

曹魏在面临国内十五万士兵反叛的情况下，还可以动员二十六万兵力，同样的时间，孙吴却只能动员三万。两国之间国力的差距大，国家动员力的差距更大，从这一战中就能看得清清楚楚。而战争打到最后，比拼的就是实力。

这时孙綝又凑了三万人，让朱异领兵屯守安丰城，作为文钦的接应。司马昭派兖州刺史州泰以优势兵力迎敌，击败了朱异，杀伤两千余人。

打到这个份上，孙綝也是拼了，于是大规模发动部队进驻镬里，再派朱异率将军丁奉、黎斐等五万人进攻魏军，把军需辎重留在都陆。这场仗，吴军也是出了死力，杀红了眼。因为寿春城中不光有诸葛诞的人，还有自己的三万袍泽。无奈曹魏的兵力实在太雄厚，领兵的将领也都是一时之选，石苞和州泰的部队在寿春城周围做游军，专打孙吴的援军，接连击败朱异。接着又以奇兵突袭都陆，将吴军的粮草辎重尽数焚毁。朱异的部队没了粮食，一路靠食葛叶充饥，撤退到镬里，与孙綝会合。

孙綝自己一直躲在湖里不敢上岸一步，却一个劲逼着朱异拼命，又丢给他三万人，想让他去和魏军死战。这次朱异坚决不去，他想寿春城外那么多的魏军，凭你给我的这点人怎么去拼，我打败了丢面子这都是小事，再把这三万人给葬送了可罪莫大焉。孙綝大怒，把一肚子窝囊气都撒在朱异头上，下令将朱异推出辕门斩首。朱异是吴国后期不可多得的一员大将之才，可惜未能战死沙场，却死在了自己人手里。

朱异确实死得冤枉。因为此时曹魏对寿春城的包围已经是固若金汤，假使周瑜、吕蒙、陆逊这样的名将复生，也无力回天了，又岂能苛责朱异呢？当此之时，孙綝的最佳选择应该是动员全国兵力出襄阳，进攻宛城和洛阳一带。这是曹魏的腹心之地，一旦面临威胁，司马昭定会分寿春城下之兵回师救援，诸葛诞、文钦等人再趁此时出城决围力战，或许还能有一线生机。可惜孙綝缺乏这样的战略眼光和魄力，白白错过了这么一个好时机。

处决掉朱异后，孙綝又派弟弟孙恩率军去救援。结果援军还未抵达前线，就传来了寿春城失陷，诸葛诞等人被杀，三万吴军降魏的消息，只好引军退还。

本来孙綝是想借着这么一个机遇大捞一笔的，结果便宜没占到，自己赔进去不少老本。不但未能救出诸葛诞，还损失了数万士众，又斩杀朱异、自毁长城。吴国朝野上下无不怨恨他，这就不好玩了。

（七）

更不好玩的是小皇帝孙亮日渐长大了，并且开始临正殿、亲政事。孙权死后的这几年，吴国政坛是"你方唱罢我登场""城头变幻大王旗"，先是诸葛恪干掉孙弘，然后打了场东兴之战和新城之战；接着是孙峻干掉诸葛恪，又杀了孙和、孙鲁育等人，顺便还参与了下曹魏的"淮南二叛"；不久，孙峻死了，孙綝接班，把滕胤、吕据给杀了，又去搅和了一下"淮南三叛"。乱哄哄，好不热闹，唯独他这个男一号始终没有出场机会。

现在小皇帝终于完成了他的成人礼，从幕后走到了前台，他会有怎样的表现呢？让我们拭目以待。

孙亮是一个非常好学的人，多次亲临国家档案馆，查阅孙权在位时期的档案资料，想从中汲取治国理政的经验。看得多了，渐渐就琢磨出了些道理："先帝在时，经常下诏过问国家大事，凡是认为政务有处理不妥的，就写下意见，让朝臣重拟。现在大将军辅政，国家大事都是他说了算，他递上来的奏折，我只能签'同意'两个字，不能发表任何意见。到底谁才是皇帝？"

小皇帝开窍了，只有在国中说一不二的人，才是真皇帝，必须把属于自己的权力夺回来。他开始格外留意国家大事，积极发出自己的声音。原来在朝会上，都是孙綝先发表一大通意见，再由小皇帝说一声："按大将军的意思办"，然后就可以散会了。现在情况不一样了，孙綝发表的意见，小皇帝都会认真地听；孙綝递上来的奏折，小皇帝会逐字逐句地读。遇到他认为不明白的地方，他会追根究底；遇到他认为不妥当的地方，他坚决不签字；遇到没有办好的政务，他还会严厉问责孙綝："朕把国事都托付给了大将军，大将军就办成这么一个结果吗？"

孙亮天资聪颖，悟性很高，又肯钻研，进步非常快。谈起纷繁复杂的朝廷政务和三国局势来，居然也能说得头头是道，很像一回事了。有好几次还把孙綝问得哑口无言，非常狼狈。

这就让孙綝很尴尬了。孙亮是皇帝，他的意见，你不能装作没有听见；可如果什么都听了皇帝的，凡事按照皇帝的意见办，自己岂不就被架空了。孙綝于是干脆来个称疾不朝。他在朱雀桥南盖了座大将军府，平时就躲在这里办公，尽量不与孙亮见面，直接绕开皇帝发号施令。为防有人加害，又让几个弟弟接管禁军，其中：威远将军孙据担镇守苍龙门，武卫将军孙恩、偏将军孙干、长水校尉孙闿分屯诸营，环绕在建业城周围布防，想要以此把持朝政，巩固自己的地位。

批判的武器，不能代替武器的批判。孙綝兄弟手握重兵，小皇帝要想击败他们，就必须要有自己的武装。孙亮对这一点是非常清楚的，他利用孙綝不再进宫朝见，对内廷监控力减弱的隙间，从士兵中选取出年龄在十五岁至十八岁的年轻战士，共得三千余人，成立一军；又从功勋将领的子弟中挑选青年才俊担任将领，对外宣称要和他们一起成长，每日在皇家园林中操练，加紧培养自己的嫡系部队。

手中有了枪杆子撑腰，小皇帝的腰杆子就硬起来了，他首先向大虎公主发难，质问她道：当年朱公主是怎么死的？

大虎公主孙鲁班此时已经失势。自从全琮去世后，家业就由她的继子全怿继承，"淮南三叛"爆发，全怿率领全靖、全翩、全缉等全氏子弟，带着部曲跟随文钦一起杀入寿春城，紧跟着被曹魏大军团团包围。全氏家族的一大半家底都陷里面出不来了。这时候，全怿留守在建业的两个侄儿全辉、全仪兄弟又很不争气，家族气运正遭遇大劫，他们却因为家产分割的事情，忙着和全怿家"闹家务"。

结果还没争赢，两兄弟一气之下带着老母，渡过长江投降曹魏去了。二人的归降，激发了司马昭麾下首席谋士钟会的灵感，他灵机一动，想出了一条妙计。钟会用全辉、全仪的名义给全怿写了封书信，再派二人的亲信携带此信潜入寿春城送给全怿。

正是"烽火连三月，家书抵万金"。全怿等人被困孤城之中，对外面的情况一点都不知道，突然接到一封来自亲人的书信，视若珍宝。可是拆开信封，才读几行字，就傻眼了。原来书信上说："吴国朝中对全怿等人不能为寿春解围感到恼怒，要杀掉将领全家，因此他们逃出来归顺曹魏。"

本来这一封书信是经不起推敲的，战事不顺利，就要杀带兵的将领全家，这不是逼着将领们降敌吗？但是吴国这几十年来的政局一直就非常疯狂，统治者们杀人杀上了瘾，有能力、有功劳的大臣尚且会被灭三族，何况战败的将领呢？臣子们终日提心吊胆，生怕哪天脑袋就搬家了，对统治者缺乏信任感。

现在全怿等人得到这封钟会伪造的家书，居然就信以为真了。他们心中悲愤不已："全氏一门为吴国抛头颅、洒热血，置身在这危城之中，舍生忘死、浴血奋战，到头来却要被满门抄斩，这样的朝廷还值得我们效命吗？"于是全怿率领数千部众开门出降。他这一投降，给寿春保卫战造成了极恶劣的影响，史书记载说"城中震惧，不知所为"。

司马昭大喜过望，当即拜全怿为平东将军，封临湘侯，全端等人也各有封赏。真正倒霉的是那些留在吴国的全氏族人，为了保卫寿春城，全氏家族把老本基本上都赔光了，末了还得了一个"叛逆"的恶名。从此家道中衰，日趋没落。

大虎作为一个长公主，之所以能在吴国呼风唤雨，主要靠的是两大资本。一个就是她的夫家——全氏家族，现在全氏家族已经败落了；还有一个就是她的盟友兼情人——孙峻，孙峻也早就死了，接班的孙綝对她并不感冒。她现在一无所恃，成了一只落魄的凤凰。大虎这时才发现自己竟是这么虚弱无力，在失去了父亲孙权、丈夫全琮、情人孙峻这些靠山之后，自己根本就低贱如尘埃，不值一提。在玩弄了大半生的权力之后，才发现权柄其实始终都牢牢把握在男人的手中，自己不过因人成事，手中并无多少力量。这才是大虎最大的悲哀。

大虎害怕了。尽管站在她对面的小皇帝，此时才不过十五岁。她没有了往日的嚣张气焰，面对皇帝的质问，支支吾吾地辩解道："陛下，当年朱公主谋反的事情，我并不知情。是她丈夫朱据与前妻生的两个儿子朱熊、朱损告发她的。"

当时朱熊为虎林督，朱损为外部督，手中掌有兵权，又正好是孙綝的党羽。特别是朱损，娶了孙峻的妹妹为妻，是孙綝的死党。孙亮正好借为朱公主报仇之机，除此二人。先剪除孙綝的羽翼，再剿除元凶巨恶。看来这位少年天子，颇有一些胆识和谋略。

孙綝也并非无谋之辈，这其中的关键又如何会看不出。他苦苦劝谏孙亮收回成命，坚决要保全这两个党羽的性命。但孙亮的心志更坚定，终于下令命老将丁奉将此二人斩杀。

为了增强实力，孙亮还积极开展统战工作，拉拢团结皇族成员。他在太平三年下旨，将已被废为庶人的皇兄孙奋重新又封为章安侯。

孙奋这个人，我们前面讲到过，他是孙权的第五子，被封齐王，居武昌。后来诸葛恪采取恫吓的手段，强令他迁居豫章，他因此对诸葛恪记恨在心。后来诸葛恪不是被孙峻杀死了嘛，孙奋得知后连呼痛快，在家中摆宴庆祝还嫌不够，竟然想跑到建业去看热闹。按照律令，没有皇帝宣召，藩王是不能擅自进京的。他的傅相谢慈等人纷纷劝谏，把他给惹恼了，下令把这些大臣全给杀了。

这一下就闯大祸了，傅相是朝廷委派来专门负责辅弼和监督藩王的，你现在把傅相给杀了，算怎么回事？必须要处罚。于是朝廷下旨将孙奋废为庶人，迁徙至章安县。

这家伙实在太荒唐、不成器，被废为庶人也是罪有应得。可他毕竟是孙亮的亲兄弟。关键时刻，自家兄弟总要比外人可靠些吧！所以孙亮还是想拉他一把，将来给自己做个帮手。他在诏书中这样写道："齐王孙奋前因杀害官吏被废为庶人，后来国家接连大赦，许多犯罪的官民都沐浴皇恩，减免罪行，为何独有他未被赦免呢？纵使不宜恢复他的王位，封他一个侯爵又有何不可呢？宗室子弟尚且被封为将军，领兵驻守江渚要地，朕的嫡亲兄长反倒是个庶人，这么做于礼法不合！"

这道诏书的言辞非常犀利，所谓宗室子弟其实指的就是孙綝诸兄弟，他们与孙亮的血缘关系已经比较疏远了，只能算作是皇族的远支。儒家讲究"亲亲"之义，亲兄弟的待遇一定是要好于远亲的，既然远支亲属都能被委以重任，亲兄弟封个侯一点也不过分。孙亮的话在理，有司无法驳倒，于是封孙奋为章安侯。

皇室中还有一个重要成员，那就是全公主孙鲁班。虽然她的实力已经大不如昔，虽然她曾经与孙峻狼狈为奸，谋害了废太子孙和、朱公主孙鲁育，但她毕竟是孙亮的亲姐姐，又参与多次宫廷政变，斗争经验十分丰富，最重要的是她还与孙綝不合。"没有永恒的朋友，没有永恒的敌人，只有永恒的利益。"孙亮不计前嫌，不但没有追究她过去的罪行，还主动抛出橄榄枝。

大虎也表示愿意与孙亮合作，她已经意识到自己不可能在这场政治斗争里独善其身，因为无论最后是哪一方取胜，都不会原谅她这个"骑墙派"。而孙綝那边又不买她的账，算来算去，只有帮助孙亮才是她的最优解。

说起来，孙亮也很可怜。他从小在深宫中被养育长大，几乎没有出过宫门一步，朝政又长期被权臣把持，几乎没有任何机会与外臣接触，更遑论组建自己的政治班底了。所以明知孙奋荒唐，孙鲁班失势，他还是要去费心笼络。因为他能够团结到的人实在是太少了。自己的亲兄、亲姊，总还是知根知底的。换了不熟知的外臣，你刚把密谋告诉他，他转角就去向孙綝告密怎么办？

除了皇族外，还有一股力量为孙亮所信任，那就是外戚——皇后的父亲全尚。其实孙亮对于全尚也不是完全放心的，倒不是全尚本人有什么问题，而是他的老婆成分不太好。他老婆不是别人，正是孙綝的姐姐。一旦把谋杀孙綝的计划告诉全尚，是要承担巨大风险的，机密很有可能通过全尚的妻子这里传递到孙綝耳中。但是孙亮能够团结的力量实在是太少了，对其他人他根本不敢信任，唯有全氏家族能够依靠。这真是一个两难的境地。

日子一天天过去，情势终于到了剑拔弩张的地步。孙亮下定决心，放手一搏。他与公主鲁班、太常全尚、将军刘承等人密谋起兵诛杀孙綝，任命全尚为中军都督，秘密严整兵器战马，安插亲信将领，做好战前准备。然后由孙亮亲自率领宿卫虎骑、左右无难等亲卫军队出朱雀桥，突袭孙綝所在的将军府，实施"斩首行动"解决掉孙綝，再颁布诏书让孙綝统领的诸军就地解散。

全尚之子全纪担任黄门侍郎，是皇帝的近侍之臣。全纪利用这一便利，充当了孙亮的秘密信使，所有机密全靠他往来宫中传递。孙亮把行动计划向他和盘托出后，又嘱咐道："你此去一定要注意保密，回去务必要宣我的口谕告诫你父亲，此事千万不能让你母亲知道。你母亲身为妇人，本就不知晓国家大事，又是孙綝的姐姐，倘若泄露消息，将误了朕的大事啊！"

全纪领命，回到家后，立即将孙亮的意思传达给了全尚。结果这个全尚是个大嘴巴，肚子里藏不住事，一不小心还是把秘密告诉了妻子。后者立刻就派人向孙綝送去密报。

孙綝得知后，点起兵马，趁夜袭击全尚，将他生擒；又派弟弟孙恩在苍龙门杀死了将军刘承，接着大会诸军，在黎明时分包围了皇宫。孙亮大怒，披甲上马，手执弓箭，怒骂道："吾乃大皇帝（孙权谥号为"大"）嫡子，在位五年了，我倒要看看谁敢杀我？"说着就想要冲出宫门与叛军拼命。

他身边的侍卫近臣还有乳母见状，拉的拉，扯的扯，死活不让孙亮出去。他们都是对孙亮有感情的，不想眼睁睁看着他送死。孙亮也意识到自己单枪匹马闯出去，根本无济于事，只不过白白受辱而已。他本是天选之子，受万人敬仰，却不想竟落得这样一个地步。

孙亮在宫中愤懑不已，一连绝食了两天。他拿全皇后出气，歇斯底里地大骂道："你爹就是一头蠢猪，坏了朕的大事。"全皇后羞愧难当，唯有垂泪不语。孙亮还不解气，又派宦官把全纪叫来，全纪自责不已，对使者说："臣父奉诏不谨，辜负皇上，臣无面目复见皇上。"于是自杀。

宫外的孙綝则在和党羽商议废掉孙亮，他们裹挟着大臣到朝堂上集合，孙綝宣布道："小皇帝荒淫昏庸，不能让他身居高位，奉祀宗庙，已经祭拜过先帝，请求废除掉他。诸位大臣如果有不同意的，就请提出异议吧!"大臣们都知道孙綝是个杀人如麻的魔头,为求保命,昧着良心说:"唯大将军命是从!"只有尚书桓彝不肯在公布孙亮罪状的公文上署名,但完全是螳臂当车。孙綝一声令下,把他砍成了两段。

于是废孙亮为会稽王,贬黜会稽郡。孙亮此时才只有十六岁,他曾经被父亲孙权寄予厚望,他天资聪慧过于常人,本可以成为一代英主。可惜他生错了时代,终究成为权力祭坛上的牺牲品。与此同时,全尚被贬往零陵,大虎公主被贬为豫章。正是那"为官的,家业凋零;富贵的,金银散尽""好一似食尽鸟投林,落了片白茫茫大地真干净!"

十九 孙休篇：
发展文教事业，救不了吴国！

（一）孙休继位

孙亮被废，皇位空了出来。孙綝其实很想自己干，可惜有贼心没贼胆，只好再立一个皇帝做傀儡。由于孙亮年龄太小，还没来得及生儿子，没有办法子承父位。根据礼法，就该按照皇室血缘的亲疏排序，在孙亮的亲兄弟中选出一名继承人。孙权一共七个儿子，其中：孙登、孙虑、孙和、孙霸都死了，孙亮被废了，只剩下老五孙奋和老六孙休。

孙奋的光荣事迹，我们前面讲过，是一个不大靠谱的人，本事不大，脾气不小。没本事还不要紧，孙綝立皇帝本来是拿来做一个摆设，并不需要去治国理政。从这个角度看，新皇帝傻一点比较好，没脑子的孙奋倒是挺合适。但他同时却很有个性，对下属欺虐凌辱，对上级抗旨不遵。这是个不懂游戏规则的蠢人，孙綝很轻松就把他 Pass 掉了。

只剩下了孙休。而他看上去也确实是一个非常合适的人选。在孙綝眼里看来，孙亮像桀骜狡黠的狼崽，孙奋像蠢笨暴躁的野猪，而孙休呢？他简直就是一头温顺胆小的绵羊。在他身上有许多"温良恭俭让"的故事：

诸葛恪当政的时候，不想让藩王居住在长江沿岸的军事要地上，下令给他们来了一次大拆迁。孙奋还很不高兴，要当"钉子户"，拒不搬家。后来是诸葛恪给他去了一封"恫吓信"，他才磨磨蹭蹭搬到豫章郡去了。到了豫章后，孙奋一点也没有收敛，照样作威作福，每天骑马射猎，欺虐下属，把当地搞得鸡飞狗跳。

而孙休就不一样了，他原来是被孙权封为琅琊王，居住在虎林，这次也被列入了"拆迁名单"，要他搬到丹杨郡去。他倒是很配合，不吵不闹，老老实实就背起行囊上路了。到了丹杨郡以后，更是谦虚谨慎，夹起尾巴做人。孙奋在豫章大施淫威，把当地官员折磨得叫苦连天。他正好相反，时常被丹杨郡的地方官找麻烦。

丹杨郡的太守叫作李衡，曾经做过诸葛恪的司马，在太傅府中管事。诸葛恪后来身败名裂了，按理说他生前的僚属一般也会跟着倒霉的。亏得孙峻还知道要稳定人心，没有清算这些人，李衡侥幸逃过了一劫，但是一直心有余悸，总觉得待在京城这个风口漩涡里不安全，就找关系外派到了丹杨，总算是远离了是非之地。

也许是想着将功折罪，报答孙峻的不杀之恩，李衡在丹杨工作时非常爱岗敬业。地方官员本来就有监督当地藩王的责任，到了李衡这更是自我加码，对孙休的一举一动都时刻保持着高度关注：孙休家的仆人是不是在外面仗势欺人了，孙休家新翻修的庭院面积是不是超标了，孙休家祭祀先祖的祭品是不是符合规定啊……一旦发现哪里有不符合规章制度的，他立刻就要约谈孙休，严厉督促，责令他即时整改。李衡的妻子习氏是一个厚道人，觉得李衡这么做有点过分了，每每劝他得饶人处且饶人，你不给别人留一点余地，也就是不给自己留余地。无奈李衡就是不听，成天鸡蛋里挑骨头，三天两头找麻烦，最后逼得孙休在丹杨实在是待不下去了。

　　孙休没有和李衡叫板，他知道朝廷对藩王的管控是很严的，藩王和地方官打官司，朝廷肯定偏向地方官。得了，惹不起，咱躲得起！于是上疏朝廷，请求迁徙到别的地方去。孙亮非常怜悯这位兄长，就同意了让他迁到会稽郡。孙休终于避开了"瘟神"，过了几年太平日子。

　　孙休是一个逆来顺受，不爱惹事的老实人。但是他不惹事，事情却偏偏要来惹他。很快，他家里就出大事了。事情出在他老婆身上，他的老婆姓朱，史书称为"朱夫人"。朱夫人出身名门，父亲是东吴名臣朱据，母亲就是小虎公主孙鲁育。说到这里，大家可能就会疑惑了：孙鲁育和孙休都是孙权所生，孙鲁育是孙休的姐姐，她生下了朱夫人，朱夫人又嫁给了她的弟弟孙休。

　　是的，你没看错，孙休娶的就是自己的亲外甥女。三国时候没有那么多的讲究，孙休比孙鲁育的年龄要小很多，和朱夫人倒恰好是同龄人，又是亲上加亲，便成就了一段姻缘。朱夫人的性格很像她妈妈，温柔贤惠，夫妻二人的感情一直挺好的。她会出什么事情呢？

　　事情还就是因她妈妈——小虎公主而起的。前文我们说过，大虎记恨小虎当年没有帮她一起扳倒三哥孙和，挑唆孙峻以谋反罪处死了小虎。谋反是诛九族的大罪，母亲既然是造反的逆贼，女儿自然也要受牵连。孙休害怕了，他本来就是朝廷的重点防范对象，再加上孙峻心狠手辣、残害同族是出了名的，现在正好有这么一层关系可以把他罗织进去，肯定不会轻易放过。"毒蛇啮指，壮士断腕"，孙休不得不与朱夫人断绝夫妻关系，把她送回建业。

　　分离时，两人执手泣别。我想朱夫人应该是理解孙休的："不是他薄情寡义，只是不幸生在帝王家中。他虽然贵为皇子，可又何曾有过一日的自由，又几时自己能做一回主！"

　　孙休顺服的姿态让孙峻非常满意，他老人家难得发了一次善心，饶过朱夫人，并把她送回孙休身边。孙休保住了妻子，从此也给世人留下了一个老实窝囊的印象。

现在孙綝要立孙休做皇帝，也是比较放心的，他想：当年你见我哥孙峻，就像耗子见了猫似的。谅你也不敢和我作对。小子，便宜你了，捡了一个现成的皇帝当！

孙綝派宗正孙楷和中书郎董朝，带着自己的书信去迎接孙休。这封书信很有意思，里面的内容主要是交代孙亮的罪过，说明自己废他的缘由。换皇帝毕竟是件大事，总该对天下臣民有一个说法。那我们就来看看孙綝是怎么说的：

孙亮贪恋美色，广征妇人，从中挑选容貌姣好者，收入后宫。罪一也。

孙亮选取部队中十八岁以下的年轻士兵三千多人，在宫苑中演练，没日没夜地大呼小叫，损坏仓库里的矛戟五千多支。罪二也。

朱熊、朱损是功臣之后，对国家忠心耿耿，孙亮以为朱公主报仇为名，不顾朝臣劝谏，冤杀此二人。罪三也。

孙亮在宫中制造小船三百余艘，全部用金银打造，把工匠们逼得日夜不停，劳苦不堪。罪四也。

陈述完孙亮的罪行后，孙綝请求孙休早日继承大统。

我们来分析一下孙綝给孙亮罗列的这些罪名：除了组建三千童子军和诛杀朱熊、朱损外，其他事迹均没有其他史料佐证，只见于这封信中。我们有理由对其真实性存疑。况且就算以上都是事实，那又如何呢？

历朝历代哪个皇帝没有后宫，孙亮为自己选几个老婆就成罪过了？皇帝因为操练部队毁损了五千支矛戟，你就打算以"损毁公共财产"罪将他开除职务吗？还有说皇帝制造小船浪费了钱，让工匠们加班加点违反了劳动法，你孙綝几时成了工会主席？

虽说是"成王败寇"，孙亮政变失败被赶下台，是天经地义的事情。可是孙綝在公告天下时未免也太不走心，竟然写出这么一份漏洞百出、狗屁不通的文章来，叫后人读了都觉得发笑。然而这正是权势的可畏之处，近千年后，秦桧不也凭一句"莫须有"杀死了岳飞吗？权大于法，权大于理，当权势大到一定程度后，就根本不需要去讲什么道理，更没必要去在意世人的看法。犯下废帝窃国的滔天罪行，竟然连一个稍微合理些的借口也懒得去编了！

孙休接到信以后，心里还是比较疑虑的，天上不会掉馅饼，更不会掉金灿灿的皇冠。他觉得这里面肯定有什么阴谋，死活都不肯去建业。是孙楷、董朝两个人反复劝说、再三保证，花了一天两夜的工夫，把嘴皮子都磨破了，这才劝动了他上路。怎么劝人当皇帝比上刑场还难?!

虽然动身往建业去，孙休还是忐忑不安，总觉得事情哪里不对劲，一路上磨磨蹭蹭，走了十几天才走到曲阿。按他这个进度下去，真不知猴年马月能到。就在这个时候，有个白须老者叩门求见，对孙休说道："事久生变，天下人都在盼望陛下，请陛下速行。"

在孙休看来，老者的话代表了民意，民意给了他信心。他想："我是先帝的儿子，是皇位的合法继承人，吴国的百姓也都支持我，我又没有什么过错，谅你孙綝也不敢把我怎么样?"于是加速前进，到达布塞亭，和迎驾的大臣会合了。大臣们奉上玉玺符节，再拜称臣，纷纷劝进。孙休谦辞了一番，终于接受，在当天亲临皇宫正殿，大赦天下，改元为永安元年。

孙休确实应该感谢那位老者，就在他滞留路途时，孙綝差点变卦，自己想当皇帝。孙綝动了心思，但毕竟名不正言不顺，不好意思公然暴露想法，只是召集群臣会议，说要先进宫中去看看。这个时候孙亮已经被废，全家都搬到会稽郡去了。宫里面除了宫女太监啥也没有，你要进去看啥?

大臣们当然心知肚明，但是惧怕孙綝的淫威，一个个都惶怖失色，唯唯诺诺。只有虞汜站出来说："明公是我吴国的伊尹、周公。您身处将相之位，废昏君、立新主，上安宗庙，下惠百姓，一片群情欢跃。大家都认为您是伊尹和霍光那样的大圣人转世。可现在新皇帝还未到，您就想先入宫。虽然我们大臣都相信您的本意绝对是好的，但是无知小人们不知道啊！他们肯定会胡乱猜测，造谣生事，到时候人心浮动，国家动荡，您的一世英名，就要毁于一旦了！"

孙綝本来就是心虚的，现在被虞汜高帽子这么一戴，碰了个软钉子，搞得不上不下，十分尴尬，只好讪讪地再不提进宫之事。但是皇位总是这么空着，就难免会引起野心家们的觊觎。幸亏是孙休及时赶到了，才打消了这些人的痴心妄想。不然的话，还不知道会惹出多少乱子来。

（二）智除权奸

新皇登基后最重要的事情就是如何处理好与孙綝的关系。孙休这边还没来得及表态呢，孙綝就抢先出招了。他上疏自称草莽之臣，说自己才能不足，全靠皇室近亲的身份才得以身居高位，现在请求皇帝让他退还田里，以避贤路。这招叫以退为进，变着法逼皇帝表态，捎带还试探试探皇帝对他的态度。

而孙休果然很懂事，赶紧下了一道诏书，把孙綝狠狠表扬了一下，高度肯定了他对吴国做出的杰出贡献，不但不许他辞官，还要封赏。孙綝原来的官职是大将军，这次让他把丞相和荆州牧也一块兼了，同时还增加他五个县的食邑。他的几个弟弟也跟着加官晋爵，一门之中共出了五个侯爵，共同掌管禁军，权势熏天。

上朝议事的时候，只要是孙綝的意见，孙休想也不想，马上举双手赞成，从来没有过异议，真是把自己当成了一个橡皮图章。孙休表现得这么配合，这么听话，让孙綝感到非常欣慰，觉得自己总算没有选错人。新皇帝是个老实人，绝不会给我惹什么麻烦的。孙綝悬着的心放了下来，于是变本加厉，表现得越来越骄狂。

孙綝表现得越骄狂，孙休就越没有安全感。他一面不断地赏赐孙綝兄弟，一面忙着巩固自己的地位。就在他封赏孙綝兄弟的那道诏书里，还同时安排了两个人，一个是他做藩王时的老下属张布，被任命为辅义将军，封永康侯；一个是迎接他进京即位的中书郎董朝，封了一个乡侯。这个张布，后来发挥了重要的作用。但是在当时，这个人事安排却很不起眼，孙綝觉得自己家得了这么多好处，皇帝要提携几个自己人，也是理所应当的，没有太在意。

这之后没多久，孙休又下了一道诏书，先是表扬孙綝说他忠心耿耿，对社稷有功；又说参与了拥立的朝中大臣都有功劳，要一并封赏，一个都不能漏掉。朝臣们弹冠相庆，发自内心地歌颂皇上圣明。接着孙休又颁布一项减租减税的新政策，缓解中下层官吏的经济负担，赢得了这些人的拥护。他这是在收买人心啊！

可孙綝却还没有意识到，他觉得新皇帝就是个读儒家圣贤书读傻了的憨子，喜欢搞点政治秀，他爱作秀就让他去作吧！多大点事。他大概没有意识到吴国官民在他们两兄弟的统治之下，过的是怎样猪狗不如的生活，以至于现在受到了那么一点点的恩惠，就已经感动得涕泗横流了。

或许是得了官员和百姓的拥护，孙休自觉有了依恃，对孙綝就没那么尊重了。正好年关将至，孙綝带着肥牛和美酒进宫向孙休进贡，这本是规格很高的礼仪。但孙休也不知道是什么原因，死活就不肯接受孙綝的礼物，把他打发回去了。

孙綝恼羞成怒，好你个小子，竟敢对我这般无礼。他是个没城府的人，一气之下就跑到左将军张布的府里诉苦去了。张布不敢怠慢了这位大佬，在家好酒好肉招呼他。结果孙綝喝高了，愈加管不住自己的嘴，口出怨言道："当初我废掉孙亮的时候，很多人都劝我自己当皇帝。可我认为当今陛下贤明，才奉迎他入继大统。如果没有我，他能当上这个皇帝吗？没想到他现在连我的礼物也敢拒收，分明是不把我放在眼里。我当年能立他，现在就不能废了他吗？"

张布是孙休的老下属，马上就把孙綝的话向老领导一五一十做了汇报。虽说是酒后乱语作不得数，但孙休依然十分害怕，他没想到自己这么小小地任性了一回，差点惹出了杀身大祸。为了安抚孙綝的情绪，孙休再次对他大加赏赐，并下诏说："大将军掌管中外诸军事，政务烦多，现在任命卫将军御史大夫孙恩为侍中，与大将军共同掌管国事。"把他的弟弟孙恩也提拔进了权力核心，算是给他们家上了一道双保险。

其实孙休不知道，他在害怕孙綝的同时，孙綝也在害怕他。孙綝是权臣不错，但是权臣也不是那么容易当的，这是一个高危职业，每天被多少人在暗处惦记着呢。虽然他镇压了滕胤和吕据的叛乱，平定了孙亮和全尚的政变，但这胜利里面也有不少运气成分。而反对他的人大有人在，防不胜防。亲信文钦、唐咨等人又在"淮南三叛"被败得干干净净，他的威望和实力都大幅下降，能保证每次都被幸运女神眷顾吗？

恰好这个时候，又有人上书告发孙綝谋反，动静闹得很大。孙休不敢和孙綝摊牌，就把告发者抓了送给孙綝治罪。孙綝毫不客气，挥刀就把那人给剁了。但是局势却对他愈发不利起来，试想这么一个无名之辈也敢上疏弹劾他，背后难道没有人指使吗？朝堂上已经形成了一股反对孙綝的势力，这次上疏只是吹响了总攻前的号角。

孙綝这时候要么乖乖等死，要么就一不做二不休，干脆自己做皇帝。但是从权臣到皇帝的这条路是非常艰难的，曹操为什么至死都不敢称皇帝，司马家族为什么要通过祖孙三代的努力才能建立晋朝？那是因为一个国家这么大，总会有许多山头势力、地方诸侯，他们自成体系，是不受权臣掌控的，甚至还有可能找准时机突然发难，挑战权臣的地位，比如王允杀死董卓，孙峻杀死诸葛恪。这些势力的存在阻滞了权臣攀登权力巅峰的步伐。而一个成功的权臣必须是对外作战有功绩，或者对内治理有政绩，挑得起大梁、树得起威信，令下面的人心服口服，接着还要施展政治手腕，整合、收服或消灭国内的各股政治势力，这样才能长期掌权，甚至取皇帝而代之。曹操、司马懿正是这类权臣的杰出代表。

孙綝显然没有这个本事。他对外在淮南打了场大败仗，损失了数万吴军；对内又胡作非为，把国家治理得一塌糊涂，表现得实在太不像样，根本就镇不住场子，再这么赖着位置不走，总有一天会搞得没办法收场，还是急流勇退吧。他选择了妥协和退缩，上疏请求离开建业出屯武昌。你在建业当你的皇帝，我在武昌当我的土皇帝，我们井水不犯河水，各过各的。

孙休接到奏疏后很高兴，他也很害怕孙綝谋反，兔子急了还咬人呢，何况是孙綝，能得到这么一个结果他已经是十分满意了。为了能让孙綝早点从自己眼前消失，他满足了孙綝提的一切要求。孙綝提出要带领麾下中营的一万多名精兵随同前往，孙休说可以；又提出要把武库的武器装备一并带走，孙休说没问题；还说要调孙休的两个宫廷秘书去他的军中任职，按照法例，宫廷秘书是不能在将军幕府就职的，有大臣对此提出质疑，孙休说让他带走。总之，就是要孙綝赶紧滚蛋。

从长远来看，孙休这么做是不对的，极有可能造成吴国内部的分裂，甚至引发内战。当时就有人劝谏他说，孙綝到了武昌以后可能会起兵谋反。但是孙休不为所动，心想：不让孙綝去武昌，只怕他现在就要谋反了。以后的事情以后再说，在武昌造反，总比在我身边造反要好。路程隔得那么远，将来真要打败了，我还有一个逃跑的时间不是。

没过不久，又有人告密，说孙綝带着手下的一万士兵去武昌是假，其实是想趁着这个机会，率领大军包围皇宫，逼迫皇帝退位。孙休一想，是啊！他向我要了一万多人，又要了那么多武器装备，万一突然袭击我怎么办？虽说我手下也有部队，但是仓促间哪里调动得过来，到时候肯定要吃亏的。

宁可信其有，不可信其无。孙休决定要先下手为强，他密召张布进宫，商议诛杀孙綝。我认为这就是孙休比孙亮幸运的地方，他没能立为太子，被遣送到外地做藩王，其实是件好事。远离政治中心，少了许多监视和约束，他可以去结识地方官员，豢养家僮门客，组建自己的一套班底，像濮阳兴、张布这些人，就是他当藩王时深交接纳的。这些是孙亮所不具备的，他自小就生活在深宫之中，与外界没有任何接触，能信任的只有孙鲁班、全尚等数人。虽然明知道全尚的妻子是孙綝的堂姐，泄密的风险性极大，但是手下无人可用，只能托付给他。最后果然就因为风声走漏而失败。

张布是孙休的老部下，两人的私交也非常好，忠诚度没有任何问题，而且因为出身并不怎么显贵，又长期在地方工作，和京城权贵没有什么瓜葛，不像全尚那样和孙綝家族有着千丝万缕的联系。他认真考虑了一下，向孙休建议道："这事靠我一个人是没有用的，必须要有军方的支持，我向陛下推荐一人，可以帮助我们成就大事。"孙休问此人是谁。张布回答说是丁奉，他说丁奉虽不擅长文官事务，但是胆略过人，能断大事，此事必须得了丁奉的帮助，才有可能成功。

估计丁奉平时和张布就有不少接触，在接触的过程中，他了解到丁奉这个老同志不仅能力很强，而且政治上也忠诚可靠。正所谓日久见人心，通过长期的冷眼旁观，张布断定丁奉是一个值得信赖的人，这才向孙休举荐。孙休唯一担心的是丁奉和自己不是一条心，知道自己的计划以后马上跑去告密。但是心里一衡量，不找丁奉，靠自己和张布两个人，绝不是孙綝的对手，到头来还是个死。反正都是个死，不如博一把！于是就对张布说，行，我同意了，你去找丁奉吧，就说是我的意思。

丁奉是跟着孙权一起创业的老人，在政坛上摸爬滚打几十年，什么大风大浪都见识过了。当年打天下的那一班功臣们现在早都死光了，就剩了他一个，人老成精，把权力场上的那点事情早就琢磨透了。张布找到他，把计划和盘托出。他才听了个开头，肚子里就已经有了主意，说道："孙綝兄弟党羽甚多，恐怕人心不齐，不能马上制伏。不如利用腊月聚会的时候，发动陛下宫中的卫兵干掉他。擒贼先擒王，解决了他，其他人就好办了。"其实真正高明的计策都是简单直接实用的，小说演义里为了增强可读性，往往弄出一些花里胡哨的锦囊妙计来。其实环节越多，越容易出纰漏，要么在执行中遇到问题，要么消息被走漏，往往就成不了事。

孙休批准了丁奉的方案。丁奉开始秘密布置，他的执行力是一流的，提出来的这个计划看似简单，但是在执行的过程中任何一个细节都不能出纰漏。漫长的岁月洗礼，早把他身上的浮躁冲动、恐惧紧张磨得一干二净。他从容不迫、耐心细致地考虑到每一处细节，比如要确保执行斩首行动的士兵们都可靠，必须逐个排查他们的政治立场，不能漏进一个可疑分子；杜绝走漏消息的任何可能的缺口；动手时用什么暗号；宫中的兵力要如何布置；有哪些掩体可以利用；行动中可能遇到的一切突发情况和应对措施等。这位经验丰富的老人把行动计划像演电影一样，在脑中过了无数遍，直到确定每个环节都万无一失。

谁知到了腊祭那一天，天气反常，刮起了狂风，那风拔木扬沙，凶猛异常。孙綝觉得很不吉利，不愿意出门，于是假称有病不去参加腊祭。但是孙休不批准，先后派了十几批使者，坚持要让他来参会。孙綝也没有料到孙休会在今天对他下手，他身为丞相，不可能天天躲在家里不上朝，于是动身准备进宫。众人都劝他别去。孙綝说："皇上多次有诏命，不能推辞了。可以预先预备部队，在府中假装失火，我就以此为由马上赶回来。"说完就进宫去了，孙休早准备了一场丰盛的宴席在等着他。

不久，他家果然着火了。孙綝得知消息后，立刻请求出宫。孙休说："宫外的士兵很多，不足以劳烦丞相。"孙綝起身就要离席，但他哪里走得了，丁奉、张布已经示意左右上前擒拿他。权倾一时的大奸臣，便这样束手就擒了。

孙綝垂头丧气，早就没有了往日的飞扬跋扈，他叩首求饶："请求陛下把我流放交州。"孙休说："你当年怎么不把滕胤、吕据流放交州呢？"孙綝又说："情愿没为官奴。"孙休说："你当年为什么不让滕胤、吕据做官奴，而是要杀死他们呢？"孙綝还想求饶，孙休却不愿再和他废话，下令推出去斩首。然后让人拎着孙綝的头颅出门示众，对他的余党们说："奉皇帝陛下之命，所有与孙綝同谋之人一律赦免。"孙綝手下的五千士兵见了孙綝首级，又得了皇帝赦免，再无疑虑，全部放下武器投降。

孙綝的弟弟孙闿得到消息后，赶紧乘船想投奔曹魏，逃亡路上被孙休派出的追兵斩杀。接着孙休又下令灭了孙綝的三族，但还是觉得不解气，因为他的姐姐兼丈母娘——孙鲁育是被孙峻害死的，而孙峻在几年前就已经死了，于是派人刨开孙峻的坟墓，把他殉葬的印绶取了出来，把装他的棺木也给砍碎了，最后才把尸体扔土里埋了。进行完肉体消灭，孙休还是不过瘾，他觉得这种人渣居然和自己是同族，简直就是家门中的奇耻大辱，下令把二人从孙氏族谱中除名，改称他们为故峻、故绋。你也配姓"孙"？

这两兄弟掌权的这些年，把吴国搞得乌烟瘴气、腥风血雨，终于是被清除干净了。大家的心里都长长舒了一口气，觉得天空都清朗了许多。

（三）宽仁治国

接下来要做的事情就是拨乱反正，孙休下令为诸葛恪、滕胤、吕据等人平反，把他们重新改葬，隆重祭奠了一番，又把那些受诸葛恪等人案件株连而被流放的罪人都赦免了。这时候朝臣中有人请求为诸葛恪树碑立传，铭记他的勋劳功绩。此议一出，很多人都表示赞同。只有一个叫盛冲的博士坚决反对，以一己微薄之力对抗大多数。然而孙休却支持他，说："诸葛恪盛夏时节出兵，使得士卒伤损无数，却没有建立尺寸之功，不能说他有才能；受先帝托孤重任，却死于小人之手，不能说他睿智。这么一个人，有什么功绩值得纪念的。盛冲的意见是对的。这个事情以后不要再提了。"

孙休和诸葛恪之间谈不上有什么私怨，我认为他的做法是很客观公允的。诸葛恪对朝廷忠心耿耿，没有起过造逆谋反的心思，无辜被孙峻杀死了，所以要为他平反。但是他劳师动众打了新城之战，损兵折将，又不懂得自保，被孙峻杀死了，让奸贼执掌朝政这么多年，败坏了国家，有负先帝重托，所以也不表彰他。处理得有理有据，很是得当，在这一点上孙休确实是比较英明的。

他还很宽厚仁慈，原来在丹杨郡做藩王的时候，不是总被李衡找麻烦嘛，现在他当上了皇帝，很多人都认为李衡要倒霉了。包括李衡自己也这么认为，他对妻子习氏说："不用卿言，以至于此"，还准备要逃往曹魏，但习氏却劝他说："不可。你本来是一介平民，是先帝破格提拔了你。先帝对你有提携之恩，当今皇帝也没有说要惩罚你，一切都还是你的疑心猜测，就准备要叛逃。你这样不念旧恩，背叛故国，就算侥幸逃到了魏国，魏国君臣又会瞧得起你吗？"

李衡现在对妻子很是佩服，放下了一家之主的尊严，请教道："那你说该怎么办呢？"习氏说："当今皇上素来自重名节，正想要向天下人宣示他的宽厚仁德，绝不会因为私仇而杀你的。你现在去向皇帝陛下自首认罪。我担保皇帝不但不会杀你，还会重重赏赐你。"李衡听从了习氏的话，主动认罪，孙休也果然原谅了他，并提拔他为威远将军。李衡之所以能够躲过一劫，靠的是习氏的计策。而习氏的计策不正是建立在孙休本性仁慈的基础之上吗？换孙峻和孙綝头上，她敢去试吗？

在孙休即位之初，群臣就奏请册立皇后和太子。孙休却说："我何德何能，侥幸继承了先帝的基业，在位时间不长，还未来得及向天下臣民广施恩德，哪里就谈得到册封皇后和太子呢？"他不急着册立自己的老婆孩子，却对几个侄子的安置非常上心。三哥孙和是一个可怜人，好好的一个太子，从来没有犯什么过失，莫名其妙地就被废掉了；做藩王的时候也规规矩矩的，没有惹什么事，却被孙峻和孙鲁班诬告谋反被杀，就剩了三个儿子还在人世，因为受父亲的株连而被废为庶人。孙休怜悯他这三个侄儿，封孙皓为乌程侯，孙德为钱塘侯，孙谦为永安侯，也算是对兄长在天之灵的一种慰藉。

他的宽厚仁慈不仅体现在个人行为和家庭私事上，在治国理政的风格上同样也是如此。

诸葛恪、孙峻、孙綝三大权臣在位的时候，都热衷于出兵曹魏以立功勋。正所谓"上有所好，下必甚焉"，下面的人看到带兵打战、沙场立功是一条升官发财的捷径，都热衷于舞刀弄枪、讨论兵法，没有几个人愿意老老实实地在寒窗下苦读圣贤之书了。渐渐地，就没有人再讲究仁义了，社会风气也败坏了。

针对这一现象，孙休决定大力提倡教育兴国。他根据古制设置了学官和五经博士，专门负责考核和选拔人才，并给予这些人才丰厚的待遇；又招收现任官员和将领子弟中有志向学的人，让他们到国家干部培训班里脱产学习再深造，一年后再对这些人进行考试，根据考试成绩决定职务高低和工资级别。他要把这些饱学之士打造成标杆榜样，告诉全国人民：赳赳武夫在新朝已经不吃香了，只有努力学习文化、提升道德修养才是实现人生价值的康庄大道。

因为连年的对外征战，把农业也给拖垮了。为了支付庞大的军费开支，朝廷把负担都转嫁到了老百姓身上，不断加重田租地税。屯田的士兵和农民眼看种地没什么利润可言，都扔掉手中的锄头，跑去经商做生意去了。长江之上，到处都是往来的商船，在滨江的各大港口商镇上贱贩贵卖，民营经济搞得有声有色。但与此同时，大量良田抛荒，仓库中的存粮日渐减少。古代中国把农业视为根本，工商贸易再繁荣也是过眼烟云，一旦农业垮了，国家也就亡了。

当务之急，就是要恢复农业。而农业之所以荒废，根本原因就在于赋税过重，分配不均。孙休能够抓住这个牛鼻子，接下来的问题就迎刃而解了。他下令减轻百姓赋税，根据劳动力的强弱来征收田地课税，务求使农民负担均匀，国家和个人分利得当，家家户户都能够自给自足。

或许是深刻认识到了战争对国力的巨大消耗，对民生的沉重拖累，孙休终其一生都没有主动挑起战争，他是一个爱好和平的人。老百姓在他的统治之下安居乐业，远离战火。很多三国粉丝们崇拜曹操、刘备、孙权这些雄主，觉得他们都是金戈铁马，气吞万里如虎，非常霸气。可是作为老百姓的话，我认为还是活在孙休的治下更具幸福感，毕竟乱世人，不如太平犬。在英雄手下当炮灰，也未见得有什么好。

孙休这些做法固然没什么新意，但却非常符合当时的国情。因为吴国现在就是一个中气不足的病人，你不让他躺在床上静心休养、固本培元，难道要让他去游泳跑步健身，大汗淋漓吗？要不是有孙休的中途救场，就吴国之前那几年的搞法，折腾不了多久就得玩完。

（四）无力回天

但你要因此认为孙休就是吴国的救世主，那也是不对的。孙休身上也有问题，而且很致命。

首先他不够自信。他很果敢，铲除了孙綝一伙；他很仁慈，善待了孙和的三个儿子；他还很大度，宽恕了曾经欺凌过他的李衡。但是有一个人，是他始终都不敢去面对的。这个人就是孙亮。孙亮才是孙权临终前指定的皇位合法继承人，他不是。孙亮被孙綝废了以后，皇位才传到他手上的。那么问题就来了。废掉皇帝的孙綝是一个奸臣吗？

是的，而且必须是。因为如果孙綝不是奸臣，则孙休发动的这场宫廷政变就代表不了正义。换句话说，孙休要想证明自己是正义的，就必须认定孙綝是一个奸臣。但这么一来呢，孙亮就是被奸臣废掉的皇帝，孙休则是被奸臣拥立的皇帝，他当皇帝的合法性似乎差了那么一点点。

当然，孙休即位已经是既定事实，到手的皇位不可能再还给孙亮。但是孙休心里头害怕呀！孙亮是父皇钦定的接班人，现在却要对自己俯首称臣，他会甘心吗？朝中的那些大臣有很多是同情孙亮的，也有很多是对我不满的，他们会不会联合起来推翻我呀！一旦他们打出拥立孙亮的旗号来反对我，我能指责他们是叛逆吗？不能！因为这天下原本就是孙亮的呀！

只要孙亮还活着，自己就会像一个贼，一个不知廉耻，窃取别人东西的贼。这样的想法一直在折磨着孙休。终于他忍受不下去了，对自己的亲弟弟动了杀机。永安三年，孙亮身边的太监出首，告发孙亮在家中请巫师作法，诅咒皇帝。有关部门也反映在会稽郡盛传谣言，说孙亮要回来做天子。我们已经无法知道告发孙亮的太监和监察官员是背后有人指使，还是自己揣摩圣意。但是我们可以肯定的是，孙休已经迫不及待地想要除掉孙亮了。接到举报信后，孙休审也不审，就把孙亮贬为候官侯，并在发配途中秘密用鸩酒毒害，对外伪称是自杀身亡，又装模作样把那些押送孙亮的士兵都处以极刑，以彰显自己对兄弟之死的痛不欲生。

我们相信孙休并不是一个残忍的人，只是权力斗争实在是太可怕了，从他的父亲孙权开始，吴国的内斗几十年来就没有停过，哪一次不是白骨成堆、血流成河。孙休看多了，也看怕了。孙亮存在一天，就是一个隐患。只有他死了，吴国才有可能安定。我们设身处地替孙休想，恐怕也确实没有更好的办法。但是孙亮毕竟是亲弟弟，还是前任皇帝，把他杀死了，对孙休名声的影响是巨大的，前面做了那么多善举，那么多仁政，全部都被抹杀了。只这么一件事情，就把他的"伪善"暴露无遗。孙休其实没有别的大本事，唯一就一个仁义还值得夸赞，现在仁义的名声被搞臭了，还靠什么去笼络人心？

孙休的朝廷也缺乏贤人辅佐。有人会说，不对呀，前面不是讲孙休设立学官和五经博士，专门用来选拔人才的吗？怎么还会缺少人才呢？这两者其实不矛盾，通过考试选拔的那些官员要么分派到地方上做官，要么留在中央部门负责文书事务，并没有能进入权力中心，帮助孙休处理军国大事。因为在孙休的朝廷中有权臣当道，他们挡住了贤才的晋升通道。

是的，孙休朝中也是有权臣的，他好不容易铲除了孙綝，但是很快又制造了两大权臣：濮阳兴、张布。

濮阳兴是陈留人，早年跟着父亲一道避乱江东，后来在吴国出仕，官至会稽太守。我们知道孙休在丹杨郡被李衡逼得混不下去，向朝廷申请搬家，就是迁徙到了会稽郡。濮阳兴和李衡的风格正好相反，他不但不欺负孙休，反而深相交纳，两个人的关系非常好。孙休即位后，封他为太常、卫将军，掌管军国大事，后来又晋升为丞相。

张布是孙休做藩王时的老部下，在诛杀孙綝的政变行动中立下了汗马功劳，孙休封他为左将军、中军督，他的两个弟弟也封了官。

孙休以外藩的身份入继皇位，在朝中根基很浅，统治不牢，必须要倚重濮阳兴和张布这两个老朋友、老部下。他让濮阳兴掌管军国大事，让张布掌管内廷的尚书台和禁军，等于是国家里里外外的事情都托付给他们了。这两个人对孙休的忠诚度是没有问题的，问题在于他们没什么大本事，又贪权恋栈，自己不能干、不想干，但又不舍得把位置让给那些能干事、想干事的人。

有一个故事，可以反映他们闭塞贤路到了什么地步。

说是孙休非常好学，特别喜欢古书典籍，曾经发下宏愿，要读遍诸子百家的论著。但是他又很喜欢打猎，每当春夏之际，他都会离开书房跑到围场里去打猎。就这么一段娱乐的时间，他也不愿意浪费，就想把韦曜、盛冲这些个饱学之士叫到身边，利用打完猎空闲的时间，陪自己讲论道义。但是张布却坚决反对，因为韦曜、盛冲这些人都非常耿直，而张布作为一个权臣，平时没少做过贪污受贿，懒政怠政的事情，很担心韦曜等人会在皇帝面前反映自己的问题，便对孙休说这些儒生迂腐不化，又喜欢议论政事，怕会误导皇帝。孙休不傻，也多少知道一些张布的劣迹，对他的小心思心知肚明，但还是宽慰他说："爱卿，你放心，我找他们来只是讨论古代典籍的，并不讨论时政。况且朕对时政自有主张，又岂会受他们影响。"结果张布叩头请求，说什么也不同意。孙休心里很不高兴，但是顾念张布与自己多年的感情，又是有功之臣，最后还是屈从于他，没有召韦曜、盛冲等人侍读。

孙休每天被这样的人束缚，根本不可能放开手脚大干一场。何况他本身也没有什么雄才大略，除了兴办教育、鼓励农业外，再也开不出别的救世良方。但是当时那样一个历史背景，三国鼎立的格局不会一直持续下去，归于一统是必然的趋势，而司马家族实力雄厚、如日中天，他们是不会坐等吴国恢复国力的。再说就是拼发展，也拼不过占据中原之地，人口基数庞大的曹魏。吴国的生存压力巨大，除非是曹操、诸葛亮这样雄才大略的强势人物，用铁手腕高度集权，整合世家大族手中资源，才有可能扭转乾坤。很显然，孙休不是。

到了永安六年十月，曹魏征集了十几万大军伐蜀，后主刘禅遣使向吴求援。蜀汉是盟友之国，唇亡则齿寒，这个道理孙休当然明白。因此一向爱好和平的他，这次也不得不派老将丁奉等人率领大军去救援蜀汉。然而后主刘禅也实在太不争气，援军还没有赶到，他就投降了。不过孙休其实也不是真心实意救援盟友，他早就做好了两手准备，如果蜀汉有救，就帮助蜀汉一起击败曹魏，然后再向蜀汉索要好处；如果蜀汉没得救了，就顺手牵羊，趁乱抢几座城池，我们也不亏。你别看孙休平时宽厚，在这方面却和他爹孙权一个德行。

孙休听说蜀汉灭亡了，就命将军盛曼率兵西进。盛曼先礼后兵，派人对蜀汉巴东太守罗宪说：吴军希望从他手中接管永安城，并答应为蜀汉报仇。永安城是军事重镇，原本是布置了重兵把守的，但是因为魏军兵临成都，刘禅急召巴东都督阎宇率领主力部队火速回援。阎宇临走前，只给了罗宪两千人马留守永安，兵力少得可怜。

成都陷落后，永安也得到了消息，城中军民人心大乱，很多地方官员试图逃跑。只有罗宪心如铁石，不为所动。他斩杀了一名力主逃跑的将领，稳定了大局。接着又亲率将士临都亭三天，祭奠故国。这时吴军跑来要强占永安，令罗宪非常愤怒，他对将士们说道："吴国与我国本来结为同盟，是唇齿之邦，如今大汉倾覆，他们不但不怜悯，反而想趁机渔翁得利，我宁可投降魏国也绝不做吴国的俘虏。"于是率领永安军民奋力抵挡吴军，成功击败了盛曼。

紧接着，姜维诈降计不成，和邓艾、钟会等人一起殒命于成都，成都大乱，整个巴蜀之地上百座城池都陷入无政府状态。吴国急切地希望将其纳入自己的版图，于是再派大将步协率兵西征，结果又被罗宪击败。

几万大军，两次西征，却连一座两千人的城都攻不下来。孙休觉得太丢人了，发誓要拿下永安，派出了他们的王牌——陆逊之子陆抗，率领三万大军围攻永安城！两千对三万，实力极其悬殊。然而就在这种形势下，罗宪竟然还奇迹般地坚守了整整半年。要知道，陆抗后来强袭西陵，一战成名，是个攻城战的高手啊！可现在陆抗凭借绝对的兵力优势，围攻一座没有任何外援的孤城，竟然在六个月的时间里寸土未得！

罗宪仅凭这一战足以名垂青史。然而，永安守军也快到了极限，向魏国求救的人却始终没有回信。当时城中一大半人身染瘟疫，属下们劝罗宪弃城而走。罗宪回答说："我是全军主帅，城中百姓都仰赖于我。现在到了危急时刻，我却要抛弃他们，这不是君子所为。既然无法坚守，那我干脆就死在这里好了。"罗宪的坚持赢得了时间，魏国派荆州刺史胡烈率领两万步骑攻入侵吴国的军事重镇西陵，陆抗害怕腹背受敌，被迫退兵，永安之围解除。

蜀汉被灭，曹魏的势力更加强大，而吴国从此将独自对抗强敌。孙休感到了从未有过的危机，这个国家不会要在自己手中葬送吧！这时候他的内部也不消停，前朝积累下来许多尖锐的社会矛盾，开始陆续爆发。永安六年五月，交阯郡郡吏吕兴等人聚众反叛，杀死了太守孙谞。原来这个孙谞先前在交阯郡征调了千余名手工匠人遣送建业，结果没过多久，朝廷征集工匠的使者又来了，交阯郡的百姓害怕又被抓去服劳役，正是人心不定的时候，吕兴等人煽风点火，鼓动城中百姓造反。

永安七年夏四月的时候，魏国将军王稚浮海入侵句章，虏获官员财宝和两百余口百姓。秋七月，海盗攻破海盐城，杀死了司盐校尉骆秀。不久，豫章郡的百姓张节等人又发动叛乱，规模多达万余人。

内忧外患之下，孙休的心理压力日渐沉重，加上体质本来就薄弱，积劳成疾，终于一病不起。死的时候，年仅三十岁，英年早逝，从这个角度看，他是不幸的。但是吴国终究没有亡在他的手里，从这个角度看，他又是幸运的。

二十 孙皓篇：如果孙策复活会怎样？

（一）小孙策

孙休在咽气前，最担心的就是皇位的继承问题。虽然早在两年前就已册立太子，但是孙休死的时候也只有三十岁，太子的年龄想来也不会很大。这就意味着，吴国将再次面临"主少国疑"的危局。孙亮时期的腥风血雨，孙休是亲身经历过的，也是在他手里被终结的。权力游戏有多么残酷，他比谁都清楚。本来"死去元知万事空"，眼睛一闭从此了无牵挂，但一想到自己死后，宝贝儿子可能会遭受和孙亮一样的命运，他就备受煎熬，忧虑不安。

孙休的病来得很突然，发作没多久，就已经不能说话了，只能拿笔颤抖着勉强写了几个字，要身边的太监速传丞相濮阳兴入宫觐见。濮阳兴得知皇帝病危的消息后，衣冠都顾不上穿戴好，急忙往宫中飞奔，累得气喘吁吁。孙休强撑着等到濮阳兴出现，已经浑浊黯淡的眼睛突然又泛出了些许光芒。他挣扎着从病榻上坐起来，紧紧地抓住濮阳兴的手臂，用手指着年幼的太子。那意思谁都明白：我就要不行了，太子就拜托你照管了。濮阳兴含泪接受了托孤。忧心忡忡的皇帝陛下终于瞑目。

可怜天下父母心，孙休临终前对儿子的舐犊之情令人感动。然而太子却终究未能如他所愿，坐上皇位。事情是这样的，当时蜀国被曹魏攻灭，交阯郡又在叛乱，吴国饱受内忧外患，已经风雨飘摇、势如累卵，大家都希望拥立一位年长的君主。面对举国上下要求拥立长君的呼声，丞相濮阳兴和左将军张布作为托孤大臣，承受着巨大的压力。他们心里面也知道"国有长君，社稷之福"，但是总觉得深受孙休的知遇之恩，不忍心背叛他的遗愿，而且也没有想好废掉小太子，换谁来继承皇位。

这时候左典军万彧站了出来，多次求见濮阳兴和张布，向他们推荐孙皓。这个孙皓是何许人呢？他就是我们前面讲过的废太子孙和的儿子。孙和被废以后，谪居长沙，日子过得很不如意。等到孙权死了，诸葛恪秉政的时候，他们家觉得看到了一丝曙光。原来诸葛恪的姐姐嫁给了张昭的儿子张承，两人生了一个女儿，后来嫁给了孙和，也就是说孙和的老婆张氏是诸葛恪的外甥女。张妃见舅舅现在掌了权，也想沾点光，改善一下生活，就让太监陈迁代自己去建业拜访诸葛恪。诸葛恪当然知道外甥女的意思，临别时，对陈迁说道："请你回去转告王妃，我绝不会亏待他们。"

结果诸葛恪没过多久就被孙峻杀死了，张妃和他的这层亲戚关系，不但没能为家里带来好运，反而招来了灭顶之灾。孙峻以此为由，诬告孙和与诸葛恪密谋造反，夺走了孙和的玺绶，将他贬往新都，随后又遣使者赐孙和自尽。孙和与张妃辞别时，张妃说："祸福与共，妾身绝不会独活于世。"后来听说孙和被赐自尽的消息后，张妃果然自缢殉节。

孙和的一生是不幸的，他本是太子，不但未能荣登大宝，反而死于非命；孙和又是幸运的，因为他遇上了两个好女人，一个女人选择了为他而死，那就是张氏；另一个女人选择了为他而活，她叫何姬，出身不算高贵，是一个骑兵的女儿。有一回孙权巡视各个军营，而何姬在道路上观望。孙权看见了，觉得她与众不同，就命令太监征召她入宫，并把她赐给了太子孙和。何姬后来为孙和生了个儿子，就是孙皓。张妃自杀后，何姬说："如果大家都跟随夫君死了，那谁来养育孤儿呢。"于是选择了忍辱偷生，含辛茹苦将孙皓兄弟养育长大。

后来孙休诛杀孙綝后，为孙和平反，把他的儿子都封为侯，其中孙皓被封为乌程侯。

以上就是孙皓前半生的经历，他见证了自孙权晚年以来吴国的各种乱象，自小家破人亡，每天在提心吊胆中过日子。所以他特别没有安全感，缺乏一个君主应有的自信和雍容，对宗室和权臣充满了猜疑和警惕。理解了这一点，我们便不难理解孙皓日后的那些过激行为。

现在我们言归正传。说是万彧在濮阳兴、张布二人面前盛赞孙皓："才识果断，有长沙桓王孙策的风范，加之勤奋好学、尊奉法度，实乃新君的最佳人选。"孙策可是孙氏家族里面最杰出、最优秀的人物，当年仅凭数千士卒，转战千里、所向披靡，这才创建了江东基业。现在国家正值危难之际，需要这样一位铁腕英雄带领大家走出困境。濮阳兴和张布也认为国有长君，社稷之福，现在又听万彧说孙皓如此之好，心思就活络起来。两人一合计，觉得光我们两个人同意没有用，得取得军方的支持。吴国军方的代表是谁呢？是老将丁奉，他资历老，战功又高，当之无愧。于是两人就把丁奉找来一起商量，丁奉听了也说好，我支持你们。

有了军方的支持，濮阳兴和张布才真正有了底气，决定开始实施这个计划了。他们跑到皇太后宫中，向她动之以情，晓之以理，请求皇太后下诏，改立孙皓为皇帝。皇太后就是孙休的妻子、孙鲁育的女儿——朱夫人，孙休死后，她被朝臣们尊奉为皇太后。朱夫人和她的母亲一样，性格恬淡，对权力不感兴趣。听罢濮、张二人的话，她沉默了一会，平静地说道："我一寡妇人，哪里懂得为国事而谋划考虑，只要能够使吴国不衰亡，江山社稷有所依赖，就听从你们的吧！"

于是皇太后颁布懿旨，濮阳兴、张布率领群臣迎立孙皓为帝，时年二十三岁，改元为元兴元年，大赦天下，任命上大将军施绩、大将军丁奉为左右大司马；左将军张布为骠骑将军，加封侍中。

在拥立孙皓这件事情上，万彧是有私心的。他曾经做过乌程县令，而孙皓在做皇帝前被封乌程侯，两人因此而结识，关系非常好。万彧大力推戴孙皓为帝，为的是将来能够攀龙附凤、建立拥戴之功。

濮阳兴、张布的动机则比较暧昧，本来作为辅政大臣，皇帝年幼正好便于他们长期把持朝政。但是他们却选择了废幼立长，把到手的权力拱手让了出去。从这个角度看，他们是做出了牺牲的，可以说是舍己为国。但是考虑到当时那么一个烂摊子，万一在自己手里玩砸了，亡国的责任可承担不起，因此也不能排除他们是在推卸责任、明哲保身。这两种动机交错在一起，究竟何者居多，我们现在也搞不清楚，姑且算作是一半一半吧。

丁奉的态度算是比较中立公正。他就是一技术人员，孙权在的时候，负责带兵打仗；诸葛恪管事的时候，负责带兵打仗；孙峻、孙綝两兄弟闹腾的时候，还是负责带兵打仗；到了孙休即位的时候，还是用他带兵打仗。谁当皇帝，他都是干自己的老本行。因此他在拥立新君这件事情上，利益关联非常少，立场相对来说比较公正。

朱夫人是真正的大公无私。本来她的儿子是太子，又是孙休临终前指定的接班人。她是把既得利益让了出来。濮阳兴、张布他们当不了托孤大臣，还能继续做丞相、左将军，享受高官厚禄。而她的儿子，让出的可是皇位呀！如果换一个自私的女人，比如后世的慈禧老佛爷，可能会这么想：如果我的儿子继承皇位，将来最坏的结果也无非是亡国，当不成皇帝；如果把皇位让出去，那他现在就当不成皇帝。既然是这样，那还不如先当着呗！能当几年是几年。但是朱夫人并没有这样做，她说的是如果能够使吴国不衰亡，江山社稷有所依赖，我愿意让出来。天下为公、毁家纾难的口号，匹夫都会喊，但是真正要放弃既得利益，却是连君子都难以做到的。朱夫人实在是一个了不起的女人。

可惜她的深明大义，并没有换来孙皓的感恩图报。孙皓在元兴元年七月登基，九月就追尊他的父亲——孙和为皇帝，先是谥为昭献皇帝，没过多久又改谥为文皇帝。有人会说，孙皓是个孝子，怜悯父亲可怜，好好的一个太子，却无端被废掉了，于是给父亲追谥一个皇帝，让老人家在九泉之下也高兴高兴。事情当然不会这么简单，追谥孙和为帝的行为，改变了吴国帝位传继的世系。本来帝位是由孙权传给孙亮这一支的，但是孙亮后来被废了，这一脉就算终止了，于是又从孙权到孙休这里另开了一支，现在孙休又死了，是朱夫人下懿旨让孙皓接班。这么一来的话，孙皓就算是过继给了孙休，他是以孙休嗣子的名义继承皇位。

可能有人会说：管他给谁当儿子，反正最后能当皇帝就行。但孙皓显然不是这样想的，我有亲爹，为啥要给你家当儿子，这才追谥了孙和为文皇帝，给帝位的世系又另开了一支，这一支的顺序是：大皇帝孙权——文皇帝孙和——孙皓。对此，孙皓自有他的一套逻辑：我爹原本是太子，后来被奸人陷害了，这帝位本来就应该是他的，我是从我父亲那里继承帝位的，不需要你们来让。既然我的帝位不是从你们家里来的，那你也就不是什么太后了。你只是景皇帝孙休的皇后，不是我孙皓的娘。于是把朱夫人从皇太后贬为景皇后。

孙皓这一招确实厉害，彻底巩固了自己继承帝位的合法性。从此他当这个皇帝可以理直气壮，再也不用看人脸色。但是此举对于朱夫人却未免太忘恩负义。不过我想朱夫人也不会太在意，毕竟当年连儿子的皇位都让了出来，又何必去在意太后的虚名呢？而且过了不久，孙皓又封了孙休的四个儿子为王，也算是对他们家的一点补偿吧！

真正倒霉的是濮阳兴和张布。两人背弃孙休遗愿，拥立孙皓为帝，本来希望孙皓对他们感恩戴德，从而长保权势地位。谁知孙皓坐上皇帝宝座后没多久，就过河拆桥，架空了他们。两人大失所望，费了这么大的力气，还背上一个背叛先帝的罪名，就立了这么一个白眼狼。他们越想越懊恼，忍不住对万彧发牢骚："我真后悔，当初怎么就会信了你的话，立了这么一个以怨报德的家伙。"

他们也真是气昏了头，也不想想万彧和孙皓是什么关系。万彧听了两人的抱怨后，马上跑到孙皓面前打小报告。这个家伙也不是什么省油的灯，在孙皓面前添油加醋、夸大其词，两个老臣普通的牢骚话从他的嘴里说出来立马就成了图谋废立的惊天阴谋。孙皓听言大喜，心想：好呀！两个老家伙在朝堂上碍手碍脚，朕早就看你们不顺眼了，苦于找不出罪名下手。现在好了，你们自己找死，可怨不得旁人了。于是十一月初一朝会的时候，当众宣布二人的罪行，喝令殿上武士上前将二人擒获，发派广州。不久又派遣使者在路上将二人杀死，夷灭三族。

孙亮当年诛杀孙綝不成，反而被废；孙休制伏孙綝，过程也是跌宕起伏、扣人心弦；怎么到了孙皓这里，只需要一声令下，就能把两大权臣一举拿下呢。对此我是这么认为的，吴国经历诸葛恪、孙峻、孙綝等权臣的几番折腾后，已经充分认识到了权臣对于君权的巨大威胁，孙休也是费尽了心机，好不容易才杀死孙綝，把权力重新夺回手中。所以他们在后来的制度设计上吸取教训，大大限制了大臣的权力。濮阳兴、张布在孙休时期之所以还能左右朝局，那是因为孙休是个重感情的人，顾念旧情，不想和他们撕破脸，更不忍心对他们下杀手。而孙皓则没有这方面的顾虑，又是杀伐果断的性格，于是一纸诏书下去，能轻易剥夺他们的官位，杀死他们也不比杀死一头牛、羊更困难。

站在国家利益的角度看，孙皓杀濮阳兴和张布算是杀对了。为什么这么说呢？因为这两个人确实没什么能力，却占据高位，堵住了真正有才能的人的路。诛灭两人之后，孙皓提拔了一批优秀的人才上来，比如陆凯、陆抗两兄弟，一文一武，撑起了吴国摇摇欲坠的江山。两人的功绩，后文中我们会提到。

但是站在两个被害人的角度看，可以说是死不瞑目，他们像极了《农夫与蛇》中的农夫，用自己的胸膛温暖了孙皓这条毒蛇，等到那毒蛇苏醒后，却张开利牙害了他二人的性命。他们除了尸位素餐外，其实没有做什么坏事，说他们不作为，大可以将他们罢免掉，何至于要结果掉他们的性命呢？又何至于要夷灭他们的三族呢？然而这正是政治的残酷之处。

去除了两大权臣，孙皓才开始真正掌握皇权。他颁布诏书，抚恤死伤的战士及他们的家人；广开粮仓，赈济贫穷饥饿的百姓；把宫中过剩的宫女都遣送出宫，嫁给那些没有妻子的光棍；又把皇家林苑里豢养的飞禽走兽，统统都放出去了。吴国人民都交口称赞，说这个皇帝选对了，是一位明主。

（二）战争与和平

这个时候曹魏的政局也发生了重大变化，司马昭凭借灭蜀之功被封为相国。司马家族如旭日东升，取曹魏而代之已是必然之势。此时的司马昭正踌躇满志，准备要实现一统天下的理想。为此，他给孙皓写了一封书信，大意是说：自己刚灭了蜀汉，军威正盛，本想乘得胜之势，一举荡平东吴，但是因为怜悯百姓，不忍再动干戈，希望孙皓能够顺应天下大势，不要搞得兵连祸结，生灵涂炭。

信是写好了，还需要找个送信的人。对此，司马昭也是颇费了一些思量，因为同样的话，通过不同的人来表达，所起的作用是不一样的。司马昭再三斟酌，决定选派吴国降将徐绍、孙彧二人为使者。原来"淮南三叛"的时候，徐绍、孙彧随文钦一起杀入寿春城增援诸葛诞，后来寿春城被攻破，三万吴军尽降曹魏，其中就有他们两个。两人投降后，就在曹魏定居下来，做了曹魏的臣子。司马昭现在派了他们二人为使，带着劝降书去吴国劝说孙皓归顺，毕竟是老熟人，彼此有些交情，打起交道来会顺畅很多。

徐绍、孙彧抵达吴国后，竭力称赞曹魏国力雄厚、地大物博、兵强马壮，又歌颂司马昭胸襟宽广、包容四海、礼贤下士。那意思是说魏国很强大，和他作对是以卵击石；反之，如果愿意归顺的话，待遇绝不会差。两国国力之间的巨大差距，孙皓其实早就意识到了。现在又听了徐、孙二人的现身说法，越发生起惧意。于是决定派出使者回访司马昭，以示友好，并在回信中盛赞司马昭是"高世之才""贤良"，同时表达了自己想要与司马昭一起拯救世道的美好愿望。算是开启了两国关系正常化。

徐绍、孙彧二人不辱使命，高高兴兴带着孙皓的使者回去复命。结果走到濡须的时候，突然被孙皓召回来了。注意！孙皓派出的使者还是继续北上，只有徐绍和孙彧被召回。他们回来后，很快就被孙皓杀了，他们的家属当年没有随他们降魏，这些年一直待在吴国，这次也被孙皓发配到了建安。这究竟是为什么呢？原来孙皓越寻思越不舒坦，你们两个在我面前把曹魏夸上了天，这不是在贬低我孙吴吗？害得我好没面子，实在太过分了，不杀留着过年吗？

那边派出使者去拜谒司马昭，这边却杀掉了司马昭派出的使者。很多人觉得孙皓这是南辕北辙，自相矛盾。但是我却觉得能够理解孙皓，一方面，他确实知道吴国不如魏国，自己必须讨好司马昭；但另一方面，他又是一个自尊心非常强的人，听不得自己不如别人，谁要是冒犯了他的自尊心，他一定会不计后果地杀死这个人。我们要是结合孙皓亡国后，面对司马炎贾充君臣的精彩表现，就不难发现，他的内心极端骄傲。

徐、孙二人被杀的消息传到了司马昭耳中，他是一个成熟老练的政治家，不会因为这么一点小事情就动怒，更不会轻易点燃战火。司马家族的当务之急，是完成皇位交替，将魏的政权平稳过渡给新生的晋王朝，平吴战争暂时还没有提到议事日程上来，何况孙皓不是还派了使者来向他示好嘛？主要目的既已达到，损失掉两个棋子又何足挂齿！

司马昭决定善待吴使。吴国的这两位使臣，一位叫纪陟，一位叫弘璆。纪陟其实算是孙皓的恩人，原来孙峻当年勒令孙和自裁，派出的使者正是纪陟，纪陟对孙和是持同情态度的，得知消息后，秘密派人先行一步找到孙和，让他赶紧准备好言词辩解申诉。此事后来被孙峻知道了，大怒。纪陟吓得从此闭门不出。等到孙皓当了皇帝，有冤报冤，有仇报仇，把当年整过孙和的人全都处罚了个遍，唯独纪陟因为当年的告密之恩，被孙皓青眼相看。

纪陟也果真不辱使命，出使魏国期间不卑不亢，甚是得体。他们一行一入魏境便询问当地的避讳风俗，表现得非常谨慎，唯恐有失礼之处。途径寿春的时候，魏将王布带他们到演武场参观，借机炫耀了一番骑射功夫，既而问道："东吴的士人也能像这样驰骋疆场吗？"纪陟回答说："这是骑兵战士做的事情，士大夫君子是不做的。"王布大为羞惭。

到了洛阳后，魏国皇帝曹奂接见他们，让陪臣询问道："你们来时，吴王怎么样？"纪陟答道："臣等来时，我国的皇帝陛下正车驾亲临，百臣跟随，膳食无恙。"

司马昭设宴款待他们，群臣毕至，陪臣一一介绍："这是安乐公，这是匈奴单于。"安乐公就是刘禅，亡国之后，被封为安乐公，成了魏国的臣子；匈奴单于这时也归附了魏国。陪臣们隆重介绍这两位，无非是向纪陟炫耀：蜀汉、匈奴的君主都归顺了我们，这说明大魏皇帝才是四海归心的真命天子，识时务者为俊杰，你们也赶紧归顺得了！

纪陟则回答说："蜀国国君亡国衰上，却为皇上所礼遇，得以位同三公，不失荣华富贵，天下之人无不感叹皇上的仁义宽厚；匈奴边远偏僻之国，而为皇帝所包容，亲在座席，这真是恩威远著啊！"既恭维了曹魏的皇帝，又没有损伤到自己国家的尊严。

陪臣们见没有难倒纪陟，很不甘心，又抛出了一个更尖锐的问题："吴国的边防守备怎样？"纪陟回答说："从西陵到江都，布防五千七百里。"陪臣们穷追不舍，不怀好意地问道："防线拉得这么长，恐怕难以坚守吧！"这是涉及国家体面的问题，不容含糊，只听纪陟朗声答道："边防虽长，但要害之地不过几处，犹如人虽有八尺之躯，但防风护寒的地方也只有几处而已。"纪陟的回答有礼有力有度，分寸拿捏恰当。司马昭大为赞赏，对他更加礼遇敬重。

接下来就应该磋商双方和谈的具体事项了，比如孙皓采取什么方式归顺，是委质称臣，作为曹魏的附属藩国，还是纳土归降，将辖内的人口和城池都直接并入曹魏？还有孙皓归顺以后，曹魏开出什么条件呢？毕竟不给条件，谁投降啊！这些都得慢慢谈，一寸一寸地去争取。有道是：坐地起价，就地还钱。外交场上折樽冲俎的剧烈程度，一点不比沙场上的短兵相接逊色。

然而谁也没有想到，谈判还未正式开始，司马昭竟突然去世了。司马昭是中风猝死的，享年五十四岁，按说年龄也不算太大，他刚在前一年被魏元帝曹奂拜为相国、封晋王、加九锡，离皇位只有一步之遥，并且正在紧锣密鼓地策划禅让之事，却偏偏就倒在了这最后一公里上。事情有时候还真就这么凑巧，看来连老天爷都不想让他做皇帝。

司马昭这么一死，大臣们张罗着办理后事。继任者司马炎还很年轻，资历和经验都很浅，亟须巩固自己的地位。大家都忙成了一锅粥，谁也没空来关心这两位吴国使臣。南北和谈这件大事，才刚有了一点苗头便戛然而止了。纪陟、弘璆一看，主人家正在办丧事，没工夫招呼我们，这里也没我们什么事情了，干脆告辞回家去吧！

就在他们返程的时候，也就是甘露元年（265）的十二月，司马炎终于接受曹魏末代皇帝曹奂的禅让，登基称帝。曹魏王朝由曹操起兵草创，曹丕正式建国，传曹叡、曹芳、曹髦、曹奂一共五代皇帝，历时四十六年，至此画上了句号。晋王朝如初升的红日一般，绽放出耀眼的光辉，三国的时代行将结束。

簇新的王朝业已建立，旧时代的残余还在苟延残喘，吴国，作为三足鼎立时代仅存的硕果，该有多么孤独，多么无助。老盟友蜀汉已经灭亡，老对头曹魏也被取代。正是："盛衰等朝暮，世道若浮萍。荣华实难守，池台终自平。"世事变幻无常，胜败展眼成空，直仿佛一切皆为虚幻，一切皆为泡影。可是，路，却还是要继续走下去！

意义非凡的十二月终于结束，转过年来的正月，孙皓再次派遣使者北上洛阳吊唁司马昭。司马昭这时候的身份已经变了，晋武帝司马炎即位以后，立马就追封他为晋文帝，生前未能登顶，死后终于如愿。这次出使晋国的两位吴使，一位是大鸿胪张俨，一位是五官中郎将丁忠，其中这个张俨很不幸，在完成使命后回国的路上得病死了，就剩丁忠一个人回来复命。他给孙皓带回了一个绝密情报。

原来这丁忠是个有心人，在出使的路上一直细心观察，发现晋国在边境线上的守备十分松弛。那时候司马昭刚死，又加上改朝换代，人心浮动，因此而造成边防松懈是极有可能的。丁忠建议孙皓派兵奇袭弋阳，定能一举拿下。

孙皓对这个建议很感兴趣，他是一个对功业极其渴望的人，不甘心向司马家称臣纳贡，于是把这个议题拿到朝堂上讨论。没想到镇西大将军陆凯坚决反对，他说："军队是不得已的时候才使用的，自魏、蜀、吴三国鼎立以来，彼此之间不断侵略征伐，没有一天安宁的日子。如今强敌刚刚吞灭蜀汉，实力大增，我们根本就不是他的对手。难得他们派使者主动求和，我们答应还来不及，怎么还想着去偷袭他们呢？一旦激怒了晋国，派来大军征讨，我们吃得消吗？"

陆凯是陆逊的族子，颇有贤名，后来官至丞相。孙皓对他的意见向来是很看重的。他算是吴国的鸽派，政治主张一向都是保守稳健型的，从来没有奢望能统一天下，只求保住自己这一亩三分地，让国中百姓过几年太平日子。这种思想显然与志在建功立业的孙皓不对付。只见孙皓沉默不语，面无表情地点了点头，这点头并非赞同之意，只代表他正在思考。

这时车骑将军刘纂发言反驳陆凯的观点。刘纂这个人也很不一般，他是孙权的女婿，娶过两任公主。他年轻时候娶的是孙权次女，但这位公主很年轻就死了，在历史上也没留下名字。他娶的第二任公主就很有名了，那就是小虎公主孙鲁育。孙鲁育的第一任丈夫是朱据，朱据因为在"南鲁党争"中支持太子而被孙权冤杀。他死了以后，孙鲁育就改嫁刘纂了。两个人都是二婚，算是重组家庭。孙鲁育和前夫朱据生的女儿，史书上称为朱夫人，嫁给了吴景帝孙休。所以刘纂又是朱夫人的继父，估计这时年龄已经挺大的了。

这位老爷子虽然年纪一大把了，但是真不怕事，是一个绝对的鹰派。他对孙皓说道："上天生就金、木、水、火、土五行，金属就是拿来做兵器的，谁能够消除掉它呢？两国之间称霸争雄、尔虞我诈，自古就是如此。现在对手有了疏漏，我们为什么要放弃掉这个机会呢？陛下应该派出间谍密探，察看他们的情报，相机而行！"

两家的话都有道理，关键看孙皓怎么选择。他可以认怂，从此乖乖做司马家的小弟，每天摇尾乞怜，换取生存的权力；也可以放手一搏，和敌人拼个你死我活。这两种做法一个保守，一个进取，都没错，看你追求的是什么？但孙皓却做了一个最坏的决定。孙皓内心是赞同刘纂的，觉得机不可失，时不再来，应该和晋国干一仗，但同时他又考虑到晋国刚灭了蜀汉，实力大增，而自己这边则失了一个盟友，孤掌难鸣。两派的意见，在他脑中打架，谁也战胜不了谁，最后拿出了一套折中的方案：不偷袭晋国，但也不再与晋国议和，主动断绝了来往。

如果是司马昭还在世，他经验丰富，卓有功勋，年纪也挺大了，算是孙皓的长辈，与他和谈，孙皓觉得勉强还能够接受；而司马炎比孙皓大不了几岁，也没见得有多大的能耐，孙皓对他并不十分佩服。前文我们说过，孙皓是一个心高气傲之人，要他向司马炎卑躬屈膝，俯首称臣，他不愿意！于是乎，唯一的一次和谈机会，就这样错过了。

好在司马炎刚刚建立晋朝，国内的矛盾也很多，一时半会也腾不出手来收拾孙皓，两家彼此相好无事了好些年。

（三）宁饮建业水，不食武昌鱼

外患暂时缓和了，孙皓的内院却出问题了。就在南北和谈差不多同时，孙皓把吴国的首都从建业迁到了武昌。主要是考虑到军事问题，因为武昌位处长江上游，战略价值十分重要，孙皓把首都迁到这里，颇有一点"天子守国门"的意义。迁都不能只是皇帝一家搬过去，还必须迁徙一大批百姓去充实，这样才能体现新都的人气旺盛、繁花似锦。然而人民群众不乐意，他们坚决抵制这次大搬迁，并做了一首民谣讽刺："宁饮建业水，不食武昌鱼；宁还建业死，不止武昌居。"老百姓当然不是骨头贱，宁肯喝水而不愿吃鱼，而是安土重迁，不愿意抛家舍业，到一个陌生的地方从头开始。那时不像现在这样交通便利，从南京到武汉坐高铁只需要几个小时，可以轻轻松松地"才饮建业水，又食武昌鱼"，其乐融融，好不快活。

尽管民意强烈反对，但是孙皓可不管这些，他做事向来风风火火，雷厉风行，很快就把首都迁到了武昌。关于孙皓迁都的原因，史书上还有一种说法，说他是听了一个江湖术士的话，认为荆州之地有王气，而这王气将来会压制扬州，建业城就在扬州境内，不适合建都，于是才迁到武昌去。史书又记载说孙皓到了武昌后，征集大量农工四处挖掘荆州地界上那些大臣和世家大族的坟冢，认为这样就可以破坏荆州的王气，保他的江山万年永固。

关于孙皓听信术士之言而迁都的说法，现在看起来很荒诞，有人认为这是后世修史的人故意污蔑孙皓，或者当时的百姓反对迁都，所以编了这么一个段子，恶心恶心孙皓。这些都是很有可能的，因为孙皓确实是一个非常迷信的人，平时就喜欢和这些江湖术士、半仙高人们泡在一起，神神叨叨的。这事听着就像是他做的。就算这是虚构的故事，那也编得合乎情理，大家都愿意相信。

正当孙皓在荆州挖人祖坟挖得不亦乐乎的时候，大后方起火了。永安地区有一伙山贼盘踞，人数数千，为首的头领叫作施但。本来他们也就是啸聚山林，靠打劫为生，没有闹出太大动静。但是现在孙皓离开建业，扬州这一带顿时空虚了。山贼们的胆子也肥了起来，杀下山占领了永安县城。不巧孙皓同父异母的庶弟孙谦就居住在这永安城，他是永安侯，这里是他的封地。这伙山贼很有些政治头脑，知道如果一直只是这样烧杀抢劫，是玩不出什么名堂来的，早晚会被官军歼灭；必须要有自己的旗帜路线，有自己的政治主张，这样才能收拢人心，成就一番大事业，岂止不死，还能博取到荣华富贵呢！于是他们劫持了孙谦，对外宣传要废黜昏君孙皓，拥立孙谦上台，接着又把孙和陵寝上的乐器仪仗取了来给孙谦使用，搞得像模像样煞有其事。从这一天开始，他们不再是一群山贼了，而是吴国的反对派武装，是革命军。

施但他们提出废黜孙皓的口号，很得当地老百姓的支持，他们早就因为异地拆迁，对孙皓怨声载道了。现在听说孙谦带了一支部队要推翻孙皓，并且许诺革命成功后，立马废止拆迁令，都非常支持，扔下锄头就跑去从军了。等叛军杀到建业城下时，队伍已经发展到了万余人。

这个动静闹得够大了，没想到孙皓听了却挺高兴。他想起了术士的话：荆州的王气将攻破建业。我现在不就在荆州吗？建业地区的人在闹叛乱，我从荆州派兵去镇压了他们，不就正好应验了术士的话嘛！原来冥冥之中，自有天意。于是一面派大军杀往建业，并让他们一路对沿途的地方官和老百姓宣称天子派荆州兵来破扬州贼了，一面又命留守大臣丁固、诸葛靓等人迎击叛军。施但的人马毕竟是一些乌合之众，经不起正规军的冲阵，很快被击溃，施但在逃亡途中被杀，孙谦被官军俘虏，后自杀。

折腾了这么一下后，孙皓也觉得民意不可违，再执意要迁都只怕还会酿出什么大祸来，再加上术士的话也已经应验，他觉得不会再有什么王气来压制建业了，于是就在这年的十二月还都建业。绕了一个大圈子，搭上弟弟和数千人的性命，最后回到了原点。

（四）攻略交州

由于种种原因，晋吴两国主战场暂时没有爆发战争的可能，使得孙皓能够腾出手来，对付国内的危机。施但这伙蟊贼算不上什么威胁，真正让孙皓头疼的是交州。

我们在孙休那个系列里讲过，在孙休的统治后期，交阯郡的郡吏吕兴煽动城中百姓杀死了太守孙谞，又招诱当地的夷人，公然竖起反旗。孙休当时并未立即派兵去平叛，因为就在吕兴起事的时候，曹魏调集了十八万大军去讨伐蜀汉。孙休先是把兵力都派出去援救蜀汉，后来见蜀汉被灭了，又想浑水摸鱼，和罗宪在永安城死磕了大半年，根本顾不上地处偏远的交阯郡。不久后孙休就去世了，新皇帝即位要处理的大事也比较多，没工夫过问交阯的情况。

交州地区的老百姓本来就对老孙家的统治不满意，现在看见有个挑头的站了出来，而且你们孙家还不能把他怎么样，干脆我们也反了。于是九真、日南两个郡的老百姓也揭竿而起，组成了反政府武装，并派人与吕兴联络，三家互为声势。吕兴一看，革命的队伍壮大了，自己不是一个人在战斗，很受鼓舞，抖擞精神，又带兵去攻打合浦郡，把个交州都搅成了一锅粥。

当然吕兴也没有被胜利冲昏头脑，还懂得居安思危的道理，知道自己这点实力根本不是吴国的对手，一旦这头沉睡的狮子醒了，一巴掌呼过来就能敲碎自己的脑袋。所以他一边在交州攻城掠地，一边派出使者前往南中，向魏国的南中都督霍弋递上降表，请求魏国派兵援助，并任命他为督交阯诸军事、上大将军、安定侯，以便于安定交阯的局势。

霍弋是蜀汉名将霍峻之子，曾被刘禅任命为建宁太守、安南将军，管辖南中诸郡，镇守蜀汉的大后方，责任非常重要。魏军南下伐蜀时，霍弋曾想率领南中守军增援成都。但刘禅自认为准备充分，没让他来，结果玩脱了手，把国家给玩完了。刘禅投降后，霍弋穿着丧服，痛哭流涕，为故国告祭三日，直到得知司马昭善待刘禅的消息后，才率领南中六郡投降。司马昭对他的忠义之举大为赞赏，让他继续担任南中都督。

霍弋接到吕兴的降表，立即上表朝廷奏明此事。司马昭看完奏疏，非常高兴，不费吹灰之力白得了吴国这么多地盘和人众，说明我们司马家人心所向啊！马上以曹魏皇帝曹奂的名义下了道圣旨，封吕兴为都督交州诸军事、南中大将军，安定侯，并允许他"便宜从事，先从后上"。同时任命霍弋遥领交州刺史，全权处理交州事宜，允许他自行任命交州地区的大小官员。霍弋于是奏请任命爨谷为交阯太守，派牙门将董元、毛炅、孟干等人率军去增援吕兴。

吕兴不过一个刀笔小吏，凭借煽动百姓造反做了叛军头领，接着又投降曹魏得了高官厚禄，平步青云，实现了人生的大跨越。可惜造化弄人，圣旨还没送到，他就被手下功曹李统杀死，没命去享受这荣华富贵。

爨谷等人率领的大军很快抵达龙编，正式接管了交阯等地。就在这一年的十二月，司马炎代魏，建立晋朝。霍弋、爨谷先是从蜀汉的臣子变为曹魏的臣子，现在又从曹魏的臣子变为晋的臣子，成了货真价实的"三朝元老"。不久后爨谷就去世了，霍弋上表请求以马融为交阯太守。结果这个马融干了没多久也病死了，估计是因为交州这个地方条件比较艰苦，地处偏远、瘴气弥漫，外来人口，容易水土不服，一不小心就牺牲在了工作岗位上。

但是事业还得继续干下去，不能中断，于是霍弋又任命杨稷继任太守，杨稷身体素质可能比较好，不但没有因公殉职，反而在艰苦的工作环境中干出了成绩。经过两年多的力战经营，晋军完全占据了交阯、九真两郡，日南郡也是唾手可得，整个交州都人心摇动，形势一片大好。

司马炎接到报告以后大喜过望，他觉得杨稷他们以一旅偏师，能够在交州打出这么一片天地，难能可贵，要大力嘉奖。于是加封杨稷为绥远将军，董元、毛炅等牙门将为杂号将军，全部封了侯爵。要知道杨稷、毛炅这些人原来都是蜀汉的臣子，归顺晋朝以后就成了二等公民，在官场上是受歧视的，永远低人一等，有了政绩，没人知道；出了差错，肯定背锅，出人头地的机会少之又少。现在封个侯爵很不容易，那是靠在修罗场上为司马家族卖命换来的。

终于到了吴国的宝鼎三年（268年），孙皓决定要征讨交州了。他命令交州刺史刘俊、前部督修则率军讨伐交阯。吴军新至，军锋甚锐，连续多次向交阯发起猛攻，但都被城中守军击退。吴军攻城接连受挫，士气慢慢就消沉下来。杨稷抓住战机，派毛炅、董元等人领兵出城反攻，两军在古城打了一仗，毛炅一马当先，突入敌围，阵斩了吴军大将修则，晋军大获全胜。吴军主将刘俊也在乱军之中被杀，其余残部退保合浦。杨稷于是奏请任命董元为九真太守，毛炅为郁林太守，乘胜向交州各郡发起全面进攻。

孙皓也是一个要面子的人，不打则已，既然打了就要奉陪到底。再次调遣两路大军南征交阯，一路由监军虞汜、威南将军薛珝、苍梧太守陶璜率领从荆州出发，走陆路；一路由监军李勖、督军徐存率领从建安出发，走海路，约定在合浦会师，共同进攻交阯。

然而计划永远赶不上变化，在执行的过程中总会遇到这样或那样的小变故。李勖的水师没有找到正确航线，在建安海路上行进困难，有几次都差点迷了路，无法按期抵达目的地。李勖很生气，后果很严重。他把带路的向导冯斐一刀杀了，率军原路返回。他觉得自己很牛，把向导的命不当命，想杀就杀了。他就没有想到他能杀向导，别人也能杀他。李勖回到建业后，有个叫何定的大臣给孙皓进谗言，说李勖枉杀向导，擅自引军退还，犯了死罪，该杀！结果孙皓把李勖、徐存两人的全家都杀光了。

　　幸好虞汜、陶璜等人率领的陆军及时抵达了战场，并且表现优异、连战连捷。杨稷、毛炅他们从南中带来的兵力本来就不多，现在吴国集中了优势兵力来打他们，根本抵挡不了，只能收拾败兵退回交阯，固城自守。陶璜乘胜包围交阯，彻底截断了城中供给。困守交阯的部队不是晋国的嫡系，而是蜀汉当年派在南中的驻军，后来才归降晋国。晋国从来就没有把他们当作是自己人，现在要千里迢迢从中原派兵去交州救援也不太现实，远水救不了近火，干脆就让他们在那里自生自灭得了。本来他们还有个老上司霍弋在南中坐镇，时常罩着他们，可是霍弋这时候也死了，他们成了没人看管的孤儿。

　　这些孤军们在交阯城中坚守了几个月，苦苦盼望援军到来，终于弹尽粮绝，到了山穷水尽的地步。面对死亡，不是人人都有勇气做英雄，将军王约就贪生怕死，做了叛徒，他秘密派人出城向陶璜请降。双方约定里应外合，王约打开城门放吴军入城，陶璜则保证王约的生命财产安全。

　　交阯城终于陷落，杨稷、毛炅做了阶下囚，但他们不愧是响当当的英雄，至死都没有向敌人屈服。杨稷在押往建业的途中呕血身亡，毛炅的死则更加壮烈。吴军主将陶璜本来敬重毛炅是一员猛将，想要赦免他。但是修则的儿子修允坚决反对，他的老爹就是被毛炅所杀，恨不得将毛炅碎尸万段。但陶璜爱才心切，还试着想劝说毛炅投降。

　　没想到毛炅不但誓死不从，还破口大骂，终于是把陶璜给激怒了，下令把毛炅绑了起来，骂道："晋贼！"毛炅回敬他说："吴狗，你们知道什么是贼吗？"吴兵残忍地剖开了毛炅的肚子，修允拿着短刀在他腹中乱割，一边割一边骂："你还要做贼吗？还要做贼吗？"毛炅忍受着剧痛，仍然大骂不止："老子本想砍下孙皓的脑袋，你爹是一条什么死狗，杀他简直脏了老子的刀。"毛炅最后被吴人斩首。

　　不久，九真、日南两郡也相继被攻破。吴军收复交州全境，取得了一场对晋战争的重大胜利。

（五）一场春游引发的血案

当年蜀国还没有灭亡的时候，吴国曾派了一个叫刁玄的使者出使。刁玄到了蜀国后，除了完成外交工作外，还带有一项特殊使命——暗地寻访一件东西。这到底是一件什么东西呢？搞得神神秘秘。原来当年水镜先生司马徽曾经写过一篇预言天下气运的文章，今人看这种政治预言觉得没什么大不了，撇开那些神秘莫测的玄学包装，其本质不过是对时局的分析预测罢了。但当时的人却很看重，仿佛天下不是力战经营得来的，只要在那么一张白纸上写了是你的，就会是你的。

刁玄花了很大的力气，终于得到了这篇文章。拿回书房认真参详了一遍，傻眼了。文章里一个字也没提到吴国，也就是说将来天下一统，没吴国什么事。刁玄犯难了，这回去怎么复命啊？如果说这次出使没有找到这东西，那是失职，回去要受处分的；如果说找到了，把这东西送给皇帝一看，肯定龙颜大怒，自己说不定会死得更惨！横竖都是一死，这个选择题该怎么做。

刁玄苦苦思索了半天，愁得头发都掉了，万幸最后急中生智，想出了一个妙招。这篇文章目前只有我看了，别人谁也不知道它的内容，那不是我说什么就是什么。于是刁玄把自己泡在书房里，孜孜不倦地搞起了"学术造假"，把文章中不利于吴国的内容都删了，又在文章的末尾增添了一句话："黄旗紫盖见于东南，终有天下者，荆、扬之君乎！"意思是：将来一统天下的真命天子，出自东南方向。

吴国皇帝看得这篇文章后，特别高兴，重重赏赐了刁玄。由于史料记载的不详细，也不知道当时的皇帝是孙权、孙亮还是孙休。不过他们都没等到一统天下的那天，就过早地离开了吴国人民。这一光荣而又艰巨的任务，就落到了孙皓的肩上。孙皓也当仁不让，一直深信自己就是那个横扫六合的男人。恰好他在位时接纳了一批中原地区的降人。这些降人为了在吴国混到好点的待遇，挖空心思想尽办法讨孙皓的欢心。他们早就听说孙皓迷信，喜欢祥瑞谶语这类玩意，就编造了一个故事，说最近寿春城下，孩童们都在传唱一首歌谣，里面有一句歌词"吴天子当上"。

孙皓听后果然很高兴，前有刁玄带来的运命文，后有寿春城下的童谣，遥相呼应，互为佐证，这就是天命所归啊！狂喜之下，孙皓做了一个十分荒唐的决定，他率领大队人马，带着母亲何夫人、后宫妃嫔和太监宫女数千人，从牛渚陆道西行，说是要"青盖入洛阳"，顺应天命。

当然他没有真的跑去洛阳送人头，只是象征性地向西走一遭，完成一个典礼仪式，起到凝聚人心的作用。事实上，孙皓一行走到华里就停了下来。但即使这样，大臣们也极力反对，因为华里地处晋吴两国交界，非常危险。孙皓不管这些，看都不看，直接就把朝臣们劝谏的表章扔垃圾桶里了。不久，行军路上遭遇大雪，道路毁坏，许多马车都陷在泥淖里无法行走，士兵们身披沉重的铠甲，手里又持着长枪，在狂风暴雪中行进，苦不堪言，还要像纤夫一样拉着马车走。车辆沉重，路又泥泞坎坷，一辆马车需要动用百余名士兵来牵引。战士们又冷又累，被折磨得只剩了半条命。军营里怨声载道，士兵们都发牢骚："这么冷的天出门，根本没有把我们当人。如果遇到敌人来袭，我们直接倒戈投降，谁替他卖命？"

消息渐渐传到孙皓耳中，他可以不理会大臣的劝谏，却不敢得罪士兵。一旦士兵到了忍耐的极限，闹起了哗变，或者向敌人倒戈投降，自己的这条命就算是交代了。终于下令宣布华里之行顺利结束，大军即刻班师回朝。可见，对于孙皓这种人，讲道理是没有用的，必须来硬的。

谁也没有想到这场近乎儿戏的华里之行，竟会引发一场政治大地震，导致了三位重臣的死亡。这三个人分别是右丞相万彧、右大司马丁奉和左将军留平。

万彧是孙皓的老朋友，两人交情很深。孙休驾崩时，是万彧向顾命大臣濮阳兴、张布大力举荐孙皓。等到孙皓做了皇帝后，又是万彧出头检举揭发濮阳兴、张布谋反，铲除了二人。可以说万彧是孙皓的头号功臣，也是头号重臣。孙皓也投桃报李，在宝鼎元年（266 年）让他做了右丞相。

留平是留赞的儿子，留赞我们前文讲到过，曾经用刀割开曲张的脚筋，治愈了足疾，得以重返战场，最后以七十三岁的高龄，战死沙场。留平继承了父亲的刚猛，担任吴国大将，后因军功晋升为左将军。

丁奉是大家的老熟人了，前面我们多次讲到。其实他不仅在战场上英勇善战，对政治似乎也有浓厚的兴趣，吴国后期的几大政治事件都能看到他的身影。孙亮当年不是借为朱公主报仇之名，要铲除孙綝的党羽朱熊、朱损吗？孙綝坚决反对，但孙亮还是把这两个人给杀了，执行者就是丁奉。后来孙綝废掉孙亮，其中有一大罪状就是枉杀朱熊、朱损。但是不知道为什么孙亮都被废掉了，丁奉却没有因此受到处罚。我估计是因为丁奉在军界的声望和实力无人能比，孙綝轻易不敢动他。

后来在朝堂上除去孙綝一党，更是丁奉的代表作，说明这名老将不光打仗厉害，玩宫廷政变也是一把好手。孙休死了，皇位空缺，濮阳兴、张布听了万彧的说辞想立孙皓做皇帝，也把丁奉拉进来共同商议。要等丁奉拍板同意，才敢付诸实施。丁奉靠玩政治一路高升，做到了右大司马，但是最后死也死在了政治上。可见军人还是应该纯粹一点，安心干好本职工作，军人插手政治，鲜有好下场。

但是这事也不能完全怪丁奉，他年轻时倒是认认真真一心一意地打仗，但是因为家庭背景不硬，自身又没有文化，升迁非常缓慢。到老好不容易打了场东兴之战，在大雪之中脱下盔甲光着身子，拿短兵器和敌人肉搏，真是拼了性命，最后总算大获全胜，扬名天下。结果论功行赏的时候，主要功绩都归了诸葛恪。自己只不过提了一个灭寇将军，都算不上是高级将领。

反而是后来因为帮助孙休除掉孙綝，被封为大将军，总算进入了权力高层。想想这都是什么事，在战场上杀了那么多敌人，才封一个灭寇将军；现在搞死了自己人，却做了大将军。在外奋不顾身，保国杀敌，到头来还比不过内斗的功劳大。说来说去，还得怪吴国的用人机制不行，像丁奉这么优秀的军事指挥官，不能够凭借过硬的业务能力和显赫的军功战绩，被提拔到高级军事领导的岗位上，逼着人家只能通过政治投机来博取上位。这是人才的悲剧，更是国家的悲剧！

孙皓即位后，丁奉又凭借拥立之功做了右大司马左军师，位极人臣。然而孙皓并不信任他，甚至忌惮他。如果丁奉只是一个单纯的军人，那么孙皓需要他的军事才能，肯定会倚重他。但是他过多的参与了政治，参加过政变，拥立过皇帝，这种人是可怕的，对皇帝来说是一个潜在的威胁。以孙皓的猜忌多疑和刻薄寡恩，不难想象丁奉处境之凶险。

建衡元年（269），丁奉率领大军驻扎徐塘，进攻晋国的穀阳城，穀阳百姓事先知道了消息，提前携带财物撤出城去。等丁奉来到城中，发现里面空空如也，啥便宜也没捞到，白走一遭。这种事情其实也很平常，又没有损失部队，算是无功无过。但是孙皓却借题发挥、大发雷霆，把丁奉的向导斩了。其实是杀鸡给猴看，砍得是向导的头，打得是丁奉的脸。遭遇了这次打击后，丁奉从此心灰意冷郁郁寡欢。

万彧和留平的处境大概和丁奉差不多，都属于失意者，对孙皓都带有一些情绪。现在孙皓脑子抽筋，带着大队人马，跑到晋吴边境之地，处境非常危险，很有可能就会被包饺子，成为晋军的阶下之囚。万彧作为右丞相需要伴驾随行，但他多留了一个心眼，私下找到留守的丁奉、留平商议："如果这次华里之行遇到不测，我本着社稷为重的初衷，不得不找机会先逃回建业"。也就是说孙皓此行，凶多吉少，一旦发生了什么不测，万彧会撇下主君，先逃回建业。要丁奉、留平二人做好准备，到时候另立新君，处理善后事宜。

不过孙皓却很幸运，在祸患降临前，先一步撤了回来，算是有惊无险。万彧的计划也就作废了，但是世上没有不透风的墙，他们密谋的事情终于还是泄露了出去，传到了孙皓的耳朵里。孙皓知道后当然很不高兴，只是顾念万彧等人是朝中老臣兼实力派，不敢轻易动手。况且治罪的理由也不充分，总不能说人家未雨绸缪，为国家未来做打算是罪吧！因此选择了隐忍不发。

万彧、丁奉、留平等人也是担惊受怕，唯恐孙皓秋后算账。精神长期这么紧绷，身体健康肯定受影响，特别是丁奉，已经是高龄老人了，年老体衰，没过多久就病死了，总算逃过了孙皓的打击报复。剩下万彧、留平就没这么幸运了，孙皓不是宽宏大量的人，从来没有放弃惩罚他们的想法，终于在华里之行的第二年，也就是凤凰元年（272 年）痛下杀手。由于万、留二人都是朝廷重臣，有功无过，治他们的罪在法律和情理上都站不住脚，孙皓选择了下毒暗杀。

他组织了一场宴会，邀请万彧、留平参加，席间为二人安排了鸩酒。结果这个传酒人可能是万彧安插的内线，偷偷减轻了毒的分量，只把万彧毒了个半死。留平虽然没有万彧幸运，没人帮他减轻毒药的剂量，但好在他够机警，察觉到孙皓下毒，预先服下解药，也逃过了一劫。

但是俗话说得好："逃得了和尚逃不了庙"。万彧知道自己上了孙皓的黑名单，绝无胜算，选择以自杀的方式来结束生命。留平也忧愤不已，过了一个多月就病死了。把政敌都弄死了，孙皓还觉得不满意，又下令把丁奉的家人都迁徙到了临川，万彧、留平的家人迁徙到了庐陵，把他们的家族势力连根拔起。

（六）苦口良药

江东陆家真是出人才的地方，陆逊就不用说了，实在太有名了，他的事迹大家都清楚。陆逊死了以后，陆氏家族依然源源不断为吴国输送栋梁之材，特别是陆凯和陆抗两兄弟，一文一武，将相之才。他们活跃在三国的尾声，用自己的才智和忠诚撑起了这个风雨如晦、大厦将倾的国家。

我们先说陆凯。陆凯是陆逊的族子，凭借世家子弟的身份轻松进入仕途，先是担任永兴、诸暨两地的县长，因为有政绩，被拜为建武都尉，统领部队，由文职转为军职。那时候战争不断，国家重点培养的干部都要有在军队工作的经历，允文允武，出将入相，这样才能担当大任。孙亮、孙休时期，陆凯的职位虽然也在一直往上升，但是比较缓慢，一直没能进入权力的最高层。

这是因为陆凯的能力不足吗？当然不是。孙亮时期有孙峻、孙綝两位强势官员，占着位置乱作为；孙休时期有濮阳兴、张布两位"懒政"官员，赖着位置不作为，还嫉贤妒能，不让想作为、善作为的干部上来。这么一来，十几年的宝贵时光就这么被耽误了，当年意气风发的江东才俊，如今已被岁月打磨成了一个五六十岁的小老头，再混个几年就可以光荣退休了。

幸好苍天有眼，没有让陆凯这颗明珠被埋没。孙皓当上皇帝后没过多久，就把濮阳兴、张布这两"混日子"的大臣给咔嚓了。从此堵住人才上升的壁垒被打破了，许多怀才不遇的俊杰得以重见天日。陆凯就是这些人中的典型代表，孙皓提拔他做了镇西大将军，都督巴丘，领荆州牧，进封嘉兴侯。宝鼎元年（266）的时候，又命他为左丞相。陆凯终于进入了权力核心。

所以说，孙皓还是有一定水平的。前面我们讲了他的很多缺点，讲他做了一些荒唐的事情。但他的优点也是很明显的，那就是有识别人才的慧眼，有爱惜人才的胸怀，更难能可贵的是，他有不拘一格提拔人才的魄力。像濮阳兴、张布这种没能力的废物，他能果断地杀掉，像陆凯这样有治国安邦之才的俊秀，他敢破格提拔。想当年，孙休因为顾念与濮、张二人的旧情，选择了因循苟且，造成吴国用人机制的僵硬和死气沉沉。虽然他鼓励教育、支持农业，好像搞了很多善政，可是却把最根本的人才工作给搞砸了，又怎么能指望治理好国家？

从这一点看，孙皓倒是比孙休要强得多。万彧说他是孙策那一类的人，这话有一定道理，在我看来他敏锐的眼光、非凡的魄力甚至嗜杀的性格，都像极了孙策。

如果没有遇上孙皓，陆凯也许一辈子都将沉沦下僚，平凡度过一生。孙皓的赏识和提携，让他一跃成为吴国丞相，朝廷栋梁。作为一名自幼饱读圣贤之书，梦想治国平天下的士人，现在能够位居庙堂之高，通过自己的意志影响国家运势，这是怎样的一种幸运和荣誉。陆凯心中满怀对君王的感激，希望能够通过自己的努力，挽救这个危难的国家，以报答那旷世的知遇之恩。

然而，当时的吴国已经是末世之相，为了防备晋国入侵，不得不倾尽全国之力大搞军备竞赛，把家底都快掏空了。国家财政捉襟见肘，国库存粮消耗殆尽，国中百姓穷困疲乏。加上孙皓身上也是问题多多，诸如铺张浪费、残忍好杀之类的毛病好像还挺严重，怎么看这个国家都没得救了。在短暂的兴奋了一段时间之后，随着对帝国政务的逐渐熟悉，陆凯很快意识到根本不可能实现自己的梦想。

他所能做的除了兢兢业业干好本职工作之外，也就只能不断苦口婆心地劝谏孙皓了。国事已然如此，陛下您就少折腾两下吧！一统大卜是不可能的，咱们尽量保住自己，别把祖宗千辛万苦打下的江山给败了；就算咱这国家非灭亡不可，好歹咱们努努力，给他延几年寿；如果连这也办不到的话，那咱尽量让老百姓少遭点罪好不好。总之，陛下，您必须得消停了！

孙皓有一个怪脾气，不喜欢别人看自己，朝臣们陪侍进见，都深埋着头，不敢用眼睛正对着他。陆凯就劝谏孙皓说："君臣没有互相不认识的道理，万一发生了点什么意外，您因为某种原因撤离皇宫了（逃亡的委婉说法），臣子们不认得你长什么样子，都没办法去投奔您。"孙皓这才允许陆凯能够看他。陆凯同志非常光荣地成为在吴国为数不多的亲睹过"龙颜"的人。

孙皓将国都迁往武昌，陆凯也上疏劝谏，说武昌险峻而又贫瘠，压根就不是建都安国养民的好地方，扬州百姓被这事搞得痛苦不堪。顺带还借此机会，对孙皓为政的诸多失误进行了小结，批评他透支国力，不恤百姓；枉杀忠良，任用奸邪；广开后宫，奢侈浪费。

孙皓身边有一个宠臣名叫何定，为人奸佞狡诈，善于逢迎。孙皓喜欢打猎，而打猎需要好的猎犬辅助。何定为了逢迎孙皓，要求诸将进献好犬。诸将们要讨好皇帝身边的红人，又层层加码、精益求精，为了获得优良品种，不惜派人花重金到千里以外去采购，一只猎犬的价位竟至于数千匹布。猎犬进贡上来后，又专门为它们安排了护卫兵，一名士兵负责管护一只犬。护卫兵每天不仅要保护狗身安全，还要亲自去逮兔子来喂养。但是首都大城市，哪来那么多兔子，护卫兵每天虽然忙得人仰马翻，但是逮到的兔子却很少。大家都恨何定恨得牙痒痒，只有孙皓觉得他忠慎勤勉，封了他一个列侯。看来还是会讨好领导的人爬得快，自古如此。

甘愿在领导面前伏低做小的人，都是为了能够在群众头上作威作福，何定也不例外。得罪了他的人，一定会被整得很惨。有一次何定为儿子挑媳妇，看中了少府李勖的女儿，于是就去为儿子求婚，结果被李勖拒绝了。何定觉得很没有面子，心想：好你个李勖，敬酒不吃吃罚酒，看我怎么安排你。于是找了个机会，在孙皓面前给李勖上眼药。孙皓也是个暴脾气，一点就着，竟没给李勖家留一个活口，满门抄斩，焚毁尸身，下场十分惨烈。

何定心狠手辣，背后又有孙皓撑腰，几乎无人敢惹。然而陆凯不怕他，曾经当面教这个家伙做人，警告他说："从古至今，有哪个事主不忠、扰乱国政的人得过好下场？你每天专干这些奸佞邪恶、混淆视听的龌龊事，不怕将来遭报应吗？"

何定趾高气扬惯了，突然被陆凯这样指着鼻子教训了一顿，很是狼狈。他是睚眦必报的小人，现在吃了这么大的亏，当然要报复。不断在孙皓跟前讲陆凯的坏话，说陆凯多次冒犯龙颜、目无君上、罪该万死，怂恿孙皓把陆凯做掉。

幸亏孙皓不是一个糊涂人，虽然他也很反感陆凯指责自己的过失，厌恶陆凯冒犯自己的威仪，但是孙皓知道国家需要他的行政能力，也懂得他犯颜直谏是出于对自己的忠诚。孙皓甚至在内心里也承认陆凯的那些批评是正确的，无奈就是改正不了。

所以孙皓不但没有对陆凯治罪，反而敬重有加。建衡元年（269 年），陆凯病重，孙皓还派遣中书令董朝去看望，并询问他有什么后事要交代。陆凯仍然念念不忘，叮嘱孙皓要远离何定这样的奸佞小人，建议孙皓将何定打发到地方上去，不要让他在朝堂上干预国事。

这之后没过几天，陆凯就去世了，享年七十二岁。再过了三年，何定的秽闻罪行终于被揭发出来，服罪处死。孙皓因为他的罪行近似张布，追改何定的名字为何布。我想陆凯临终前的遗言，应该对孙皓是有所触动的，动摇了他对何定的信任，开始逐渐看清楚何定的真面目。

陆凯的努力终究未能改变亡国的命运，但总算是减轻了一些加诸于吴国百姓身上的痛苦。王图霸业终归成空，百姓心中感念的永远是那些真心实意为他们办过些实事、带来些福利的人。

（七）三国最后一个名将

陈寿曾经对孙权做过一个评价，说他"有勾践之奇"。勾践之所以能够打败夫差，主要靠的是两个人：一个叫范蠡，一个叫文种。前者在功成名就后选择了归隐，安然度过余生；后者继续留在君王身边，最后死于非命。勾践赐死文种时，曾对他言道："大夫当年曾教了寡人七条伐吴的战术，寡人只用了其中三条就灭掉了吴国，剩下的四条，就烦请大夫带到地下去辅助先王吧！"

孙权在对待功臣这个问题上，相比勾践确实不遑多让。陆逊，曾经在夷陵大败刘备，后又在对魏战争多次取胜，为吴国立下了汗马功劳，仅仅因为出于一个士人的职责，为无辜的太子说了几句公道话，孙权就对他严加申斥，最后把一代名臣活活气死。整死了陆逊，孙权还觉得不过瘾，又来找他儿子陆抗的麻烦。

陆抗是陆逊和孙策的女儿所生，算起来也是吴国皇室之后。但孙权对待有大恩于己的兄长孙策都是那样刻薄寡情，更不消说孙策的外孙了。陆逊死时，陆抗只有二十岁，刚刚成年。他护送陆逊灵柩东归，并到京城向孙权谢恩。陆逊还活着的时候，"鲁王党"的杨竺曾控告他二十大罪状。现在陆逊死了，孙权就拿这二十条罪状来责问陆抗，他下令把陆抗的宾客随从全部屏退，派出太监审问陆抗，非要把陆逊整到身败名裂不可。陆抗虽然年轻，却没有被这种大阵势吓倒，而是不假思索有条有理地叙述清楚事情的本末，维护了父亲的清白和尊严，平息了一点儿孙权胸中的怒火。

孙权后来终于醒悟过来，找了一个机会向陆抗表示悔意，他握着陆抗的手涕泣道："朕之前听信谣言，与你父亲的君臣大义不笃，有负于你。现在我已经下令把之前责问你的材料全部都焚毁了，再也没有人会看见。"孙权是有眼光的，他看出陆抗是一员不可多得的大将之才，因此不惜承认错误、放低身段，着意笼络。

事实上陆抗也确实是美玉之才，年纪轻轻便已展现出过人之处。比如在赤乌九年（246 年）时，孙权曾经搞过一次军事岗位调整，让立节中郎将陆抗和柴桑守将诸葛恪互换驻地。陆抗临离开时，下令将驻地的城防营围修缮一新，重新整饬了一遍砖墙和房屋，并严禁毁伤住宅周围的桑树果树。等到诸葛恪抵达驻地后，发现营围整齐如新，觉得非常惭愧，因为他的那块营地，有很多地方已经破旧毁损了。两人对待工作的态度，高下立判。

其实在我看来，岂止是工作态度，陆抗的行政能力、军事能力甚至个人品质都要优于诸葛恪。然则何以孙权会舍陆抗而托孤于诸葛恪呢？我认为有以下三个原因：一是陆抗当时年纪较轻，资历不够；二是孙权要抑制江东士族；三是孙权不希望孙策系的人在朝中势力过大。

许多人不理解陆抗，说他爹都是叫孙权给害死的，怎么他还继续替孙家王朝卖命？这其实是站着说话不腰疼，要知道陆抗代表的不是他个人，而是庞大的江东陆氏家族。作为个人，陆抗可以选择隐居田园，不食杀父仇人之粟，但是陆氏家族呢，也放弃到手的既得利益，抛下历代祖先奋斗多年、无数族人付出鲜血换来的权力和地位吗？陆家的人都不做官了，统统回到庄园里做土财主？这不可能！偏偏陆抗又是这个家族最杰出、最优秀的俊杰，他不站出来，陆家还能靠谁来支撑门户呢？小孩子才分对错，成年人只看利弊。对于汉末魏晋时期的士人而言，家族利益高于一切，甚至比国家利益更为重要。就算没有了吴国，陆氏家族还是要继续生存下去的。

陆抗接管了父亲留下的五千士兵，从此一直在军界任职。孙皓即位后，封他为镇军大将军，全权负责长江上游地区的防务。后来的事实证明，孙皓的这个决定是多么英明！

凤凰元年（272），西陵守将步阐反了。步阐出身于江东人族之一的步氏家族。这个家族出了一个女人，叫步练师，是孙权这辈子最爱的女人；这个家族还出了一个男人，叫步骘，是吴国的第四任丞相。陆逊被孙权逼死后，就是他接任了丞相之位。但是步骘这个丞相并没有在庙堂上执掌朝政，只是挂个名而已，本人一直都在西陵驻守边境。在那里一干就是二十年，最后倒在了工作岗位上。

步骘死后，这个岗位递交给了他的儿子步协。步协死后，又传给了他的弟弟步阐。从某种意义上说，守护西陵已经成为步氏家族世代传承的职责，西陵这座城也深深烙上了步氏家族的标识。孙权对步氏家族恩深义重，东吴政权也早已与步氏家族融为一体。然而家族荣耀终于在步阐手中被砸得粉碎。

事情是这样的，孙皓突然召步阐进京，改任为绕帐督，也就是掌管禁军的将领。这一纸任命书让步阐深恐不安。他们家族世代镇守西陵，已经四十多年了，现在突然要把他调走，事非偶然。他家在西陵盘踞多年，早已形成了盘根错节的势力，想来违法乱纪的事情没少干过。而官场上的事情，不上秤没有四两，上了秤一千斤也打不住！

现在步阐就担心孙皓是要拿他上秤。从孙皓以往的表现来看，这是个要么不做，要做就要把事情做绝的人。步阐害怕了，他想都不敢去想：落在了孙皓这个杀人恶魔的手中，会是个怎样的下场。

干脆反了吧！与其被你们孙家对不起，不如我先对不起你们孙家。

步阐带着西陵城做见面礼向晋国归降。为了取信于人，步阐派弟弟步玑、步璿出使洛阳，向晋武帝司马炎请求援军。司马炎欣然接纳了步阐的降表，任命他为都督西陵诸军事、卫将军、仪同三司，加侍中，假节领交州牧，封宜都公；步玑监江陵诸军事、左将军，加散骑常侍，领庐陵太守，改封江陵侯；步璿为给事中、宣威将军，封都乡侯。

司马炎为什么会对步氏兄弟大加封赏？除了招降纳叛、搞统一战线的政治目的外，还有一个重要原因，那就是西陵的战略位置实在太重要了，步氏兄弟送上这么一份大礼，必须要重重地赏！

西陵位于长江上游，地势险要，是吴国抵御晋军进攻的重要屏障。现在晋军不费吹灰之力就得了西陵，接下来就可以轻松入侵腹地了。形势危若累卵，如果不是有陆抗挺身而出，吴国极有可能就提前灭亡了。

西陵其实就是夷陵，五十年前，陆抗的父亲陆逊曾在这里大败刘备。五十年后，陆抗又要在这里完成他的成名之作。看来，西陵这个地方，注定是陆氏家族的福地。

得知步阐降晋的消息后，陆抗当日就部署各军出征，命令将军左奕、吾彦、蔡贡等人径直赶赴西陵，并要求军队从赤溪到故市一带，修筑起一道坚固的营围壁垒，对内用来包围步阐，对外用来抵抗晋国援军。陆抗抓这项工程抓得很严，日夜催迫，那阵势就像敌人已经来到了一样，必须要赶工出来。

将士们被折腾得筋疲力尽劳苦不堪，实在是受不了这么没日没夜地赶工，纷纷劝谏陆抗，说："如今趁三军锐气正盛，迅速攻城，必定能够在晋军赶到前攻拔西陵城。何必要大费周章，使出这么大力气来修筑围墙呢？"将领们这话其实主观的很，他们都没有调查过西陵城的守备情况，凭什么就敢打包票说，能够在晋军赶到前攻克西陵呢？完全是信口开河。

好在陆抗是个明白人，他详细掌握了西陵城的情况，最有发言权，他说："西陵地形稳固，粮食储备又充足，这座城池修缮的防御设施，都是我过去规划的。现在反过来去攻打它，绝不是短时间就可以攻下来的。晋国的援兵一定会在城陷前赶到，到时候我们没有营围壁垒的保护，必将腹背受敌。"

道理已经讲得很清楚了，但是将领们的态度也很坚决，宁愿爬上城墙和敌人痛痛快快厮杀一场，也不愿意没日没夜地填土筑墙。众心不可违，陆抗只能勉强答应让他们攻城试一试。将士们热火朝天地在西陵城下搭云梯、推冲车，铆足了劲攻城。结果人是牺牲了不少，城却纹丝未动。大家这才相信了陆抗的话，这城不是那么容易攻下来的，看米是场持久战，于是听从陆抗的话，开始老老实实修围墙。

晋国那边也没有闲着，派出了多路人马救援西陵，到手的鸭子绝不能飞了。其中晋军名将羊祜率领主力进攻江陵。这是围魏救赵之计，攻击吴军的大本营，逼迫吴军回师救援，西陵之围便不战而解。

江陵是荆州的治所，地位重要。将领们都认为陆抗不应亲率大军去进攻西陵，而应该回师救援江陵。陆抗却说："江陵城池坚固、兵力充足，没有什么值得担忧的。就算让敌军攻陷了江陵，我料他们也守不住，我们的损失很小。而西陵一旦与敌相连，他们就可以趁机煽动周边的南夷暴动，到时候就祸患无穷了。所以我宁愿舍弃江陵，也要力保西陵。

何况江陵防守坚固，没那么容易被敌人攻下。"

陆抗虽然做了舍弃江陵的最坏打算，但是在江陵的防御上还是做了最充分的准备。江陵城原本地势平坦广阔，道路通畅便利，是陆抗让江陵城守将张咸修筑了一道大堤拦水，湮没平地，以此来阻断敌寇入侵。现在羊祜率领大军来攻，扬言要毁堤放水，让步兵通行。陆抗听到消息后，马上下了一道命令给张咸：不要等羊祜来毁堤了，咱们先把它给毁了。

身边的将领们全都目瞪口呆，心想：主帅疯掉了！当初修这道堤坝就是用来蓄水阻拦敌军行进的，怎么现在下令要自毁堤坝，这是要给敌人的步兵前进提供便利吗？将领们多次劝谏，陆抗就是不听，坚持让张咸把堤坝给毁掉了。

羊祜的大军行进到当阳，得知了张咸毁堤的消息，跌足长叹。原来他的真实打算是利用被堤坝堵住的水来浮载大船运输粮食，之前扬言要毁堤便于步军行进，不过是一个幌子，用来迷惑吴军的。不料计谋被陆抗看穿，及时毁掉堤坝，放掉了积水，使得羊祜大军的粮草只能改船运为车运，耗费了很多工时和人力，极大地延缓了晋军对江陵的攻势，为攻克西陵争取了宝贵的时间。

与羊祜配合行动的还有巴东监军徐胤，率领水军进攻建平；荆州刺史杨肇，率领步兵救援西陵。陆抗针锋相对，令张咸固守江陵，公安督孙遵巡守长江南方抵御羊祜，水军督留虑、镇西将军朱琬抵御徐胤，陆抗亲率主力，依据此前修筑的营围为屏障，迎战杨肇。两军对阵期间，陆抗手下的两个将领朱乔、俞赞叛逃，投降了杨肇。

陆抗得知消息后，忙召集诸将召开紧急军事会议，他说："俞赞是军中的老将，熟知我军虚实。我常常担心夷兵素来不够精练，如果敌人听了俞赞的话，来进攻营围的话，一定会先攻打夷兵驻守的防区。"于是连夜派出训练有素的精兵，悄悄和夷兵交换了防区。

第二天，杨肇果然来攻打夷兵原来驻守的防区，陆抗立即下令回兵反击，换防过来的精兵如下山猛虎，朝晋军直扑了过去，弓箭手弯弓引箭、矢石如雨，杨肇的部队猝不及防，死伤惨重，只能败阵而回。两军在西陵城下相持了月余，杨肇始终占不到陆抗半点便宜，无计可施，只好连夜遁逃。

陆抗很想率众追击，但是顾虑到西陵城中的步阐会从城中杀出，袭击他的后路；手中的兵力不够分配，没有办法同时兼顾两头。于是想出了一个计策，命令部队击鼓，做出全军出击的姿态，吓唬杨肇。杨肇的部队已经是惊弓之鸟，立时被吓得丢盔卸甲，望风而逃。陆抗这时才派出小股的轻装部队一路追击，杨肇军早就没有了斗志，被追上后立时土崩瓦解，大败而回。而羊祜等人的进攻也以失利告终，只能撤军回国。陆抗于是集合诸军，继续围攻西陵。

西陵城失去外援，成了一座孤城，垂死挣扎了一阵子后，终于被攻陷。陆抗杀入城中，将步阐三族及其手下大小官员全部诛戮，其余的几万人则尽数赦免。陆抗又下令修缮西陵城防，然后才班师返回驻地乐乡。

陆抗力挫晋军、克复西陵，挽救了吴国的国运，可以说是功劳盖世。但是他却表现得谦虚平和，如同往常，好像什么事情都没有发生过一样，举重若轻，果然是大将之风。卓越的军事才华和宠辱不惊的态度，让陆抗赢得了吴军将士的尊重和信服，他是三国时代最后的名将。

（八）金陵王气黯然收

西陵之战的失败，促使羊祜调整了对吴战略。

羊祜出身于名门望族，祖辈世代都担任两千石以上的高官，传到他这一辈，已经是第九代了。他还是大文豪蔡邕的外孙，他的母亲和蔡文姬是亲姊妹，他的姐姐则嫁给了后来被追尊为景皇帝的司马师。拥有这么丰富的人脉资源，羊祜根本就不需要怎么努力，就可以在官场上一帆风顺。

可他偏偏是一个有非凡才干的人，晋武帝司马炎对他信任有加，任命他为都督荆州诸军事、假节、散骑常侍、车骑将军，将灭吴之事全权交付给他。羊祜率军出师镇守南方，在辖区开设学校，安抚远近，在江汉地区很得人心。当时吴国在襄阳七百里外的石城驻扎了一支部队，时常骚扰边境，给晋军制造了很多麻烦。羊祜用计让吴军撤出了石城，消除了不稳定因素。接着自己也裁撤了近半数的守军，让他们在附近开垦屯田。这么一来，吃公粮的人少了，种粮食的人多了，粮食库存量开始飞速增长。羊祜刚到任时，军中存粮尚不够支持百日，没想到仅仅几年，就有了十年之积。兵精粮足，羊祜很高兴，觉得灭吴已经不是什么难事了。

但吴国还有陆抗。西陵一战，陆抗只凭手中的三万人马，竟击败了他统率的八万大军。事后追究战败责任，司马炎迫于朝议的压力，将羊祜由车骑将军贬为平南将军。羊祜对贬官倒不怎么看重，凭借他的才干和与司马家族的关系，官复原职是早晚的事。真正让他有所触动的是陆抗杰出的军事才能，吴国虽然国力不行，但是有陆抗这样优秀的将领坐镇指挥，胜负还是个未知数。平吴之战，不宜操之过急。

战场上不可控的因素太多，兵力的绝对优势未必就能转变为胜势，特别是在冷兵器时代，指挥官睿智的头脑，战士们顽强的斗志，甚至不可抗力的影响，都有可能帮助军队以少胜多，战胜强敌。官渡之战、赤壁之战皆是如此。所以两军交战，其实就是一场赌博，胜算再高，也总还是有风险的，万一的事情谁也说不好。所以羊祜决定放弃与吴军一战定胜负的计划，转而采用釜底抽薪之策，不断蚕食吴国的土地、人民。

晋吴两国边境之间有许多无人占领的空白区，羊祜率军进占其中的险要之地，在上面修建了五座城池。然后依托坚城为据点，收取周边的肥沃土地，夺取吴人的物资。终于把石城以西的土地全都牢牢掌握在了自己手里。这时附近吴人纷纷前来归降，羊祜又广施恩德，安抚这些降人。

羊祜又对吴国军人宣扬仁义教化，每次与吴军交战，都事先商定好交战时间，从不搞突然袭击。羊祜手下的有些将领觉得主将这么打仗很迂腐，有道是兵不厌诈，跟敌人讲什么道德呀。他们有时候实在看不下去了，就会跑来向羊祜提出自己苦心孤诣的各种奇谋妙计。羊祜心里觉得好笑，用你们那些计策，不过多杀死几个人而已，本帅要收复的是整个吴国的人心。这话当然不能宣扬出去，何况就算讲了，这些武将们也未必能听得懂。于是每次有献计的人来，羊祜就用酒去灌他们，灌醉为止，不让他们有说话的机会。

有一回，士兵在边界上抓到了两位吴军将领的孩子。羊祜知道后，马上下令将孩子送回。后来，吴将夏详、邵颉等人前来归降，那两位少年的父亲也率领部众跟着一起过来了。

吴将陈尚、潘景领兵进犯，被晋军斩杀。羊祜却说他们为国牺牲、忠勇可嘉，下令将二人厚礼殡殓。两家的子弟前来迎丧，羊祜也以礼送还。

吴将邓香进犯夏口，羊祜悬赏将他活捉。抓来以后，又把他放了。邓香由此感恩，回去后马上率领部属前来归降。

羊祜的部队行军路过吴国边境时，会收割田里稻谷充做军粮，但每次都要根据收割的数量进行估价，用绢布作为抵偿。

羊祜还约束部下，打猎时不许超越边界线。如果有禽兽先被吴国人射中而后被晋兵所获的，一律送还。

类似的事情不胜枚举，羊祜这些做法，说得不客气，其实就是在收买人心。但是对这些吴军将士和百姓而言，他们的生命很脆弱，而且只有一次，他们辛辛苦苦种植的那些稻谷虽然不值钱，但却是他们的全部收入。现在有这样一位大人物，这么讲仁义，尊重他们的生命，尊重他们的财产权。能够做到这些，足以让吴人感激涕零了，他们对羊祜心悦诚服，十分尊重他，不敢直呼其名，而是尊称为"羊公"。

羊祜也确实是一个品行高洁的人。他的正妻是夏侯霸的女儿，夏侯霸后来投降了蜀汉，这对于夏侯家族来说是奇耻大辱，姻亲们为了不受牵连，都急着和他们家断绝关系。唯有羊祜对待妻子泰然相处，甚至还更加恩爱。不久羊祜的母亲和兄长都相继去世，羊祜为他们居丧守孝十几年。时人称赞他为当今的颜回。我们不能因为羊祜将仁义作为瓦解敌人的战术，就说他的仁义是虚伪的。

事实上就连陆抗也对羊祜的品行十分仰慕，时常遣使问候致意，并称赞羊祜的德量，即使是乐毅、诸葛亮也不能超过。羊祜对陆抗也很尊敬，两人虽互为敌国，但是彼此惺惺相惜。陆抗曾经生病，羊祜派使者赠药，说："这是我最近配制的药，还未服用，听说您病了，就先给您送过来。"吴将害怕羊祜在药里下毒，劝陆抗不要服用。陆抗却说："以羊祜的为人，怎么会下毒呢?"坦然服下。

当然，私事上可以敬重对手的为人，在国事上却必须时刻警惕对手的计谋。陆抗对于羊祜的所谓仁义攻势是心知肚明的，但是却没有什么有效办法能够去化解。在战场上，他还可以用谋略去与敌周旋。但是对手现在改打政治牌，自己国内乱成这个样子，拿什么去对抗。陆抗长年领兵在外，对朝政的影响力很小，唯一能做的就是向孙皓苦心劝谏：再不改弦易辙，这个国家就要葬送在我们手里了。

在内忧外患的熬煎之下，陆抗病倒了，他只有四十九岁，却已经耗尽了所有的生命力。弥留之际，他还念念不忘西陵的安危，在遗疏中说道：西陵、建平两地是国之屏障，又地处长江下游。敌人如果乘船从蜀地顺流而下，日行千里，顷刻间便能抵达，根本来不及救援。而西陵、建平一旦失守，带来的后果绝不仅仅是丢掉一个郡，整个荆州都将不保，甚至直接倾覆社稷。

又说这两个地方万一发生意外，吴国就必须要倾尽全国之力去收复。提醒孙皓与其将来付出巨大代价去夺回，不如现在就加强守备，好好经营。

但是西陵现在的防务却存在一个致命的问题，那就是兵源不足。陆抗说他曾经认真研究探寻父亲陆逊当年驻守西陵时的旧迹，通过实地考察和对前人经验的借鉴，得出结论：要守住西陵城，至少需要三万精兵。

他也曾据此向朝廷要求增派兵力，但是朝中主管军事的官员遵循旧例，低估了西陵的战略价值，不肯派出这么多军队。后来步阐之叛爆发，一场大战下来，部队减员严重。西陵城的防务本就不算厚实，现在就更显单薄了。

现在陆抗在遗疏中旧话重提，再次要求朝廷向长江上游防区增派兵力。他说微臣负责的防线长达千里，四面受敌，对外要防御强敌，对内要安抚百夷蛮族，而手中的兵力才不过数万人众，左支右绌，疲于奔命，早已困顿不堪。

大家可能会疑惑，陆抗镇守的长江上游，是吴国抵御晋军的最重要的屏障，朝廷怎么才拨这些人，其他的兵力都配置到哪里去了？据史籍的记载，吴国的兵力主要分流到了两个地方：

一是孙皓给藩王配备大量的卫兵。孙皓在位期间，曾经两次大批量册封藩王，第一次分封了陈留王、章陵王等九位藩王，第二次分封了成纪王、宣威王等十一位藩王，每位藩王配备三千卫兵。这么一来，就占用掉了六万兵力。

当然孙皓这么做也有他的考虑，那就是加强皇室力量，制衡权臣和世家大族。要知道，曹魏王朝覆亡的一个主要原因，就是皇族的力量太弱了，曹魏宗族之中虽不乏才俊，然而都不掌实权，以至于司马家族窃取曹氏江山的时候，他们作为魏武子孙，却只能眼睁睁看着干着急，一点劲儿都使不上。曹丕、曹叡两代皇帝在位期间，都不遗余力地打压宗室，尽可能地削弱他们的力量。

对此，曹植在文章中曾有过生动的描述，他说：当年册封他为藩王时，朝廷只给他派了一百五十名卫兵，这些卫兵要么已经耳顺（指六十岁），要么已经不逾矩（指七十岁）。就算这些人都还没老，全部是精壮汉子，靠这百十号人，也不可能承担守卫藩国的任务呀！何况还是这么一群老弱病残。

到了封国以后，原来驻守的守军也拨给他统一指挥，但是和他带来的部队加起来也不到五百。就这样，皇帝还多次向各地藩王征召卫兵以充实朝廷的直属部队。经过使者的几次挑选，他府里精壮的卫兵全部被挑走了，剩下的老的老，小的小。老兵中有的已经卧病在床，进食只能喝粥，眼睛也看不见了，四肢动弹不得，就剩喘气了，像这种情况的，一共有三十七人；还有的情况稍微好些，但也年老体弱，眼花耳背，根本当不了差，像这样的，一共有二十三人。

再剩下的就是小孩了，年龄从七八岁到十六七岁不等。曹植说为他服役公干的主要就是这些半大的孩子。年龄稍大些的孩子，可以充当宿卫，虽然对付不了敌人，但是当个保安看家护院，吓唬吓唬小偷毛贼勉强够了；年龄小点的孩子，可以帮他在院子里耕地除草，驱赶鸟雀。其他稍微重要一点的事情，都没有人能够为他分劳，藩国内的大小事务，都需要他亲力亲为。因此他不敢休假，不敢出城打猎，只要他有一天不上班，整个藩国的工作就会瘫痪。

这就是曹植在藩国时的处境，其他藩王的情况也好不到哪里去。力量小到这种程度，你怎么能去指望他们保卫皇帝。所以司马家族根本就不用把他们放在眼里，一纸诏令便把他们圈禁在了封国，成了任凭人宰割的羔羊。

孙皓很有可能是吸取了曹魏的教训，所以要大力扶持藩王的实力，希望他们能够制衡国内的其他政治势力，震慑权臣，拱卫孙氏江山永不变色。所以就把大量的兵力都配备给了藩王。

二是孙皓宫中的宦官也各自开立禁军，公开招募战士，士兵和百姓们不愿去前线当炮灰，纷纷派跑应征禁军，毕竟在天子脚下当兵，相对还是安全很多的。当然孙皓扩充禁军也是为了加强皇宫的防卫，保障自身安全，毕竟吴国的宫廷政变实在太频繁了。所以也不能说他完全就是胡作非为。

但是在陆抗看来，脑袋都快保不住了，还关心胡子干嘛？晋军一旦突破长江防线，吴国就彻底玩完了，这才是眼前的当务之急，孙皓关心的那些隐患，和抵御晋军相比根本不值一提，现在根本就顾不上去考虑。为此，他在遗疏中建议孙皓从藩王的卫兵和宦官执掌的禁军中，把那些年轻力壮的男丁全部挑选出来，派去充实晋吴边境上那些经常受到敌人攻击地区的防务，将长江上游防区的兵力增添至八万，同时减省守军身上肩负的其他劳役，让他们能够专心作战。只有这样做，才能保证吴国江山的安稳，否则的话，后果不堪设想。

最后，陆抗再次恳切提醒孙皓，在他死之后，一定要留意西部边境的防务，并希望孙皓能够认真思考他的话，若能如此他死而无憾。

陆抗的话不幸而言中。几年以后，晋国发动灭吴之战，果然就是从西线开始，顺着长江一路东进，最后打到建业城下。他们父子二人，为之付出毕生心血的吴国，终究还是灭亡了。英雄辈出、绚丽多彩的三国时代结束了！